Für
Edeltraud Weise
zur freundlichen
        Erinnerung
Theodor Weißenborn

11. Mai 2000

Theodor Weißenborn

Der Nu

oder

Die Einübung der Abwesenheit

Die deutsche Bibliothek - CIP-Einheitsaufnahme

Weißenborn, Theodor:
Der Nu oder Die Einübung der Abwesenheit : Roman / Theodor
Weißenborn - 1. Aufl. - Siegen : Böschen Verl., 1999
ISBN 3-932212-18-5

ISBN 3-932212-18-5

© Carl Böschen Verlag
Birlenbacher Str. 199, 57078 Siegen
Tel. : 0271 / 8909485
Fax : 0271 / 8909486
Internet: http://members.aol.com/boeschen
Lektorat: Hendrik Achenbach
Textverarbeitung: Andreas Wiehe, Siegen
Herstellung: Winddruck Kollektiv, Siegen
Alle Rechte vorbehalten

Das Werk einschließlich aller seiner Teile ist urheberrechtlich geschützt.
Jede Verwertung außerhalb der engen Grenzen des Urheberrechtsgesetzes
ist ohne Zustimmung des Verlags unzulässig und strafbar. Das gilt insbesondere für Vervielfältigungen, Übersetzungen, Mikroverfilmungen und die
Einspeicherung und Verarbeitung in elektronischen Systemen.

Theodor Weißenborn

Der Nu

oder

Die Einübung der Abwesenheit

Roman

Carl Böschen Verlag

*Das Geliebte herausheben aus dem Grund,
aus der Finsternis und der Stille,
es mit Namen nennen und ihm einen Platz
geben in der Welt, damit es sei.*

Ich habe Kuno beerdigt. Dabei ist es passiert. Meine Gefühle, dazu die Hitze – ein plötzlicher Schwindel, ich bin zu Boden gesunken und habe auf der Seite gelegen. Eine Grasstoppel hat mich gestochen, am Hals, oder ein Zweig – etwas lief, nein kroch mir über das Gesicht, ohne daß ich's wegwischen konnte, vielleicht ein Käfer, ein Tausendfuß oder ein Wurm. Was dann war, weiß ich nicht. Wahrscheinlich hat Gaspard sich um mich bemüht und die Ambulanz gerufen. Hôpital Saint-Julien. Draußen ist wieder der Lärm des Hubschraubers. In Châtelet kann er nicht landen. Dazu sind die Hänge zu steil. Also die Ambulanz.

Kuno ist tot. Ich war dabei, sein Grab auszuheben. Er soll bei Simone liegen, am Fuß der Mauer. Gaspard wird die Sache zu Ende bringen, in meinem Sinn. Er wird nach Hause gehn und sagen: „Kuno est mort", und seine Kinder werden sagen: „Armer Kuno!" mit dem Ton auf der letzten Silbe. Und Gaspard wird sagen: „Monsieur ist im Krankenhaus." Man wird über mich sprechen. Die Ligauts, Edmond, Maître Barthelme – einige wenige werden sich an mich erinnern, zur Beerdigung kommen und sagen: „Das Leben geht weiter."

Wieder der Hubschrauber. Will er nun starten oder landen? Irgend etwas stimmt nicht. Natürlich. Das linke Bein ist gelähmt und der Arm – das wird wieder. Trotzdem. Es ist etwas in der Brust, obwohl – sie haben gesagt: „Herz und Kreislauf sind jetzt stabil." Der Tubus ist raus. Aber da ist ein Widerstand, eine Beklemmung. Vielleicht psychisch? Vielleicht haben sie mir wieder eine dieser Psychodrogen gegeben. Tranxillium. Wie damals in Murat. Ich habe gesagt: „Keine Psychopharmaka! – Warum? – Die können eine paradoxe Wirkung haben. Angst auslösen statt beruhigen. Schauderhaft!" Aber solche Einwände werden nicht beachtet. Sie geben dir, was sie wollen.

Ich darf mich nicht aufregen.

Es ist die Atmung. Ich atme tief aus – ausatmen ist leicht, leichter als einatmen. Ich mache mich leer, dann hebt die Brust sich von selbst, und es strömt ein, strömt ein und strömt aus, strömt ein und aus und ein und aus – dazu bedarf's keiner Apparate und keiner Medizin.

Gaspard wird mich besuchen. Vielleicht heute, vielleicht morgen. Er wird berichten, daß er Kuno beerdigt hat und daß die Kinder sein Grab besuchen, daß sie Blumen darauflegen und ihn betrauern, weil sie ihn nicht mehr umarmen können und durch Handauflegen nicht heilen konnten.

Vielleicht haben sie auch wie die Kinder in Andersens Märchen eine Flasche mit dem Hals in den Grabhügel gesteckt; dann werde ich mit dem Dichter sagen. „Es ist nicht allegorisch gemeint." Und die Sonne, wenn sie spät in den Schattenwinkel fällt, bringt das Glas zum Funkeln, und also ist's schön und ein Kunstwerk.

Ich kenne die Friedhöfe der verlassenen Dörfer im Aubrac und in den Bergen der Margeride. Auf einem Steinkreuz siehst du mitunter noch das verblichene emaillierte Porträt eines Kindes, das ein Gebetbuch oder eine Kerze in der Hand hält. Von schief im Boden steckenden, rostenden Drahtgewinden rieseln graue, ehemals farbige Perlen, und die noch verbliebenen, an Kettchen herabbaumelnden Glaskristalle klingen im Wind wie Stimmchen. Der bringt sie zum Tönen und Schweigen nach seinem Belieben, und wenn du das Geviert der steingeschichteten Einfriedung verläßt, so ist da nur noch der Wind, der die Wolken und ihre Schatten vor sich hertreibt über die Höhen des Gebirgs.

An der Innenseite der Mauer, am alten Schafstall im hochgelegenen Garten liegt Kuno. Vielleicht stimmen jetzt seine Artgenossen in Châtelet und weithin im Val d'Autour in den Nächten Choräle an und geben die Trauerbotschaft weiter von Haus zu Haus und Dorf zu Dorf, denn wer klagt's sonst dem Mond und soll alles Leid ihm klagen wenn nicht sie, wenn er gefühllos-kalt auf sie niedersieht, so weiß und fern in der Herbstnacht, wenn der Wind das harte, starre Laub von den Bäumen reißt und über den Grabhügel weht, wo es sich staut und türmt in der Mauerecke, bis es fault im Regen und unter dem Schnee! Und wem unter dem schweigenden Mond läßt sich's klagen, wem außer ihm sei irgend etwas geklagt wenn nicht dem Wind, der's schon weiß, der Ohren, zu hören, hat und eine Seele, weil er hören und sprechen kann, der die Stimmen mitnimmt von überallher unterwegs, wo er sie vernommen, und der sie versammelt in seinem Atem und zum Tönen bringt mit flüsternden oder brüllenden Lauten, jaulend zwischen den Felstrümmern auf dem Gipfel des Mont Gris oder raschelnd im Laub zwischen den Grabsteinen des kleinen Friedhofs in Châtelet, im Ilex und Cotoneaster, oder nur hauchend, kaum vernehmbar, im Wollgras zwischen den Gesteinsscherben auf den vergessenen Gräbern der Tiere!

Jetzt bin ich hier, ganz bei mir. Und ich bin zu mir gekommen, weil mir jemand eine Ohrfeige, nein, sagen wir: einen Backenstreich gegeben und dazu gerufen hat: „Hallo, Monsieur! Monsieur Wanderer!" – wobei er meinen Namen wie den Infinitiv eines französischen Verbs ausgesprochen hat.

Warum brüllt er denn so? hab ich gedacht. Aber mehr noch war ich erbost, weil er den Namen falsch aussprach, und diese Anwandlung von Zorn, die ich immer verspüre, wenn ich meine Person mißachtet wähne, dieses Unbehagen, dieses Ärgernis, diese Kränkung, die stets einen leichten Adrenalinstoß im Gefolge hat, hat mich vollends geweckt. Ich schlug die Augen auf und blickte in das Gesicht eines Mannes mit goldgeränderter Brille, der sich, in einem Kranz weiterer Gesichter, über mich neigte.

„Wanderer!" sagte ich korrigierend. „Ein deutscher Name! Der Ton liegt auf der ersten Silbe!"

„Sehr gut! Ganz ausgezeichnet! Keine Aphasie!" sagte der Mann und fügte hinzu: „Sie wissen, wo Sie sind? Wo befinden Sie sich, Monsieur?"

Ich sah einen Ständer mit Tropf neben mir, hörte den bekannten Piepston eines Kardiographen und glaubte mich zu erinnern.

„Hôpital Saint-Hilaire", sagte ich.

„Non, Monsieur! Saint-Julien!" sagte der Mann. „Saint-Hilaire ist in Murat. Hier sind wir in Aurillac. Hôpital Saint-Julien."

„'Saint-Julien l'hospitalier'", sagte ich und fügte, scherzend und gleichsam entschuldigend, hinzu: „Associitis chronica."

Aber er schien meiner Assoziation nicht zu folgen, die literarische Anspielung sagte ihm nichts. Wahrscheinlich war er über die „Bovary" nie hinausgekommen (Tod durch Arsenvergiftung, das war immerhin von medizinischem Interesse), oder schlimmer: vielleicht hielt er Flaubert für den Erfinder des Luftgewehrs.

„Ich gratuliere Ihnen, Monsieur!" sagte er. „Keinerlei aphasische Störungen! Formidable! – Wo sind Sie zu Hause, Monsieur?"

„In der Existenzphilosophie", antwortete ich.

„Ja, das will ich wohl glauben!" lachte er, „aber so war's nicht gemeint. Also, wir wissen natürlich, wo Sie wohnen. Aber mich interessiert, ob Sie's ebenfalls wissen."

„Ach so", sagte ich, „Châtelet-sur-Ville. Alte Schule. Keine Hausnummer."

„Exakt!" sagte er. „So steht's auch in Ihrem Ausweis. – Bewegen Sie jetzt bitte Ihre Beine! – Jetzt das rechte – jetzt nur das linke! – Jetzt bitte den linken Arm! – Ja, das geht nicht. Hemiparese. Aber das wird wieder. Ich denke, das wird wieder."

„Also ein Schlaganfall", sagte ich. „Blutung oder Gefäßverschluß?"

Die Frage schien ihm zu mißfallen. Folglich überhörte er sie, zog nur die Augenbraue hoch und sagte, schon im Hinausgehen: „Ich sehe Sie dann später."

Warum stellen Ärzte im Krankenhaus sich nie namentlich vor? Wahrscheinlich, weil sie bei allem und jedem – selbst wenn sie nur „Guten Tag!" sagen – die personale Haftung fürchten. Oder hält jeder sich für so berühmt, daß er's als selbstverständlich voraussetzt, daß man ihn kennt? Wie auch immer – nach jedem Auftritt eines Arztes mußt du das Pflegepersonal fragen: „Wer war das nun wieder?" Die Antwort lautet dann: „Das ist die Urlaubsvertretung für Dr. Buisson." Und wenn du fragst: „Hat die Urlaubsvertretung auch einen Namen?", heißt es: „Oje! Da muß ich die Oberschwester fragen."

Überhaupt: fragen nutzt nichts. Alles, was man dir sagt, ist nichts als die formale Vortäuschung einer Antwort und dient lediglich dem Zweck der Vorenthaltung von Information. Fragst du: „Was für ein Medikament ist das?", so kannst du wetten, daß man dir zur Antwort gibt: „Das tut Ihnen gut."

Schließlich stellst du keine Fragen mehr. Nun bist du bequem. Noch bequemer bist du, wenn du tot bist. Aber vorher mußt du bezahlen. Im Schnitt – bis du, zum Beispiel als Krebspatient, austherapiert bist – schätzungsweise 300.000 Neue Francs. So jedenfalls hat Edmond mir's erzählt, der einzige Arzt meines Vertrauens. Hoffentlich ist er aus dem Urlaub zurück. Vielleicht kann er veranlassen, daß man mich nach Bort-les-Orgues verlegt. Ich werde ihn anrufen. Sobald man mir das Telefon bringt, rufe ich ihn an.

Der Ort ist banal. Das Kreuz an der Wand ist banal. Die Bettpfanne ist banal. Die Fatima-Madonna ist banal. Die Krankheit ist banal. Der Tod ist banal. Dies alles ist der Wahrnehmung nicht wert. Der Wahrnehmung wert ist der Vogel in Châtelet, der mich des Morgens geweckt hat mit einer glockenreinen daktylischen Tonfolge, die wie der Ruf eines Namens, wie „Rüdiger!" klang. Nie habe ich ihn gesehen, diesen Vogel, sosehr ich mich auch bemühte, ihn zu erblicken. Stets hielt er sich im Laubwerk versteckt, unentwegt wechselte er von Strauch zu Strauch, von Wipfel zu Wipfel und führte meinen Blick wie mein Gehör in die Irre, indem er bald aus dieser, bald aus jener Richtung, bald aus der Nähe, bald aus der Ferne rief, als wollte er mich necken; aber immer tönte der gleiche goldgrüne dreiteilige Klang: „Rüdiger!", mit dem er sich des Morgens vorstellte und nach kürzeren oder weiteren Ausflügen im Lauf des Tages zurückmeldete, und wenn ich ihm antwortete, indem ich ihn flötend bei seinem Namen rief, mit derselben daktylischen Tonfolge, die er mich gelehrt hatte, so schien ihn mein Ruf zu entzücken, er warf ihn zurück wie einen Ball, und ich fing ihn auf, und so spielten wir Werfen und Fangen, Geben und Nehmen, Rufen und Hören und sangen im Duett, tauschten ständig die Rollen, und diese eine, winzige Tonfolge, dieses Bruchstück einer Melodie zur Feier des unbekannten, nie gesehenen, nur versteckt anwesenden Rüdiger vergoldete den Tag und klang nach in meinen Schlaf, wenn mir des Mittags nach Tisch die Augen zufielen unterm Schattendach am Schafstall, wo mein Sitzplatz und Ausguck war hoch überm Tal und über der Stadt, und wenn ich erwachte, so war's Rüdigers Ruf, der mich weckte, rief der Vogel mir zu, daß er da sei, und ich bestätigte ihm sein Dasein, indem ich ihm antwortete, und wir hießen einander willkommen in unsrer gemeinsamen Welt.

Denn dies ist es: sehend und hörend das Gegenüber herausheben aus dem Grund, aus der Finsternis und der Stille, es mit Namen nennen und ihm einen Platz geben in der Welt, damit es sei, eine Nische in Raum und Zeit oder ein Nest, daraus es uns antwortet, sein Dasein bekundend und mit ihm das unsre.

Ich bin nicht hier. Ich bin im Val d'Autour, im Tal der Habichte, am schmalen steinübersäten Ufer der Ouze – Vogelruf und Wellenschlag und die ziehenden Wolken über den Höhen des Cantal, ihre dahingleitenden Schatten auf der Flucht vor den Winden, immer fort, dahin über die kahlen Hänge der Monts Dore und der Monts du Cézallier, bald feuchte, bald dörrende Lüfte über den Flächen der Hochweiden, zausende Böen im Gras, wirbelnde Pollen und platzende Schoten des Ginsters an den Rainen – und die singenden Telegraphendrähte an der Straße von Bassogne nach Sarazin, wo ich das Ohr an den geteerten Mast lege, um die Töne der Äolsharfe zu hören: die Botschaften des Windes, die mich staunen machen, die mich erschrecken und entzücken, wie sie erklingen im gefrorenen klirrenden, klingelnden Hainbuchenlaub, am Steg über die Ouze die hohle Weide durchtönen und übers Dach hinhallen, wenn die Schieferplatten am Giebel der alten Schule in den Nächten zu plappern und klappern anfangen und der Nordwest seine Register zieht und in den Klippen des Cantal die Windorgel spielt.

Lastender Schnee auf dem Dach, stürzende Wächten und der dumpfe Aufprall ihrer Massen bei steigendem Föhn. Aus dem gestaltlosen Weiß des Winterhimmels schneien Flocken auf mich herab, winzige graue Punkte, die aus unnennbarer Ferne heranwirbeln, rasch sich vergrößern, dunkel und schwarz werden, mich einhüllen, sich mir auf die Brust legen mit weichem Gewicht. Schnee stiebt herein durch die Öffnung der Lawinenhöhle,

Schnee schließt mir den Mund – und wie ich die Augen aufreiße, ist da wieder der Mann mit der goldgeränderten Brille, fragt, was ich denn für Geschichten mache, und ich sehe lauter ernste, besorgte, anteilnehmende Gesichter, ein EKG wird gemacht, und ich begreife: diesmal war es das Herz.

Nun ist Nachmittag. Die Stunde nach Tisch, da alles schläft, im Schatten unter dem Apfelbaum liegt, in der Sandmulde badet, mit hängendem Kopf auf tapsigen Pfoten zum Brunnentrog geht oder aus dem Katzenloch späht, unschlüssig, ob man daheimbleiben oder ausgehen soll. Eine Fliege summt, es sind Atemzüge zu hören außer den meinen, eine ferne Schelle und einmal Schritte im Flur. Mein Bett steht am Fenster, das geöffnet ist und vor dem ein weißer Vorhang sich regt, sanft bewegt von einem Lüftchen, das zugleich Wärme und Kühlung bringt.

Ich weiß, wo ich bin. In Aurillac, gewiß, aber das sagt nicht viel. Es muß September sein. Auf Daten gebe ich nicht acht. Auch nicht in Châtelet. Dort habe ich oft wochenlang weder das Radio noch das Fernsehgerät eingeschaltet. Lieber sehe ich den Faxen der Hunde zu, wenn sie sich balgen, oder den Balanceakten der Katze, die partout auf dem Lattenzaun dahingehen will – es ist unterhaltsamer.

Auch Zeitungen lese ich nicht. Die Aufmerksamkeit erlahmt, das Interesse erlischt, meine Anteilnahme ist nur mehr ein Scharren mit den Füßen, „Betroffenheit" ein unbrauchbares Wort, und das Gefühl der Verantwortlichkeit nimmt ab mit dem Quadrat der Entfernung der traurigen Geschehnisse von meinem eigenen Platz in der Welt. Keine Zeitungen also. Aber Bücher. Mit Vorliebe – um meinen Eigensinn zu zementieren – solche, die sonst niemand liest: Croces Ästhetik, Goethes naturphilosophische Schriften oder Kerners „Schattenrisse". Wenn es Kaffee gibt – ich will doch hoffen, daß man mir Kaffee gibt –, könnte ich lesen. Kaffee ist erlaubt. Als Stimulans. Wer Digitalis bekommt, darf auch Kaffee trinken. Edmond jedenfalls hatte nie etwas dagegen.

Ob ich – anderes ist nicht da – noch einmal einen Blick ins MANNE CELESTE werfe? So wie der verdurstende Teufel Weihwasser trinkt? Das wenigstens wäre nicht schädlich.

Père Alphonse – so stellte er sich vor – hat's gebracht und mir dargereicht: zwei geheftete Bögen, bebildert, mit raphaelitischen Engeln auf der Kopfleiste, ein Blatt mit nostalgischem Layout und dem vollständigen Titel: MANNE CELESTE POUR LES FOYERS CHRETIENS. Ich hab's ihm abgekauft, für drei Neue Francs, um den guten Mann zu erfreuen. Er ist 87 Jahre alt und fast blind, aber immer noch tätig im Weinberg des Herrn und der Verkündigung seines Worts. Und ich habe vom „Himmelsbrot für Christliche Heime und Herde" ein wenig, nur ganz wenig gekostet: „Der Papst", so las ich, „leidet unter der Kritik seiner Gegner so, wie einst Christus unter den Nachstellungen seiner Feinde litt." Da habe ich – das war gestern oder heute vormittag – das papistische Manna aus der Hand gelegt.

Dies ist der absolute intellektuelle Tiefpunkt. Wie unterernährt muß man sein, um aus Makulatur Nahrung zu saugen, wie ungeliebt, um ins Bordell zu gehn! Fleuriot hat gesagt, ich sei der größte Snob, der ihm je begegnet ist, und ich würde noch mal Ichsagnichtwas fressen. Fleuriot ist längst tot. Er schwärmte von Gauguin. Kein gutes Vorbild. Bei Gauguin war's die Syphilis. Fleuriot hatte Aids. Arme Eugénie!

Aber nun gibt's Kaffee. Eine Schwesternschülerin bringt ihn, gießt ein, sehr freundlich, aus einer großen Kanne, und auf der Untertasse entsteht das übliche Fußbad, wie sich's gehört.

Der Kaffee macht auch die Mitpatienten munter. Mein Nachbar zur Rechten scheint zu einem Gespräch aufgelegt und bölkt ziemlich laut etwas Unverständliches herüber. Der Mann hat Fäuste wie Pranken, einen puterroten Kopf, also Bluthochdruck – da ist Vorsicht geboten.

„Nicht stark, aber heiß", sage ich versuchsweise. Um nichts falsch zu machen.

„Maschworong!" sagt der Mann.

„Wie bitte?" sage ich.

„Maschworschrong!" sagt er lauter.

Ich zerbreche mir den Kopf, was das heißen könnte. Patois müßte man sprechen! Und den Argot beherrschen!

„Tut mir leid", sage ich, „ich kann Sie einfach nicht verstehen."

Aber plötzlich dämmert's mir: „Forgeron", hat der Mann gesagt. „Moi, je suis forgeron!"

„Ach so, Sie sind Schmied!" sage ich erfreut. „Ja, so! Jetzt ist der Groschen gefallen."

Ich höre ein zustimmendes Grunzen und dann einen Laut, der „Et vous?" bedeuten könnte.

„Compositeur", sage ich artig, und der Schmied bölkt: „Quoi?"

So muß ich mich denn deutlicher erklären, und also schicke ich ein „musicien" nach, mache mit der Rechten eine vage Bewegung vor meinem Mund und sage: „Täterätäh!"

Das hat der Grobschmied verstanden, und damit ist dieser rationale Diskurs beendet.

Nun kommen zur Abwechslung zwei Frauen in grünen Kitteln herein, fragen, wie's geht, stehen herum, machen sich an der Heizung zu schaffen, zupfen an den Blumen, die auf dem Ecktisch unterm Fernsehgerät stehn, und rücken die Fatima-Madonna zurecht. Das sind die Dames Vertes, die mir schon gestern oder vorgestern ihre Dienste angetragen haben und die ich gebeten habe, mir das Telefon zu besorgen. Das Telefon ist bestellt, sagen sie und ob sie vielleicht sonst irgend etwas ... Aber es ist einfach nichts mit mir anzufangen. Alles von Belang, von der Steuererklärung über die Vermögensverwaltung bis zur Testamentsvollstreckung, regelt Maître Barthelme, die Katze sorgt für sich selbst, die Schlüssel hat Gaspard, seine Frau pflegt das Haus, das ist alles durchdacht und geregelt, und ich zweifle nicht im geringsten daran, daß die Welt, um ordentlich weiterzugehn, ohne mich auskommt und auch der Dames Vertes nicht bedarf. Aber müde, wie ich bin, und überaus milde gestimmt – man sagt, dies sei ein Vorzeichen des Todes – überlege ich, wie ich die Guten sinnvoll beschäftigen kann: ob ich ihnen vielleicht das MANNE CELESTE als Lektüre empfehle und es ihnen leihe für den Fall, daß sie es nicht schon kennen? – Schließlich bitte ich die Damen, mein Bett mittels der Hydraulik ein wenig zu liften und den Fenstervorhang beiseite zu ziehen, damit ich hinaussehen kann.

Und wie dies geschieht, ist's wieder da, was einmal war, weht es mich an durchs halboffne Fenster, über eine Allerweltslandschaft her, über Dächer und Kamine, über die Wipfel einiger Maronenbäume, die in einem Schulhof stehn, und es kommt von weit, aus einer halb besonnten, halb regenverhangenen lindgrünen Ferne und ist jetzt da und ganz nah: es, das mich angeweht hat in ähnlicher Lage vor 15 Jahren in Murat, im Hôpital Saint-Hilaire, nach dem Infarkt, als sie den Tubus herausnahmen und jemand auf die Idee kam, das Fenster zu öffnen und den Wind einzulassen, damit ich meinen Atem tauschen könne mit ihm, der wie mein eigener Atem war, der geben und nehmen konnte, wenn man ihn nur ließ, und ich hatte für den Bruchteil einer Sekunde, in einem Nu zeitloser Allgegenwart das Gefühl, daß jetzt und hier, gerade in diesem Augenblick, da es ende, mein Leben beginne – oder daß es ende im Augenblick seines eigentlichen Beginns, und mit der noch sommerlich warmen und schon herbstlich kühlen Luft, die über den Fluß von den Hängen jenseits des Alagnon herüberstrich, war mir alle Möglichkeit des Daseins, des meinen wie des Daseins aller Lebenden, die je gewesen waren und je sein würden, gegeben und genommen – und genommen zugleich wie gegeben, und ich dachte: jetzt! In diesem Nu ist alles wahr, jetzt bin ich am Ziel, am Ziel aller Ängste und aller Hoffnung, jetzt, jetzt ist es da: das Gefürchtete und das immer Ersehnte, ich habe die Fülle des Daseins, alles, was mir als Möglichkeit gegeben war und was ich zu leben versäumte, nun ist das Mögliche wahr, nun ist es wirklich.

Und da war eine zweite Stimme in mir, die sagte: dies war's auch schon. Sieh das fließende Wasser: es wird dir gezeigt, schau nur hin, dies ist's, und schon wird's genommen. Denise, die du nicht halten konntest, ist verheiratet mit einem Hotelier in Toulouse, die Jahrzehnte deines beruflichen Erfolgs sind vergangen – dies war's, und nun ist's vorbei.

Aber die durchsonnte kühle Bläue des Himmels riß vor mir auf wie ein nie Gesehenes, gänzlich anderes, der Horizont der

Fensterbank sank unter meinem Blick ins Wesenlose, ich fühlte mich fortgetragen – wohin denn, wohin? – und schmeckte Salz auf meinen Lippen, den bittersüßen Geschmack einer Liebe, die ihr Ende in ihrer Erfüllung findet.

Und nun ist's gut. Und ich denke, wie damals in Murat: nun mag geschehen, was will. Die Schuld des Seins ist beglichen, die Welt ist im Lot, sie bedarf meiner nicht mehr. Was noch bleibt, strömt durch mich hindurch, wie mein Atem die Klarinette durchströmte und wie der Wind im Bambus tönt. Nun bin ich die Höhlung, die Leere im Rohr, der Raum des übrigen, das mich übersteigt, und wenn auch mein Ohr nicht hört und mein Mund nicht redet, so ist doch Stimme und Ohr in der bleibenden, überdauernden Welt, ist sie selbst Stimme und Ohr, redend zu sich selbst, hörend auf sich selbst in unendlicher Rede, im Wehen des Windes, wie vor meiner Geburt so nach meinem Tod.

Dies sind Gedanken – nein, es läßt sich ahnen, erfühlen, aber nicht mitteilen. Nicht den Dames Vertes, nicht Père Alphonse, nicht den Ärzten, allenfalls Edmond, nein, auch dem nicht, aber Serge und natürlich Erasmus. Mit anderen Worten natürlich. Unangemessen, linkisch, dilettantisch. Schriftsteller müßte ich sein, um es zu fassen. Aber ich bin kein Schriftsteller, ich bin Komponist, was mir die Sache erschwert und zugleich erleichtert: wäre ich Schriftsteller, so müßte ich an ein Publikum denken, wenn nicht an ein reales, so doch ein fiktives, das heißt ich wäre befangen, denn ich müßte mich darstellen in den Augen anderer. Diese Rücksicht entfällt, da ich nicht schreibe und nicht einmal daran denke, meine Gedanken je zu Papier zu bringen. So gesehen, lebe ich bequem.

Huibillet war Schriftsteller. Nicht genial, aber fleißig. Es kam vor, in Argenteuil, wenn er mich auf der Suche nach einem Wort oder einer Szene besuchte, daß ich ihm den Anfang einer Geschichte erzählte. Ich sagte: „Stell dir irgendwo in der Provence oder in den Cevennen, in einem abgelegenen Tal, eine heruntergekommene Ferme vor, über deren Eingangsgatter 'Ponderosa' steht. Eine alleinstehende, meinetwegen verwitwete alte Frau betreibt dort eine winzig kleine Pension für Feriengäste. Eines Tages verirrt sich ein Wanderer, ein Mann in ihrem Alter, dorthin und beschließt, eine Zeitlang zu bleiben. Außer ihm sind nur noch zwei Gäste, zwei junge Leute im Haus: ein junger Mann, der von der Polizei gesucht wird, und eine Studentin auf Turkey, die sich heilen will von ihrer Sucht."

„Stoff für einen Roman", sagte Huibillet.

„Ich schenke ihn dir", sagte ich. „Mach was draus!"

„Vier Schicksale", sagte Huibillet. „Erzählt aus den wechselnden Blickwinkeln der vier Personen."

„Oder aus dem Blickwinkel des Hofhundes", sagte ich. „Aber wie auch immer – die Grundregel ist, wie in der Musik: Wecke eine Erwartung und erfülle sie!"

„Oder enttäusche sie!" sagte Huibillet.

„Sadist!" sagte ich. Und Huibillet meinte, an mir sei wirklich ein Erzähler verlorengegangen.

„Ja, ja", sagte ich, „und ein Priester, ein Studienrat und ein Oberpostinspektor."

Tatsächlich, auch wenn ich erzählen mochte, lag mir nicht das geringste daran, das Erzählte niederzuschreiben, und manchmal, wenn ich sehe, wie die Katze sich wäscht, wie der Regen strähnt oder ein Paar sich küßt, denke ich: was der Darstellung nicht bedarf, ruht in sich, ungeschieden, ungeboren im Schoß wie in seliger Unbewußtheit – was du objektivierst, ist schon getrennt, ist nicht mehr wirklich, nur noch gedacht, gewollt und gesollt oder, freundlicher, sentimentalisch ersehnt.

Es wird Abend. Der Grobschmied hat das Fernsehgerät eingeschaltet, und ich schließe die Augen, um nicht mitsehen zu müssen. Der Kopfhörer läßt sich nicht abschalten, sondern nur leisestellen, und da sein penetrantes Wispern mich stört, habe ich ihn aus dem Bett fallen lassen.

Der Vorhang regt sich im Wind, und ein Vogelruf schallt herein – ich werde bald schlafen und bin schon auf Reisen.

Ich bin in meinem Haus in Châtelet, in der Alten Schule. Ob jetzt eine Gedenktafel am Haus ist? Neben der Eingangstür, zu der die breite Steintreppe heraufführt? Granit aus dem Sockel des Cantal, 38 Stufen, gehöhlt von den Tritten der vielen als miserabel gescholtenen Schüler, die zwischen 1837 und 1957 zumeist geängstigten und nur selten frohen Herzens die beiden Klassenräume füllten, den für die Großen und den für die Kleinen, denn es gab nur zwei Klassen: die der Primar- und die der Sekundarstufe. Bis dann in den fünfziger Jahren, tiefer im Tal, bei Bassogne die neue Ecole Centrale errichtet wurde, zu der die Schüler in Bussen fahren. Dann rückten die Gendarmen hier ein, schlecht beaufsichtigt, mit ihren Pornoheften, ihren Kästen mit Cidre und Grappe, und sie hinterließen eine Menge Unrat, als man sie endlich abzog, weil kein Mensch sie hier brauchte. Das war Ende der sechziger Jahre, und '72 kam Stephen Wanderer, zog ich selbst hier ein, ließ ich das Gebäude reinigen und renovieren, ließ ich eine Heizung, Bad und Toiletten einbauen und kamen zwei Speditionswagen aus Paris mir nach, die in den Spitzkehren der Straße bei Riom-ès-Montagne die allergrößten Probleme hatten und bei Condat ein Brückengeländer zerstörten, und die brachten 86 Kisten mit Büchern und Schallplatten, die nun die Bibliothek und die Diskothek in den ehemaligen Schulsälen füllen.

Ich gehe mit den Besuchern durch die Räume, unhörbaren Tritts, ohne Fleisch, ohne Bein, und lausche den Ausführungen des Fremdenführers, eines jungen Mannes mit einem Drei-Tage-Bart und Akne, der in Clermont Musik studiert: „Hier also, meine Damen und Herren, hat Stephen Wanderer gelebt in den siebziger Jahren und danach, bis kurz vor seinem Tod, hier sehen Sie seinen Schreibtisch, hier das Stehpult, an dem er komponierte, dies ist eine Porträtaufnahme von Serge Piquet, mit dem der Maestro befreundet war, dies ein Foto von Aristide Maillard, und auf diesem Bild ist Valmaurin zu sehen, der die drei in den Jahren nach '45 stark beeinflußte, sozusagen ihr Lehrmeister war und über den Wanderer seine in Fachkreisen bekannte Schrift 'Momente der Darstellung im Spätwerk Auguste Valmaurins' verfaßte. Hier sehen Sie Ausgaben der 'Revue Esthétique' aus den Jahren 1970 bis 1990, an der Wanderer mitarbeitete, hier die Partitur seiner 'Messages du Vent', die er zusammen mit Piquet komponierte. Und hier ein besonders kostbares Stück: die Klarinette, das Original, das den Maestro – vor seinem tragischen Unfall – auf seinen Tourneen begleitete und das ihn – die älteren unter Ihnen werden sich noch erinnern – bereits in den fünfziger Jahren berühmt machte. Hier auch Tonaufnahmen seiner Auftritte in der Salle d'Antibe, im Pleyel und in der Nouvelle Opéra und hier noch sein Briefwechsel mit Maillard, der ihm beistand und der ihm den Weg ebnete, weil, wie es heißt, Wanderer ihn einmal vor einer Tracht Prügel bewahrte, die ein verkanntes Genie aus der Gascogne ihm angedroht hatte. Maillard hatte nämlich dessen Erstlingssymphonie verrissen und im FIGARO als 'Feuerwerk bengalischer Fürze' bezeichnet. Nun, dies nur als kleine Anekdote am Rande. Nach 1969, nachdem er die Beweglichkeit zweier Finger der rechten Hand verloren hatte, arbeitete Wanderer nur noch kompositorisch. – Nein, Madame, verheiratet war der Maestro nicht, auch Skandalöses wurde nicht bekannt, keine Drogen, keine Exzesse – es tut mir leid, wenn ich hier jemanden enttäuschen muß. Wanderers Leben war ein Leben ohne Sensationen. Abgesehen natürlich von dem schändlichen Raubüberfall, dem er auf einer Auslandstournee zum Opfer fiel und der ihn seiner gerade für den Instrumentalisten so wichtigen Fingerfertigkeit beraubte. – Weitere Infos, auch Ansichtskarten, finden Sie am Ausgang, der Bus nach Le Puy fährt um 17.30 Uhr, ich sage: 'Au revoir, M'ssieurs 'dames!' und bedanke mich für Ihre Aufmerksamkeit."

Und er geht eilig zum Ausgang und steht da mit seinem Körbchen, in dem eine Zwanzig-Francs-Note liegt. Die besagt: dies ist das Minimum, das jeder Besucher für die Führung zu zahlen hat. Und nur ich selbst, der verstorbene Hausherr, schnorre in gespenstischer Manier und mache mich ungesehen und unbehelligt davon.

Und auch dies sähe mir ähnlich: meinen Tod vorzutäuschen, mittels Funk und Presse publik zu machen und sodann in malerischer Verkleidung, sagen wir als Botschaftsrat von Guinea-Bissau oder Gamelanvirtuose aus Djakarta, an meiner eigenen pompös inszenierten Beerdigung teilzunehmen. So wie ich einmal Denise zum Lachen brachte, als ich sie bat, an einem Samstagnachmittag mit mir ins Departement Brie, in ein Dorf in der Nähe von Provins zu fahren, wo, wie ich vermutete, um diese Zeit wie in allen Dörfern Frankreichs die Kinder zur Beichte gingen.

Denise saß am Steuer. Es war ihr Wagen. Ich selbst hatte kein Auto, auch keinen Führerschein. Ich hatte Musik im Kopf und Unsinn, denn unweit der Kirche bat ich Denise, in einem Seitensträßchen zu parken, etwa fünf Minuten zu warten und mir dann zu Fuß, gemächlich, nachzukommen zum Kirchplatz. – Und dort, wie sie am Tabakladen um die Ecke bog, erblickte sie mich, wie ich, umringt von einer Kinderschar, in meinem langen schwarzen Mantel und mit meinem schwarzen Borsalino auf dem Haupt vor dem Seitenportal der Kirche stand und mit huldvollgütigem Lächeln einem jeden der Kinder ein Heiligenbildchen in die Hand gab, wobei ich die Kleinen ermahnte, doch nicht so zu drängeln, es seien genug Bildchen da, aber ja, aber ja. Sie drängelten aber trotzdem und riefen ach und oh, und jedes der Beschenkten, bevor es beglückt davoneilte, dankte dem fremden Abbé für die kostbare Gabe mit einem tiefen Knicks oder Diener, je nachdem.

Der Tag hätte glücklich sein können. Aber auf der Rückfahrt spottete Denise über mich, weil ich keinen Führerschein und kein Auto hatte, und es half wenig, daß ich auf mein Klarinettenspiel verwies, denn damit kommt man nicht vom Fleck, so wie man mit einem Auto nicht musizieren kann.

Ich liebte Denise, die natürlich meine Musik mochte, wie eine Feder tanzte und eine Frohnatur war, und ich wollte sie heiraten.

Die Sache dauerte, glaube ich, drei Monate.

Nach Jahren einmal sagte ich zu Huibillet bei einem seiner Besuche: „Stell dir einen Mann von fünfzig Jahren vor, der sich in eine junge Frau verliebt, der ihre Kapricen, sogar ihre Untreue erträgt um der Lust, der Freude, des Glücks willen, das sie ihm zu bereiten versteht, und der, selber ein wenig schwerfälligen, sensibleren, ernsteren Wesens, sich so sehr an sie bindet, an sie verliert, daß alle Hoffnung und alle Verzweiflung, deren er fähig ist, in ihrer Hand liegen. Kurz: er liefert sich ihr aus, er ist ihr hörig. Schließlich, da seine Liebe ihr lästig wird, gibt sie ihm den Laufpaß. Sie arbeitet in einer Bar à Café an der Theke, dort ruft er sie eines Abends an, und während sie mit einigen schon leicht betrunkenen Gästen schäkert, beschwört er sie am Telefon unter Tränen, zu ihm zurückzukehren. Er schildert seinen Schmerz, seine Verzweiflung, beteuert seine Liebe – bis plötzlich, nachdem sie ihm scheinbar lange Zeit zugehört hat, das laute Gelächter von Männern an sein Ohr dringt, die ihn nachäffen, verhöhnen und denen er offenkundig zum Gaudium gereicht, und er begreift: die Geliebte hat den Telefonhörer ihren Gästen ans Ohr gehalten, um ihn vorzuführen, und während er gefleht, geklagt und sein Innerstes nach außen gekehrt hat, hat der Hörer an der Bar die Runde gemacht."

„Das ist großartig!" sagte Huibillet.

„Nein, es ist nicht großartig", sagte ich.

„Aber ja doch!" sagte Huibillet. „Das ist ein großartiges Sujet! Was denn sonst?"

Und ich sagte: „Es ist das, was ich meine, wenn ich das Wort 'Grauen' benutze."

Keine gute Nacht, nein. Ich habe nicht schlafen können. Ich wollte an Châtelet denken und hörte die Hunde jaulen. Immer wenn ich eingenickt war, weckte mich das Jaulen der Hunde. Ich sah sie auf den Höhen des Aubrac, wo sie die Rinderherden bewachten, in den verfallenen Abris liegen, in den Winkeln unter den eingesunkenen Dächern, auf Sackfetzen und faulendem Heu, während der Wind mit pfeifendem Atem über die Hochflächen ging, das Weidegras zauste und die Schleier des Regens vor sich hertrieb über die Mulden und Hügel bis hin zu den Abbruchkanten der Planèzes. Da blies er die Wasser zwischen den Felszinnen hinaus in die Canyons der Truyère und des Lot, wo sie die Engpässe durchtosten, und es hallte im Mahlwerk der Flüsse von rutschendem Kies und Geröll. Ich fühlte die Nässe im Fell der Hunde, fühlte Kälte und Ohnmacht und hätte einstimmen mögen in das ferne Geheul, das allerorts in den Lüften hing, auch wenn niemand es hörte und die Bauern und die Hirten sich die Ohren zustopften, um ihre Ruhe zu haben. Es tönte dennoch.

Dann war Morgen. Nach dem Frühstück hätte ich am liebsten geschlafen, doch kam der Physiotherapeut, ein smarter junger Mann, der etwas von einem Tennisturnier in Roland Garros erzählte, und ich mußte mich auf die Bettkante setzen. Das bereitete keine Mühe. Auch konnte ich, wenn auch mit Hilfe des Tennisfans, aufstehen und geradestehen, und das war für heute genug. Morgen würden wir dann ein paar Schritte üben, das Bein sei zwar schlapp, aber ich würde es nachschleifen können.

Als ich gegen Mittag erwachte, saß Gaspard am Fenster. Er war schon einmal da gewesen, am Dienstag, aber da hatten sie ihn nicht zu mir gelassen. Auch seine Grüße hatte mir niemand bestellt. Er hatte Edmond benachrichtigen wollen, aber der Docteur ist noch im Urlaub, darum hat er die Nachricht auf den Anrufbeantworter gesprochen.

Ich habe noch immer kein Telefon. Die Dames Vertes haben anscheinend keine Autorität, und Patientenwünsche werden grundsätzlich mißachtet, es sei denn, sie stimmten zufällig überein mit dem, was man ohnehin vorhat. Ein trauriges Fazit.

Ich habe mit Gaspard über die Tiere gesprochen. Seine Kuh Janine, die ich auf den Namen Phlegma taufen wollte, hat ein Stierkalb bekommen. Sie grast mit den Schafen im Park, das ist in Ordnung, so muß dort nicht gemäht werden. Minou ist munter und hat eine Strecke von Spitzmäusen vor die Tür gelegt. Ich vermisse die Katze, aber sie vermißt mich nicht. Kuno hätte mich vermißt und nicht mehr gefressen. Er jaulte schon, wenn ich einmal ins Haus ging und ihn vor der Tür warten ließ. Er liebte mich aus vollem Herzen, aus der Tiefe seines Gemüts und mit allen Kräften seines Wesens. Für die Katze dagegen bin ich austauschbar. Das ist der Unterschied zwischen Hunden und Katzen.

Gaspards Besuch hat mir gutgetan. Ich habe ihm Grüße aufgetragen an seine Frau, an Monsieur Digne, den Postzusteller, und an Madame Juillard, die die AVIS MUNICIPAUX austrägt.

Bevor er ging, habe ich ihn gebeten, das Fenster zu öffnen, wenigstens einen Spaltbreit, damit der Wind hereinkönne und das Rauschen des Regens besser zu hören sei. Es hat geregnet, und es regnet noch immer. Ich habe mich zurücksinken lassen, habe die Augen geschlossen und auf das Rauschen des Regens gelauscht.

Regen im Cantal. Regen unter schwarzem, tiefhängendem Gewölk, das vor dem Wind dahinflieht über hochgelegene weglose Weiden, Regen, der die Grasbüschel sättigt wie Schwämme, die Erdmulden füllt und durch Gräben schießt, Wasserfahnen über den Zinnen am Rand der Plateaus, Sturzbäche, die herabstürzen in die Schluchten, und hinauswehende Schleier, die der Wind zerfetzt und die vergehen zu nichts, Regen über den Felstrümmern der erloschenen Krater, über Krüppelkiefern, Weißdorn und Heidekraut, verwitterten steinernen Kreuzen und längst verlassenen Dörfern, Regen über durchhängenden steingedeckten Dächern, über helmlosen Türmen von Kirchen, in deren Gemäuer der Falke nistet – Regen im Cantal. Dunkelheit früh am Tag, Windsonaten in den stillgelegten Steinbrüchen und schneidende Kälte, der nur das Schaffell trotzt. Es regnet über St-Flour, über Murat, Vic-sur-Cère und Salers, über Dienne, Anjony und La Gazelle, wo ich nicht bin, es regnet über Aurillac, wo ich bin. Il pleut sur la ville, mais non pas dans mon coeur, das sich hinwegdenkt, hinauf nach Châtelet, in die Alte Schule, wo es sich birgt und geborgen ist unterm Speicherdach in dämmriger Wärme, wo stets aus einem Winkel im Gebälk, einem Astloch oder einer Dielenritze ein Duftwölkchen aufsteigen kann, in dem du ein getrocknetes Kraut, Lavendel, Rosmarin oder Thymian zu erkennen glaubst – vor hundert Jahren und mehr könnten die Schulkinder derlei gesammelt und zum Trocknen hier aufgehängt haben. Wer weiß, wie lange ein Dufthauch west, und selbst wenn er verflogen ist mit den Winden, die, wie Gaspard erzählt hat, im Oktober '53 das Dach abgedeckt haben, du kannst ihn doch locken und wecken, den Duft, so gut wie die Worte des Windes, der immer nachplappert mit seinem Schiefergebiß, was du ihm vorbläst, und immer erzählt, was du hören willst. Und wie du Wind und Wald zu ihren Stimmen deine Sprache leihst, damit sie zu dir reden, so hast du dem Regen schon vorgedacht und in den Mund gelegt, was er murmeln und wispern und raunen möge, und er ist dir zu Willen und dankt dir mit klingenden Lauten seine Musikalität, sein Xylophonspiel auf den tönenden Zungen des Dachs, denn du hast ihn begabt und beseelt. Und lauschend auf seine Worte weißt du oft nicht, wer da wohl redet zu wem und wem du selbst deine Sprache verdankst, wer mit wem schwingt, wer den Ton angibt und wer wen begleitet. Aber der Hund fühlt es mit dir im hohen durchtönten Speicherraum, wie Großes, Bedächtiges und Dauerhaftes ringsum geschieht, das die Welt mit Behagen füllt, und ist's zufrieden und erlaubt der Katze, in Achterbahnen um seine Beine zu streichen, und nichts ist zu tun, während der Regen rinnt, als dazusein, zu ruhen im Sein und dem Geschehen zu lauschen.

Nun bist du nur noch Wahrnehmung. Nur Auge und Ohr, und das oft Verkannte, Übersehene und Überhörte, das als störend Empfundene kann nun seinerseits ungestört sich vollziehen, nimmt dir das Heft aus der Hand und tut alles Nötige besser als du. Es kam von weither, ist da und verweilt, es währt seine Zeit, die ihm gegeben, und du verweilst in ihm, das dich umhüllt, dann löst es sich, nimmt seine Hand von dir, gibt dich frei und zieht fort und wird sein wie vor Jahrmillionen so in Äonen dereinst. In einem winzigen Hauch seines Atems war es bei dir, du warst wie ein Härchen in seinem Fell, hast sein Dasein erfahren, staunend – und harrst fortan seiner Wiederkehr als seiner Dauer im Wandel.

Da der Vorhang mir zuwinkt, blicke ich hinaus aufs verregnete Aurillac, auf steingedeckte Dächer, die im Abkühlen dampfen, sehe von Böen gequirlte Wipfel, eine wippende Satellitenschüssel, die bei Gelegenheit aus ihrer Halterung brechen wird, einen grau verhangenen Bergrücken, Berge des Cantal und des Aubrac, und in der Tiefe ahne ich das Rauschen der Cère, die die Stadt durcheilt, die Stimme des fließenden Wassers, die wie erstickt ist im lauteren gleichförmigen Rauschen des Regens. Huplaute von Autos dringen herauf, Rufe, die wie Seufzer klingen, das Leben quält sich durch die Gassen, durch den langen betrübten Tag. Il pleut sur la ville, und ich schließe wieder die Augen und denke an die Regenzeiten in Paris, die unfreundlichen Orte, die sich mir eingeprägt haben eben deshalb, weil der Regen ihnen markante Züge, einen Charakter verlieh: vom Hotel Balzac mit dem Blick in den verrotteten Schacht eines Hinterhofs bis zu der zugigen Toreinfahrt in Pantin, wo ein Hund mir zulief, der mit seinen nassen Pfoten das Pflaster stempelte und den ich tröstete, bis die Concierge ihn ins Haus rief, und im fortdauernden, nun unter den Peitschenhieben des Windes an- und abschwellenden Tosen kehre ich abermals heim nach Châtelet wie von nachmittaglanger Wanderung durch die Berge, durchnäßt wie die Hunde, wie Kuno und Simone, denen es nun die Pfoten zu waschen gilt, bevor ich sie loslasse auf die Teppiche, wo sie Breaktänze veranstalten, um sich zu trocknen.

In Châtelet, ruhend auf der Liege im Speicherraum, der mein Arbeitsraum war, suchte ich mein Gehör zu schulen, forschte ich lauschend nach den verborgenen Quellen der Regentöne, die, nur selten gesondert, im Verbund ihr großes Gemurmel machten, eintöniger, so schien es, als die Ouze, deren klingendes Wellen- und Strudelspiel in breiter Skala klatschende kleine Wassergüsse, rauschende Strömung zwischen gerundetem Granitgestein und dumpfes Tosen in felsigen Kesseln unterscheiden ließ. Aber nach und nach erkannte ich auch die Stimmen im Regenchor: das Prickeln und Prasseln der Tropfen an den Scheiben des nordwestlichen Giebelfensters, das gleichmäßige Rauschen auf den Schieferplatten des Dachs, das Gluckern und Murmeln in den Abflußohren und, wenn ich das gegenüberliegende Giebelfenster oder eines der Gaubenfenster öffnete, das Rauschen im Blattwerk der Maronen- und Walnußbäume im Park.

Rätselhaft blieb die Herkunft dumpferer, weicherer Laute, die wie das Aufschlagen einzelner, schwererer Tropfen klangen und wie echolos schienen, wie im Ertönen erstickt. Aber ich schickte meine Phantasie hinaus, daß sie das Haus umfliege und Nachschau halte, und sie fand es heraus: es waren die Tropfen, die vom Kaminkranz herabfielen und aufs Bleiblech der Abdeckung schlugen, lustlose, träge Töne, am besten zu hören, wenn sie konkurrenzlos, nach dem Verstummen der übrigen Stimmen des Chors, den Schlußakkorden noch nachhallten in allmählich größer werdenden Zeitabständen und schließlich verklangen, versanken in den weiterhin hörbaren, fortgehenden und wiederkehrenden Atemhauchen des Windes.

Was mein Ohr nicht schied, mußte ich schauen. Und so blickte ich, wenn ich im tosenden Zusammenklang der Orchesterstimmen einzelne Instrumente heraushören wollte, bald auf die Rhabarberblätter im Gemüsegarten, wie sie sich neigten und schüttelten unter klatschenden Tropfenschlägen, bald auf die Blätter der Kohlrabi, in denen es plätschernd wühlte aus der überfließenden Dachrinne wie vom Guß eines Karrengauls, bald auf das aufgeregte Hin- und Herschwanken der keilförmigen Blätter eines Zierstrauchs, deren wiegende, schnelle Bewegung immerfort angetrieben und in Gang gehalten wurde von Tropfenhieben, die das einzelne Blatt, ein jedes in anderem Rhythmus, rechts und links seiner Längsachse trafen, aus der Ruhe seiner Mittellage vertrieben und zur einen oder anderen Seite zum Ausweichen zwangen. Und immer wieder zog die Eigenspannung des Stiels das Blatt zurück, wurde es erneut getroffen, wie von widersprüchlichen Botschaften verstört, konnte es nur schwingend sich ducken unter dem Geprassel der Schläge und überdauernd auf ein Ende der Drangsal hoffen.

Und wie das Rauschen des Regens war auch das Rauschen des Windes zusammengesetzt: ein Kompositum aus unzähligen Klängen, die entstanden, wenn Blatt auf Blatt schlug und Halm an Halm sich rieb, und ihre Vielzahl, die Überbesetzung war es, die die Wahrnehmung der einzelnen Stimmen erschwerte, ja vereitelte, so daß der einzelne Klang zurücksank in den Grund der Stille, aus dem er sich erhoben, nein, richtiger: daß er, verschmelzend mit seinesgleichen, selber zum Grund wurde, der zurücktrat und von dem anderes sich abhob, das selbst nun laut wurde und sich Gehör verschaffte: Donnergrollen oder Gebell der Hunde oder erneut einsetzender Regen, und so sank das

Sein werdend zurück in sich selbst, trieb es im Vergehen selbst sich hervor und feierte es in Chorälen und Symphonien seine Tode und seine Geburten, sein Entstehen und seinen Untergang.

Der Preis der Wahrnehmung, der Platzanweisung und somit des Seins des einen war dabei stets die Negation, die Ausgrenzung und Zurückweisung des andern, dessen Wert und Sinn darin bestand, zugrunde zu gehn oder im Grund zu verharren, vor seiner Geburt und nach seinem Tod, und somit die Bedingung der Möglichkeit zu erfüllen zum Werden des aus ihm Aufragenden und durch Distinktion und Abgrenzung von ihm Geschiedenen.

In Châtelet begann ich zu sehen und zu hören, ging ich mit Piquet auf Valmaurins Spuren, begriff ich, was Aisthesis ist, nahm ich wahr, wurde ich sehend, wurden die Augen mir aufgetan und tat ich mich auf: dem, was mit Farben und Formen, mit Klängen und Tönen auf mich eindrang, in mich einzog und mich mit den Winden durchwehte, das noch in den Tiefen meines Schlafs meine Welt mit Bildern füllte und mir mein Sein gab: den farbigen Abglanz, der nicht alles ist, aber ohne den wir nicht leben. Und im tönenden Hörbaren wie im leuchtenden Sichtbaren schwang und schimmerte immer ein den Sinnen Unfaßbares, ein Unnennbares mit – Piquet und ich, wir erahnten und schmeckten es, aber wir sparten es aus in unsern Gesprächen und wußten zugleich: dies, das Unnennbare war es, dem allein im tiefsten Grund alle Bemühung, alle Anstrengung galt, schwer zu fassen war's, ungreifbar, auch wenn es sich zeigte, in der Offenbarung zugleich sich verhüllte und in der Verhüllung sich offenbarte, wir kamen ihm nah und mußten uns die Augen schirmen vor seinem Licht, ein jeder für sich, zu verschiedenen Zeiten, an verschiedenen Orten, denn es widerfuhr einem jeden von uns auf eine unverwechselbare, einmalige Weise, andernfalls hätten wir ihm mißtraut.

Was war es denn? Wann war es? Und wo? In meiner Kindheit hatte es mich entzückt, wenn ich zeichnete, malte, wenn ich die Flöte blies, und später beim Klarinettenspiel, wenn in einer Sternstunde, richtiger: in einem zeitlosen Nu, in der Koinzidenz von Zeit und Ewigkeit der Grund unter meinen Füßen versank und ich meiner selbst vergaß, entrückt, davongetragen von einem Wind, der mein Atem war wie mein Atem der seine, tönend im Einklang – dann war ich in der Welt, und die Welt war in mir.

So auch lauschte ich den sirrenden Lauten der Telegraphendrähte bei Sarazin, so den Zikaden im Maquis in den Cevennen, so den jaulenden Lauten der Winde auf dem Kraterrand des Puy de Sancy und so dem Regenlied, das in manchen Nächten mich weckte, um mich erneut in den Schlaf zu senken, aber ich wehrte mich gegen die Müdigkeit, richtete mich auf und lauschte mit allen Sinnen, mit meinem ganzen Körper, um den Wohllaut zu halten, in mir zu bewahren ganz und gar, im Jetzt, im Hier – dies war es! Nenne es, wie du willst: ob Awareness, ob Versenkung, ob Flowing, ob mystische Union – es war, wie immer du's nennst, ein unnennbar Namenloses, das du nicht kaufen und nicht erzwingen kannst, mit keiner Macht und um keinen Preis, das allein dir geschenkt wird, wenn du's zu schätzen weißt und es zuläßt, wenn's dir geschieht. Es ist das, wofür allein zu leben sich lohnt, wenn Leben, mein Leben sich lohnt, denn ich spreche von mir und stimme in diesem Punkt voll mit mir überein, mit allen Instanzen meines Wesens, es ist eine äußerste Möglichkeit, zu sein, zu leben mit allen Sinnen, auf dem Gipfel der Existenz, in den Bergen des Cantal, im Atem des Windes, der die Grabhügel hobelt wie die noch verbliebenen steinernen Wülste der Kraterwände, oder im Atem, der von den Mäulern der Rinder wölkt, die, in Mulden liegend, sich des Nachts aneinanderdrängen und die Wärme ihrer Leiber tauschen, im Wind, der sie streichelt und peitscht nach seinem Belieben und der immer da ist und da sein wird, wo er war: im Wehen seiner selbst.

Auf den Dächern draußen geht der Regen hernieder, dessen Lied mich begleiten wird heute nacht, in meinen Träumen und in den Pausen des Schlafs, wenn Narben aufbrechen und plötzlich Wunden zu schmerzen beginnen, die ich längst verheilt wähnte. Aus der Altstadt, aus der Tiefe und von sehr weit, tönen, zumeist überdeckt vom Rauschen des Regens und böig verweht, Klänge eines Akkordeons herauf, ich suche die Melodie zu erraten, erkenne ein paar Tangotakte, dann ist plötzlich Stille, vielleicht weil jemand in der Gaststätte, wo man tanzt, das Fenster geschlossen hat.

Die diskrete Poesie der Krankenzimmer in der Dunkelheit am Abend. Vom Fernsehbildschirm fällt albernerweise ein Lichtschein aufs Haupt der Fatima-Madonna – so ruht der Segen der Technik auch auf der Spiritualität. Devotes ähnlicher Art sah ich in Lourdes, wo die Madonna des Nachts von einer Aureole von Glühbirnen illuminiert ist. Allerdings, entgegen den Regeln wahrer Sakralkunst, nur uni weiß und nicht bunt. Aber das wird sicherlich – man denke nur an die Konkurrenz der bunten Ostereier! – bei Gelegenheit in Ordnung gebracht.

Mein Großonkel Gustav, Bruder meines Großvaters mütterlicherseits, war Sekretär bei Kardinal von Galen und wollte eines Tages, in Verdammung des devotionalen Kitsches, aus einem Seitenschiff des Doms zu Münster eine Madonnenstatue entfernen. Der Kardinal war dagegen und meinte: „Aber man kann doch so schön vor ihr beten!" – „Vor allem, wenn man die Augen zumacht", sagte mein Großonkel, und weil ich plötzlich laut lache, obwohl im Fernsehen gerade absolut nichts Komisches ist, stößt der Grobschmied nebenan ein fragendes „Hn?" aus, und ich beruhige ihn mit einem: „Hab nur gerade an was gedacht", weil man sich – so bin ich erzogen – in der Gesellschaft von Menschen permanent rechtfertigen muß.

Auf dem Bildschirm, im feudalen Interieur einer Villa in Dallas oder Denver, ist noch eine Gruppe von Pantomimen zugang. Sie öffnen und schließen ihre Münder wie Fische, rudern mit den Armen und machen Gesichter, die sie, je nachdem, für freundlich, bekümmert, schmerzverzerrt, haßerfüllt oder einfach für absolut cool halten. Ich habe ihnen, für meine Person, den Ton abgedreht, da merkt man, wie schlechte Schauspieler sie sind. Und jetzt nimmt der Grobschmied ihnen auch noch das Licht, sie stehen im Dunkeln, sind ratzeputz weg, und kein Mensch vermißt sie. – Die Schwester schaut noch einmal herein, fragt, ob jemand eine Tablette braucht – „Ein Placebo, bitte!" rufe ich –, sie lacht und wünscht gute Nacht, und nun ist Ruhe.

Nein, nicht ganz, denn jemand hüstelt. Das ist Monsieur Paf, der dritte Patient im Zimmer, im Bett an der Tür. Er hat Sauerstoff bekommen, wird oft blau im Gesicht und macht Suizid auf Raten. Ich glaube nicht, daß Paf sein richtiger Name ist. Die Schwestern nennen ihn so, haben ihm spöttisch-humorvoll, vielleicht auch in pädagogischer Absicht, diesen Spitznamen gegeben, der ihn kennzeichnet als das, was er ist: als Kettenraucher. Er hat ein Lungenkarzinom und nähert sich, wie es scheint, dem Endstadium. Indes, jedesmal, wenn's ihm ein wenig besser geht, in den Intervallen zwischen seinen Erstickungsanfällen, schleppt er sich in die Naßzelle, um dort pennälerhaft Verbotenes zu tun. Es wird natürlich bemerkt. „Ah, Monsieur Paf a fait paf!" Er wird gescholten und läßt die Schelte über sich ergehen wie Valmy die Kanonade. Wenn's nicht die Lunge, sondern der Kehlkopf wäre und er wäre tracheotomiert, auch dann würde er sich noch den letzten Atemzug verpesten und sich die Zigarette in die Kanüle stecken.

Kein Grund, ihn zu verachten. Kein Grund, ihn zu schelten. Es ist seine Krankheit, er hat seinen eigenen Tod. Sein Atem ist im Raum, der Atem des Schmieds und der meine. Die Mitreisenden schlafen. Es ist der Nachtzug, el espreso, von Madrid nach Lissabon. Ich habe im Speisewagen zu Abend gegessen und gehe durch den Gang zum Abteil. Ein Fahrgast kommt mir nach. Später wird man sagen, ich hätte meinen Reichtum nicht zur Schau stellen sollen. Das ist dasselbe, was Kardinal Frings den Juden vorwarf. Es war eine Art Mode. Ich weiß nicht, wer damit anfing. Vielleicht war's Sammy Davis junior, der sie kreierte. Jedenfalls, nach der Tournee durch die Staaten kauften die meisten von uns sich Klunker. Bart Jones, Vernon Louis, Chuck Reynolds – alles trug Klunker. Ich hatte einen Fünfzigtausend-Dollar-Solitär. Eitelkeit, Joke, Arroganz? Unreife? Bei mir war's wohl am ehesten mein Haß auf die Tübinger Spießeria, die mir nach meinem Examen den Hungertod voraussagte, für den Fall, daß ich nicht, dem Beispiel meines Vaters folgend, Gymnasialprofessor würde. Es gab Typen wie meinen ehemaligen Mathematiklehrer, der mich noch 30 Jahre später, als ich längst Dollarmillionär war, fragte, ob ich von meinem Beruf als Musiker leben könne. Er gierte danach, mir eine warme Suppe auszugeben, und ich vernichtete ihn mit einem parodistisch-fiktiven Zitat Thomas Manns, der auf die Frage, was eigentlich ein Spießer sei, geantwortet habe: „Den Spießer erkennen Sie untrüglich daran, daß er einen Künstler, in dessen Gesellschaft es ihn verschlägt, sogleich nach seinen Einkünften und seinem Vermögen befragt; distanzlos, zutäppisch, plump wie ein seniler Serenissimus, der, im Rollstuhl sitzend, nach den Bäuchen der Mägde grabscht, um ihre mögliche Gravidität zu erkunden."

Dennoch: der triumphale Ring kam mich teuer zu stehen. Er kostete mich meine Karriere – denn in Abrantes war der Klunker weg, und meine Hand war zerfetzt. Wahrscheinlich hätte der Kerl zugestochen, auch wenn ich mich nicht gewehrt hätte. Er mußte mich im Speisewagen beobachtet haben. In Abrantes verschwand er im Gewühl. Zwei Finger – die Sehnen und die Nerven – und ein Kratzer am Hals.

Traurige Tage in Lissabon. Die Diagnose in der Klinik, das Konzert mußte abgesagt werden, die ganze Tournee, alle Pläne für die Zukunft waren hinfällig. Abschied von der Klarinette, Abschied für immer. Ich saß in der Rua dos Douradores. Ich ging in die Buchhandlungen, man sprach französisch. Ich hatte erzählen hören von Pessoas Koffer. 20.000 Manuskriptseiten. Ich erkundigte mich. Man ahnte seine Bedeutung. Noch war außer den Gedichten nichts übersetzt. Ich las sie in den Cafés in der Rua dos Douradores. An einem Nebentisch saßen Franzosen, und ich hörte, wie einer von ihnen, zitierend, sagte: „Mon sexe est une bouche, qui dit toujours oui." Der Satz stammte nicht von Pessoa. Gleichwohl war die Onomatopöie bemerkenswert.

Jetzt hätte ich Zeit gehabt, Portugiesisch zu lernen. Der Wohlklang der Vokale. Überhaupt die Vokale! Der Sänger weiß sie zu schätzen und fordert zu Recht nicht nur ihre Gleichberechtigung, sondern ihre Dominanz! Ich reise umher und halte – zum Entzücken der Auditorien – Vorträge an den Musikhochschulen in Porto, Coimbra und Beja. Noch nie war mein Portugiesisch so gut wie in Beja! Man will meine Klarinette sehen, doch mein Instrumentenkoffer steht mit meinem übrigen Gepäck in der Uniklinik in Lisboa. Ich will ihn abholen, aber ich kann ihn nicht tragen – man hat versehentlich meinen linken Arm eingegipst. Ich höre, wie Edmond sagt: „Confusio lateralis. Eine Berufskrankheit der Chirurgen. Wurde häufig in Wien, im Kaiser-Franz-Joseph-Spital beobachtet." Ich soll Regreß anmelden. Das gibt endlose Erklärungen, erst im OP, dann im Flur, dann im Audimax, wo bereits alles auf mich wartet. Ich werde seiner Magnifizenz, dem Rektor der Musikhochschule von Coimbra, vorgestellt, seiner Magnifizenz, dem Rektor der Kunstakademie von Coimbra, seiner Magnifizenz, dem Rektor der Universität von Coimbra, dann dem Dekan der theologischen Fakultät, einem geistlichen Herrn, der leicht angetrunken ist und sich – man entschuldige seinen kleinen Exkurs – in quälender Länge über die Qualitäten der diversen Weine der Algarve verbreitet. Zwar muß ich jetzt reden, aber erst will er mir noch ein Schlückchen nachgießen. Die Damen der Magnifizenzen halten Fächer in den Händen, ich schäme mich meiner Invalidität, suche die Rechte hinter meinem Rücken zu verstecken; wenn ich mich nicht bedanken kann mit einem Musikstück, und wäre es auch nur so klein wie „Petite Fleur" – wird man mir dann nicht die Ehrendoktorwürde aberkennen und mir den Hut wieder abnehmen, dieses bizarr geformte Barett, von dem die Feder schwankt? Und wie ich jetzt endlich rede – der Dekan hält derweil mein Glas –, setze ich meine ganze Eloquenz ein zum Ruhme der portugiesischen Sprache, die selbst wie Musik ist, eben wegen ihrer Vokalität, welchen Neologismus ich der menschlichen Sprachgemeinschaft hiermit zum Geschenk mache – ich sage nur: „Alentejo", ich sage: „Setúbal" und „Estremadura" und wiederhole: „Es-tre-ma-du-ra!" Es ist begeisternd. Ich genieße die Korrektheit meiner Aussprache, und die Gattin seiner Magnifizenz, des Rektors der Universität von Coimbra, applaudiert und ruft: „Guten Morgen, Monsieur! Gut geschlafen?"

„Guten Morgen!" sage ich, noch leicht benommen. „Besten Dank!"

Und noch herumtappend zwischen Traum und Realität, registriere ich, daß es gleich Frühstück gibt, aber nein, zuerst werde ich gewaschen, wobei ich zu helfen suche, wenigstens mit der Rechten, die Linke ist schlapp wie ein Lappen.

Und was mein Portugiesisch betrifft, sieht die Sache jetzt eher dürftig aus, schrumpft mein Wissen zusammen auf den Gemeinplatz, daß Aussprache und Schreibweise auseinanderklaffen – wirklich gesichert scheint nur, daß „Camões" gesprochen wird wie „Kameusch", und damit kommst du im Leben nicht weit.

Ich habe, ermüdet vom starken Kaffee, noch ein wenig geschlafen, und dann war Chefarztvisite. Der Tennisfan hat berichtet, daß ich schon wieder frei stehen kann, das Bein knickt nicht ein, und der Chefarzt hat ihm oder mir oder uns beiden seine Anerkennung ausgesprochen und „Bravo!" gesagt.

Alle Befunde waren ausgewertet: es ist nicht nur die Sklerose und nicht nur die Apoplexie. Da ist auch die Schwäche des Herzmuskels, die ihnen nicht gefällt. Ich habe ein Herz wie ein Hundertjähriger. Aber da läßt sich etwas machen. Nicht hier, aber in Clermont-Ferrand. In der Uniklinik. Dort kann man den Herzmuskel liften. Man nimmt ein Stück aus der Herzwand heraus, das strafft den Muskel, und die Herzleistung wird wieder annähernd normal. Aber erst muß ich mal hierbleiben, bis mein Zustand sich weiter stabilisiert.

„Au revoir, Monsieur! Bonne chance!" Ende der Mitteilung.

Kaum waren der Komet und sein Schweif verschwunden, da brachte eine Dame von der Hausverwaltung das Telefon. Sie schloß das Gerät an, erklärte mir die Bedienung mittels einer sogenannten PhoneCard, und ich wollte gerade wählen, da piepste es, und Edmond war am Apparat. Er hatte schon einmal angerufen und mich sprechen wollen, da hatte es geheißen, man könne mich nicht ans Telefon holen, weil ich zu schwach sei. Aber Edmond hatte die Autorität seines Standes, und standesgemäß, im Befehlston, hatte er gesagt: „Dann bringen Sie ein Telefon zu Monsieur!" Er wußte, was geschehen war, und wollte wissen, wie ich mich subjektiv fühlte.

„Es ist tatsächlich die Schwäche", sagte ich. „Ich könnte immerzu schlafen und denke schon, daß ich ein paar Tage hierbleibe. Ich gebe der Müdigkeit nach, ich kämpfe nicht. – Haben sie dir etwas von diesem Herz-Lifting gesagt?"

„Oho!" sagte er. „Wenn sie das vorhaben – darüber sprechen wir noch. Du darfst vor allem nichts unterschreiben. Vor allem dann nicht, wenn's dir nicht gutgeht. In der Not unterschreibt der Mensch sein eigenes Todesurteil. Also, was immer sie dir vorlegen – ruf mich vorher an! Und laß dich nicht quälen! Wenn sie anfangen, dich zu quälen, sag's mir. Du weißt ja. Notfalls hol ich dich raus. Und wenn sie krumme Dinger versuchen, kriegen sie's mit Maître Barthelme zu tun."

„Ich weiß", sagte ich. „Alles wie besprochen. Grüß den Maître! Ich melde mich."

Edmond war in Fachkreisen bekannt und gefürchtet. In Clermont hatte man ihm – er hatte mir Drohbriefe gezeigt – die Lehrtätigkeit vermiest aufgrund seiner medizinkritischen Habilitationsschrift „Die Verabschiedung der Menschenrechte in der institutionellen medizinischen Praxis." Edmond war mutig, aber im Kampf nicht ausdauernd. Wie mir, so fehlte auch ihm das Kämpferherz, und wie ich mich nach Châtelet gerettet hatte, so hatte er sich zurückgezogen nach Bort-les-Orgues, und dort hatte er sein Genügen gefunden wie ich das meine in Châtelet.

Mit mir konnte man vielleicht Staat machen, aber keinen Krieg gewinnen, denn ich war ein miserabler Soldat. Bei einem Feuerüberfall vor Dünaburg war ich in die Winisja, einen Nebenfluß der Düna, gesprungen und hatte mich unter einem Knüppelsteg, bis zum Hals im Wasser stehend, stundenlang versteckt gehalten, bis das Stahlgewitter vorüber war. Danach rückten die Unsern vor, und ich kroch wieder an Land und ließ mich auflesen. Acht Tage später wurde mir – zu meiner Belustigung wie zu meiner Beschämung – das EK2 verliehen, weil ich, so lautete die Begründung, sechs Stunden lang, allein auf mich gestellt, einen Brückenkopf verteidigt hätte.

Und vierzehn Tage später war ich in Gefangenschaft und kam in ein Lager bei Wetluga. Da war's mein Klarinettenspiel, dem ich mein Überleben verdankte – nebst der Musikalität des Lagerkommandanten, der Instrumente besorgte und dem Stephan Wanderers erste Band bei Sonnenuntergang schwermütige Weisen vom Don, von der Wolga und dem Dnjepr vorspielte, so daß er weinen mußte, und dafür bekamen die Musiker Brot.

Ein Glück, daß ich keine Memoiren schreibe! Ich wäre der erste, der sie gelangweilt, angeödet von derlei banalem Erinnerungsmüll, aus der Hand legte. Komplette Epochen meiner Vita haben für mich keine größere Bedeutung als das Telefonbuch oder der „Guide Michelin". Aber erweckend scheint mir das Rauschen der Ouze im Tal bei Latour d'Auvergne, wo sie das alte Mühlchen treibt, das ich im Sommer '78 erwarb und mit Gaspards Hilfe in Stand setzte. Packend ist das Wehen des Sturmwinds auf der Höhe des Mont Gris, der mich zu Boden warf und vor sich hergerollt hätte, wenn ich mich nicht mit ausgestreckten Armen und Beinen so breit gemacht hätte, wie es nur ging. Und hinreißend ist das Ziehen der Wolken über dem Val d'Autour, wie sie sich über die Felsmesser der Monts Dore schieben, die ihre Bäuche schlitzen, wie sie unbeirrt nachrücken und breit daherziehen in leuchtendem Weiß oder, bei sinkender Sonne, in schiefrigem Blau mit flammenden Rändern. Und von äußerster Faszination ist mir gerade das, was mich überragt und überdauert, das nicht abhängt von mir und meiner nicht bedarf, aber da ist für mich und mich hören und sehen lehrt und mir zeigt, wie die Welt in der Walnuß ist, deren Kern einem Hirn gleicht.

Und erneut der Müdigkeit nachgebend, auf der Schwelle zum mittäglichen Schlaf, schwinge ich mich hinaus und hinüber nach Châtelet und sehe mich im Gartensessel am Schafstall sitzen und hinausblinzeln aus dem Schatten des Sonnenschirms in die Hitze, die wabernd und sengend den Hang heraufsteigt, über den Dächern des Dörfchens brütet und die Menschen in der dämmrigen Kühle der Häuser hält. Dort riecht's in Kellern und Küchen nach unbekanntem Gewürz, rumort Madame Ligaut in der Vorratskammer, quengeln die Kinder über ihren Schulaufgaben, verkriechen sich Katze und Hund in die schattigsten

Winkel und sind Mensch und Tier geplagt von den immer schwirrenden Scharen der Fliegen, die zum Land gehören wie die Autos zur Stadt.

Dies ist die Südwestecke des hochgelegenen Gartenplateaus, die kleine Bastion aus Granitmauerwerk, das das Gelände zur Straße hin stützt, Restgemäuer aus der Zeit, als an der Stelle der Schule ein Schlößchen stand. Der Lehrer, dessen Wohnung über den Klassenräumen lag und der, irgendwann im vergangenen Jahrhundert, aus den Steintrümmern den Stall für seine Schafe errichtete, hat diesen Ausguckplatz ausgespart, indem er nur einen Teil der Westmauer als Fundament nutzte, so daß in der Mauerecke selbst ein geschützter Terrassenplatz blieb, den nun im Norden die Mauer des Schafstalls begrenzt. Am grauen Gestein klettern Efeuranken hinauf bis zur Kante des steingedeckten Daches; dort haben sie keinen Halt mehr gefunden, keine Fläche für ihre sich anklebenden Füßchen, oder der Sturm hat sie losgerissen, nun wehen sie im Wind, pendeln matt in den warmen Mittagslüften oder rudern wild, wenn zerrende Böen bald einsetzenden Regen ankündigen. Bei kurzen Schauern, wenn der Wind durchs Laub fegt, die Sträucher verstört und die Wipfel der Maronen- und der Nußbäume aufregt, aber auch bei Gewitter, wenn Blitzschlag droht und in den Bergen die Donner rollen, stelle ich mich unter im Stall, dessen Tür Gaspards Schafen freien Eintritt und Ausgang gewährt, und Mensch und Hund und Schafe teilen sich dann den Platz inmitten der vom Regen umtosten Dämmerung und blicken, je nach Temperament, mit Gleichmut, Groll oder Behagen hinaus ins strähnende Grau, in vom Boden aufsteigende wallende Nebel und schieben allenfalls einmal eine Nasenspitze hinaus in den Wasserschleier, der vom Dach herabstiebt und sich windet im Wind. Und am wachsenden Brausen in der kleinen Schlucht jenseits der Westmauer ist zu hören, wie die Ouze anschwillt, und kommt gar ein Wolkenbruch oder ein Hagelschlag, so klirrt's im Bachbett von rutschendem, schiebendem Gestein, und du weißt: nun wird's eng im Gewölbebogen unter der Straße nach Châtelet, und in den nächsten Tagen haben dort wieder die Bagger zu tun.

Aber jetzt wärmt die Sonne im Übermaß. Das Gemäuer wirft die Hitze zurück, und die schwarzen basaltnen Decksteine der Mauerkrone sind so heiß, daß der Hund seine Pfoten nicht daraufsetzen mag. Er wollte sich aufstemmen, um zu sehn, wer auf der Straße daherkommt und jetzt unten am Fuß der Bastion entlanggeht, denn das muß er wissen, so wie Madame Juillard Wesentliches zu versäumen fürchtet, wenn sie mir, scheu hinter der Gardine stehend, nachschaut, wenn ich durchs Dorf gehe mit Kuno oder gar einen Besucher bei mir habe wie Erasmus oder Serge.

Also, Kuno, ich sag dir, wer da unten geht: Wanderer, Bergsteiger sind's, die den Plomb du Cantal erklimmen wollen. Ich sehe sie zwar nicht, aber ihre Stimmen gehen vorüber und ich höre, wie einer von ihnen sagt: „Das schlimmste ist die Schleiferei, le biseautage! Das ist grauenhaft! Entwürdigend!" – was mir Anlaß gibt, darüber nachzudenken, ob er von der Sorbonne oder von der Fremdenlegion spricht.

Dann sind die Leute vorüber. In der Serpentinenkurve oben bei La Gazelle taucht zehn Minuten später noch einmal ein weißes Hütchen auf, dann verschwindet auch das, und nun herrscht wieder Ruhe im Massif Central, und nur ein Hahnenschrei ist zu hören aus dem Garten der Ligauts und einmal das triumphierende Gegake einer Henne, die einen riesigen Wurm gefunden oder ein Ei gelegt hat.

Der Hund liegt hechelnd im Schatten der Mauer, eine Fliege summt und wird lästig, aber ich bin schon zu müde, sie zu verjagen. Die Lider fallen mir zu, meine Arme werden schwer, die Linke mit dem Buch sinkt ins Gras, eine wohlige Spanne Zeit verharre ich noch auf der Schwelle, dann gebe ich nach, lasse mich fallen und entgleite in exotische Gefilde, schwebe über tintenfarbigen Seen inmitten moosgrüner Wälder, steige zu Bergwiesen auf und lande auf Inseln, deren Bewohner entzückt sind, mich kennenzulernen, mich zum Rundtanz laden – Sirtaki –, mir Saiteninstrumente bringen, auf denen ich spielen soll, und ein Mann mit Brille, der Lehrer, behauptet, ein Buch über mich geschrieben zu haben, das heißt „Der Zupfgeigenhansel."

Und dann summt wieder die Fliege und ist lästig, ich erwache und scheuche sie und richte mich auf, gieße mir aus der schon bereitstehenden Thermoskanne meinen Nachmittagskaffee ein und genieße, sehr bewußt und mit Behagen, meine Rekonvaleszenz, das Kurgastgefühl der Senioren, diese milchig-cremige Melange aus Wehmut und Euphorie, schwindender Sorge und wachsender Zuversicht, und lasse mich durchströmen von jener großen Ruhe, die mich auf die Frage, was der Infarkt mir gebracht habe, antworten ließ: „Gelassenheit und Distanz im Umgang mit Dingen und Menschen."

Aus solcher Gelöstheit greifst du zu Büchern, die dir Welten und Schicksale bekunden, die nicht die deinen sind, die den deinen, soweit es den Gang der äußeren Geschehnisse betrifft, nicht einmal ähneln, die dir zuwinken wie Menschen aus vorüberfahrenden Zügen, die das Fernweh in exotische Länder treibt, oder die aus der Fremde heimkehren mit unbekannten, nie gesehenen Gütern, Bücher, deren Sprache dir gerade so nahe ist, daß du ihre ästhetischen Valeurs schmecken und genießen kannst, die dich bezaubern mit winzigen absichtslosen Gesten, Bücher, deren Reiz in ihrer nahezu geschlossenen, nur wohlwollender Geduld zugänglichen Vollkommenheit besteht, die dich weder belehren noch bekehren wollen, die einfach sind, was sie sind, und sind, wie sie sind: bald rührend, bald grotesk, mitunter von unfreiwilliger Komik im Detail und dann wieder bestaunenswert, meisterlich in großen Passagen und in Glücksfällen wie Mörikes Lampe selig scheinend in sich selbst.

Dann begreifst du, warum Rilke seinen Malte in Dänemark aufwachsen ließ, warum er Jacobsen als den Dichter bezeichnete, der er selbst hätte werden mögen, und Niels Lyhne und Malte Laurids Brigge erscheinen dir als Wahlverwandte in verwandten Welten, die einander begegnen und durchdringen, dann trennen sie sich und bestehen eigenständig fort, eine jede in der Zeit des geistigen Lebens, die ihr im wahrnehmenden Bewußtsein gegeben ist, und wie zuvor den Malte so erweckst du nun lesend noch einmal Niels Lyhne in dir oder läßt dich erwecken von ihm aus dem Schlaf in den verschütteten Gewölben deines eigenen Selbst.

Und du verweilst bei Sätzen wie diesem: „Es war ein Frühlingsabend, die Sonne schien vor ihrem Untergang tiefrot ins Zimmer, die Windmühlenflügel dort oben auf dem Wall jagten ihre Schatten über die Fensterscheiben und die Zimmerwände in einförmigem Wechsel von Dämmerung und Licht – einen Augenblick Dämmerung, zwei Augenblicke Licht." Und du schließt die Augen und siehst das Gezeigte, das, zumindest in diesem Nu, keiner Weiterung bedarf, da es ruht in sich, und das da ist für dich im vermeintlichen Widerspruch und in der geglückten Koinzidenz von esse und percipi.

Der Hund hebt den Kopf, läßt ihn fallen und macht uff, die Nachmittagsfliege summt, der Schatten der Mauer rückt vor mit der sinkenden Sonne, deren Schein im fernsten Tal den Stausee der Dordogne erglänzen läßt, und du fühlst das tiefste dir mögliche Behagen am Nicht-Nützlichen, Nicht-Notwendigen und Nicht-Käuflichen, an der überflüssigen, überfließenden Fülle des dir Gegebenen, darin du dein vollkommenes Genügen gefunden hast und das man dir mißgönnt, denn all dies soll, nach Ansicht zahlreicher Narren, nicht sein.

„Carbassoque hat sich in die Toscana zurückgezogen und malt jetzt abstrakt! Das ist doch unglaublich, wie er die Sache der Revolution verrät! Die Sache all derer, die sich den Luxus eines solchen Rückzugs, einer solchen Flucht ins Idyll nicht leisten können! Aussteigen, na schön! Aber jede alternative Lebensweise ist doch nur soviel wert, wie sie auch allen andern bringt! Sie muß sozialisierbar sein! Sonst ist sie ein Raub! Ein Privatum! Was sagen *Sie*? Meinen Sie nicht auch, daß der Intellektuelle grundsätzlich in den Zentren des Zeitgeschehens präsent sein muß?"

Es war François Meunier vom COMBAT, der mich das fragte, als er mich kurz nach meinem Abschied von der Pariser Szene in Châtelet aufsuchte, und ich antwortete ruhig: „Nein. Das sehen Sie ja an mir."

Er verstummte, und sein Schweigen gab mir Gelegenheit, zu explizieren, daß wir alles, was wir je zum Schutz der Grundrechte aufgeboten hätten, vergessen könnten, wenn wir die konkrete Wahrnehmung dieser Rechte, wo immer ein einzelner sie für sich beanspruche, nicht zu achten bereit seien. Und ich gab ihm Gottfried August Bürgers Parabel „Die Esel und die Nachtigallen" zu lesen, die da lautet:

> „Es gibt der Esel, die da wollen,
> Daß Nachtigallen hin und her
> Des Müllers Säcke tragen sollen.
> Ob recht? fällt mir zu sagen schwer.
> Doch weiß ich, Nachtigallen wollen
> Nicht, daß Esel singen sollen."

Er las es mit versteinerter Miene, und das Interview, um das er gebeten hatte, war beendet.

Tatsächlich galt: wenn ich je in einem Zentrum der Macht gelebt hatte, so hatte ich's nicht wahrgenommen oder allenfalls registriert wie das Wetter. Die Reden der wechselnden Präsidenten der Republik hatte ich unter den Aspekten der Aussprache und der Grammatik bewertet. Am besten sprach Giscard d'Estaing, am schlechtesten George Pompidou. Das politische Geschehen, das die Öffentlichkeit schockte, war nur der vage, scheinbar irreale Hintergrund meines Befindens, von dem dieses als wirklich Erlebtes sich abhob. So wie das Kind vergnügt im Sterbezimmer der Mutter spielt, war ich hingegeben ans greifbar Nahe – Ungarn und Prag waren weit –, ich ahnte nicht, was mich des weiteren anging, und wahrscheinlich zu Recht nannte Fleuriot mich politisch naiv.

Ich saß vor dem Stundenglas und sah dem Rinnen des Sandes zu.

Im Mai '68 traf sich de Gaulle an einem geheimen Ort mit den Militärs, zog die Panzereinheiten um Paris zusammen, und die Truppe erwartete den Schießbefehl.

Zu der Zeit war ich mit Fleuriot in Nizza, gelegentlich einer Vernissage mit Modenschau in der Rue d'Alembert, zu der fossile

Gestalten erschienen. Ich erinnere mich an eine Scharteke mit einer Rückgratverkrümmung und einem Pferdegebiß, die sich mit Fächerhieben überall Durchlaß und Vortritt verschaffte. „Das ist Boubu", sagte man mir. – „Boubu?" – „Nun ja, die Comtesse de Boubuillon. Sie ist mit einem Bourgeois, einem Filou in Nanterre liiert, der Parfüm verlegt."

Fleuriot hatte zwei seiner Bilder gebracht. Sie hingen unter anderen Bildern im Treppenaufgang, konnten ohnehin mit den Models nicht konkurrieren und blieben daher unbeachtet. Fleuriot ging voraus ins Hotel Justin, wo wir ein Zimmer gemietet hatten. Die Getränke waren frei, und ich blieb, und am Abend – es war der Tag, an dem die HUMANITE den Bürgerkrieg in Aussicht stellte – konnte ich mich nicht schlafen legen, weil Fleuriot eine Pute mit aufs Zimmer genommen hatte.

Ich ging daher in eine Bar à Café an der Place Rousseau, dachte an Denise, die sich kurz zuvor von mir getrennt hatte, und trank weiter, wobei ich mich anfangs mit einem Tunesier unterhielt, den drei Typen der extremen Rechten am Vorabend fürchterlich zugerichtet hatten. Dabei hatten sie ihm zwei Schneidezähne ausgeschlagen. Er zeigte mit dem Finger, wo die Zähne gesessen hatten; ich hätte ihre Abwesenheit kaum bemerkt, da meine Aufmerksamkeit mehr vom Farbspektrum seiner blutig verschwollenen Augenpartie angezogen wurde. Ein Sujet für Delacroix, dachte ich, in Erinnerung an dessen Köpfe der Guillotinierten. (Fleuriot nannte Delacroix einen ästhetischen Faschisten.)

Der schwarze Mann hatte an einem Tischchen in der Nähe der Tür gesessen, und in einer sozialen Anwandlung hatte ich zum Kellner gesagt. „Bringen Sie dem guten Mann einen Rotwein!" Hierauf war der Beschenkte zu mir an die Theke gekommen und hatte mir die traurige Geschichte Tunesiens erzählt und auf die Nationalisten geschimpft, was mir den verwegenen Satz entlockte: „Hoffen wir auf den Roten Rudi!" Der schwarze Mann hatte in der Zeitung von Dutschke gelesen und fragte sogleich, ob ich Kommunist sei. Nun konnte ich nicht mehr zurück und hoffte, das Gespräch mit einem knappen „Na klar doch!" beenden zu können. „Dann geben Sie mir Ihre Uhr!" sagte der Schwarze, und ich verfluchte meine Hochstapelei.

Aber ich fand ein Schlupfloch: mir fiel ein, daß der Oberbürgermeister von Stuttgart mir die Uhr als Ersten Preis in einem Kompositionswettbewerb für Schüler im Jahre 1937 in der Liederhalle verliehen hatte, daß die Uhr also mit einem Gemütswert behaftet war. Und da ich meinem Zeitgenossen zum Ausgleich einen Scheck über 300 Neue Francs ausschrieb, war der Mann zufrieden. Das heißt bevor er abzog, ließ er sich noch zwei Francs in bar für den Bus auszahlen.

Gegen Mitternacht, als ich ins Hotel zurückkam, war Fleuriot fertig, und die Pute war weg. Das ganze Zimmer stank nach Parfüm. Ich öffnete das Fenster und sank ins Bett, unsensibel, verschwitzt, trunken vom Picon und schwer wie ein Stein.

Beim Frühstück erzählte ich Fleuriot, daß der gestrige Abend mich 300 Neue Francs gekostet habe und wieso, und er meinte, das gefalle ihm. Soviel Brüderlichkeit habe er einem Schwaben gar nicht zugetraut.

Was er nicht wußte und was ich selbst zu dem Zeitpunkt nicht wußte: der Scheck ist nie eingelöst worden. Eine Zeitlang – etwa ein Jahr lang – wartete ich vergeblich, daß der Betrag im Minus auf meinem Konto erscheinen würde, und wunderte mich, daß dies nicht geschah. Dann dämmerte mir, daß ich selbst womöglich ohne Wissen und gezielte Absicht den Grund dazu gelegt hatte: ich hatte nämlich auf die Rückseite des Schecks meinen Namen und meine Adresse geschrieben, also den Scheck endossiert und damit womöglich nach den mir kaum bekannten französischen Bankgesetzen annulliert. Mit anderen Worten: ich hatte in diesem Fall, was ich zuvor mit der einen Hand gegeben hatte, mit der andern genommen. Und ich weiß bis heute nicht, ob tatsächliche Ahnungslosigkeit oder bewußte Niedertracht mir dabei die Hand geführt hat, und wie auch immer es war – geblieben ist ein tiefes Unbehagen, das in Abständen wiederkehrt und mich die Sache nicht vergessen läßt.

Was den Geiz betraf: Fleuriot hatte mich eingeladen, ihn nach Nizza zu begleiten, um sich die Reisekosten mit mir zu teilen, und wenn ich sogar das Zimmer mit ihm teilte – ich hätte mir ja leicht ein eigenes nehmen können –, so geschah's, um ihn nicht zu beschämen. Ich hatte ihm Bilder abgekauft – sie hängen in Châtelet –, und ich mochte ihn, weil er nicht nur ein Filou, sondern, wie Max Scheler, zugleich ein philosophischer Kopf war. Während seines Studiums an der Académie des Beaux Arts hatte er Eugénie, einer Küchenhilfe im Studentenheim in der Rue des Argonautes, ein Kind gemacht und sie anschließend geheiratet. Er sei, so sagte er, sowohl Kantianer als auch Katholik. Die Heirat war kein Akt der Liebe gewesen, sondern ein Akt vermeintlicher Pflicht, nein, schlimmer: sie war ein Akt der Lieblosigkeit, denn er betrog seine Frau, wo er konnte. „Ich glaube, er will mich bestrafen", sagte die Arme.

Jedesmal, wenn er eine Pute mit aufs Zimmer genommen hatte, rannte Fleuriot anschließend zur Beichte. Die Putes fand er „praktisch", und er wunderte sich über meine ausschweifende Enthaltsamkeit. Über derlei läßt sich natürlich nicht rechten. Ich meinerseits fand beides, die Putes wie das Beichten, vermeidbar, sparte somit Energie, lebte eher romantisch als barock und ließ, wie Fleuriot sagte, mein Leben auf Sparflamme garen.

Auf der Rückfahrt von Nizza nach Paris, nachdem wir den Col Bayard hinter uns hatten, schaltete Fleuriot der Großzügige den Motor aus. „Das spart eine Menge Benzin", meinte er. Bis Grenoble gehe es jetzt ständig bergab – so wolle er einfach im Leerlauf fahren. Zu der Zeit verstand ich selbst von Autos soviel wie von der Computertechnik, und also ließ ich ihn gewähren. Nach tausend Metern roch's nach verbranntem Gummi. Fleuriot nahm die Handbremse zu Hilfe, der Gestank wurde stärker, Fleuriot geriet in Panik, lenkte den 2CV an die Böschung, schrammte bergseits den Hang entlang, schleuderte durch die nächste Kurve, lenkte wieder gegen den Fels, startete endlich den Motor, brachte den Wagen zum Stehen, stieg aus und besah sich den Schaden und legte den Rest der Fahrt bis Grenoble seltsam wortkarg zurück.

Ich weiß nicht, was aus de Gaulles Panzern geworden ist, nehme aber an, daß sie zu ihren Standorten zurückkehrten, da die Revolution mangels Bedarfs entfiel. Eine enttäuschende Geschichte für den, der nicht warten kann. Ich entwarf den Plan einer Ästhetik des Hörens und besuchte im August '68 Serge Piquet in Marvejols, wo er im Haus seiner Schwester die Sommermonate verlebte. Piquet war kein Denker, sondern ein Ludens. Er konnte mir zwar nicht die Kantischen Antinomien erklären, aber er schärfte meine Wahrnehmung und lehrte mich, den Begriff – falls es seiner überhaupt bedurfte – nicht zu deduzieren, sondern aus der Anschauung zu entwickeln.

Piquet sammelte Geräusche. Geräusche des fließenden Wassers, des Windes, des Regens, der Hunde, der Gänse, der Menschenkinder, kurz: Geräusche alles dessen, was stimmbegabt war. Er nahm sie auf Band und komponierte daraus seine von ihm so genannten „Natursonaten". Auf der Suche nach Geräuschen durchwanderte er die Karstgebiete der Causses, vor allem die höhlenreiche Causse Méjean, und wo immer er eine Bodensenke fand mit einem Spalt, in dem ein Wässerchen vergurgelte, da hängte er ein Mikro hinein und ließ es Handbreite um Handbreite hinab in die Tiefe, wo es sich auspendelte in einer Höhlung, einem Gang oder einem Gewölbe: in einem Klangraum, den die Stimmen rieselnden Wassers, kollernder Steinchen und fallender Tropfen durchtönten und in denen ihre Echos einhergingen und immerfort ersterbend und wiederbelebt riefen: „Hier bin ich!" – „Wo bist du?" – „Da bist du!" – „Wo bin ich?" oder „Ich hööör dich, dich, dich!" Im Schoß der Erde wohnte der Wohlklang und sprach zu sich selbst mit runden und volltönenden Lauten, ungestört, wie es schien, in ununterbrochenem, jahrtausendealtem Monolog, und unbekümmert darum, ob ein Mensch ihn belauschte, hier war er Stimme und Ohr an sich und für sich, bedurfte des Publikums nicht und nicht der Kritik – er genügte sich selbst.

In den Causses, wo ich Piquet eine Zeitlang auf seinen Exkursionen begleitete, kam mir erstmals der ketzerische Gedanke, daß es womöglich der Menschheit auf Erden nicht bedürfe, daß der Globus besser daran sei ohne die Spezies Mensch, so wie die Länder und Völker Afrikas besser daran wären, wenn sie nie missioniert, zivilisiert und kolonisiert worden wären. Und wenn schon die Menschen das gleiche Lebensrecht hatten wie Hund und Katze und Eule und Maus, so wär's doch schon viel, wenn sie sich nur heraushielten aus dem, was sie nichts anging, und nicht immerzu aus guten Gründen zerstörten, was aus schlechten Gründen besser bewahrt worden wäre. – Aber nun sag: was gibt es auf Erden, das uns nicht zur Verantwortung aufgetragen wäre, im Unterlassen nicht minder als im Tun – aus beidem besteht unser Handeln –, und wer weder tut noch läßt, der ist nicht da, der west ab wie vor seiner Geburt und nach seinem Tod.

Und mir kam der Gedanke – verwirklicht habe ich ihn nie –, eine Schrift zu verfassen mit dem Titel: „Die Einübung der Abwesenheit."

Vergnügliche Tage in Marvejols! Noch vergnüglicher hätten sie sein können, wenn Mademoiselle Piquet so musikalisch gewesen wäre wie ihr Bruder oder so charmant, daß ich mich in sie hätte verlieben können. Aber sie war weder das eine noch das andre. Sie war jünger als Serge und sah nicht schlecht aus, aber sie hatte eine Allergie gegen Hunde, den Humor eines Briefbeschwerers und starrte mich entsetzt an, als ich ihr – zum Gaudium ihres Bruders – auf die Nase band, der Papst wolle evangelisch werden, aber sein Lebensgefährte, Kardinal Ratzinger, sei dagegen und bestehe auf eine Trauung gemäß römisch-katholischem Ritus, und so köstlich ihr Cordon Bleu schmeckte, so reinlich sie gewandet war und so niedlich der Zorn ihre Stirn krauste, als sie den Scherz endlich verstand – an Liebe war nicht zu denken. Sie hieß bezeichnenderweise Marthe und wirkte am Herd ganz vorzüglich. Aber daran hat der emanzipierte Macho und der moderne Künstler keinen Bedarf. Er kocht sich sein Essen selbst.

Ich habe angefangen, mich in meiner Lage einzurichten und das Bett als Heimstatt zu betrachten, habe meine Habseligkeiten gezählt, die Utensilien gesichtet, die Gaspard mitgebracht hat und die der Mensch braucht, um nicht zu verwahrlosen und unter Kuratel zu geraten. In meiner Brieftasche habe ich zu meiner Freude den Brief gefunden, den mir Erasmus im August dieses Jahres zu meinem 75. Geburtstag geschrieben hat. Ich las:

„Mein lieber Freund!

Der Emeritus, der ich nun endlich bin, grüßt den Eremitus von Châtelet und wünscht ihm all das, was er sich selber wünscht, denn dies wird allemal aufrichtig sein.

Und da ich Ihnen bei meinem Besuch im März zugesichert hatte, die Sache systematisch anzugehen: in Nachwehen zu unserm Disput über die – scheinbare oder tatsächliche – Antinomie von Zweckfreiheit und Lebensnähe der Künste bin ich mit Hartmann ins Gericht gegangen und sehe jetzt, bei genauerem Nachlesen, wie er wieder einmal geschludert und die Kategorien, diesmal Substanz und Akzidens, verwechselt hat. Die Vermittlung von Sinn und die Auslösung der damit verbundenen Begleitphänomene wie Erhebung, Freude, Glück und anderer, verwandter, sind den Künsten so wesentlich zu eigen und koinzidieren so vollständig mit ihrer sozialen Funktion, daß man sie unmöglich gleichsetzen kann mit außerästhetischen Effekten wie Sinneserregung oder Belehrung (siehe Pornographie und Didaktik, die beiden von Joyce unterschiedenen Arten der Illiteratur), die in der Tat, wie Hegel gesagt hätte, 'der Sache äußerlich' sind. Die therapeutische Wirkung der Kunstwerke fällt also – lange vor ihrer systematischen Nutzung in Medizin und Seelsorge – ineins mit der Realisierung von Kunst überhaupt, die sich ereignet als kommunikativer Akt und uns gegeben ist in den komplementären Momenten der geglückten Darbietung und der angemessenen Aufnahme. Das ist durchaus ein Akt der Einverleibung und Anverwandlung, und nichts ist daran falsch oder verwerflich. Zweck, Wesen und Wert des Brotes bestehen nun einmal darin, daß es dem, der es ißt, zur Nahrung gereicht, daß es ein Lebensmittel ist. Wer also ein Brot ißt, der mißbraucht es nicht für irgendwelche sachfremden Zwecke, sondern führt es genau jener angemessenen und edlen Verwendung zu, für die es bestimmt ist. Das Brot ist die Kunst. Es macht Sinn und ist

Sinn. Und Sinn ist Brot für die Seele.
Bollnows 'Festschrift für Hermann Nohl' – weil Sie danach fragten – ist nicht mehr im Handel. Ich denke sie aber über den Austauschdienst –."

Hier mußte ich pausieren, weil, sehr in Eile, ein Weißkittel mit einem Aktenwägelchen ins Zimmer drang. Er machte halt am Fußende meines Betts, blätterte in meiner Krankenakte und erklärte, er müsse mir einen neuen venösen Zugang legen.

Ich glaubte den Mann im Gefolge des Chefarztes gesehen zu haben. Vielleicht vertrat er den Vertreter der Urlaubsvertretung für Dr. Buisson, den ich gleichfalls nicht kannte. Ein reichlich asthenischer Typ, dachte ich. Vielleicht ernährt er sich nicht richtig.

Er stand links neben meinem Bett. „Ballen Sie mal die Faust!" sagte er.

„Das geht leider nicht", sagte ich.

„Wieso?"

„Hemiparese."

„Ach so." Er eilte zurück zu seinem Wägelchen, blätterte wieder in der Akte und kam erneut, diesmal von rechts, auf mich zu.

Ich ballte die Rechte, die Armvene war zu sehn, aber er stach daneben.

„Ich nehme lieber den Handrücken", sagte er.

Er zielte lange, und da ich noch die Lesebrille aufhatte, sah ich deutlich, daß er einen Tremor hatte. Es drängte mich, zu sagen: „Kleines Alkoholproblem, wie?" Aber ich wollte mir natürlich keinen Feind schaffen – ich war ihm ohnehin ausgeliefert – und sagte daher, zumal er schon wieder danebenstach: „Extrem dünne Venen. Hat man mir schon oft gesagt."

Damit hatte ich ihm, überaus zuvorkommend, die Ausrede aus dem Mund genommen. Er sah mich unsicher an, zielte erneut, und ich dachte: Wieso bemühe ich mich eigentlich, ihn die Peinlichkeit seines Versagens nicht fühlen zu lassen! Wer hat mir nur diesen moralischen Kitsch beigebracht! Das Leben ist doch kein Gewächshaus für Mimosen!

Mit dem dritten Einstich traf er ins Blaue, und ich sagte mit

der äußersten Häme, die mir im Augenblick zu Gebote stand: „Dafür gibt's ein Teddybärchen. Allerdings nur ein ganz kleines."
Aber er fand's nicht zum Lachen. Er vollendete wortlos sein Werk, fixierte die Kanüle mit Leukoplast, und während er noch an der Sache herumnestelte, piepste sein Handy. „Komme sofort!" sagte er, ein Mann im Streß, allerorts benötigt, und war schon samt Wägelchen hinaus und fort.

Ich hatte die Augen geschlossen, meine Hand hing seitlich aus dem Bett, sie schmerzte, und ich ließ sie da, wo sie war. Ich mochte jetzt auch nicht weiterlesen in dem Brief und dachte: Ich hab kein Handy und keine Eile, ich schlafe jetzt dem Kaffee entgegen.

Ich erwachte von einem starken Harndrang, wollte mich aufrichten, und wie ich mit der Rechten nach dem Handgriff des Galgens faßte, tropfte mir Blut ins Gesicht. Es floß munter und stetig aus dem venösen Zugang, klebrig, warm, dunkelrot wie die Flaggen der PCF, floß über den Handrücken, über die Finger, hatte das Laken durchtränkt, und wie ich mich auf die Seite wälzte, sah ich auf dem linolierten Boden unterm Bett eine Lache, so groß wie ein Bettvorleger.
Ich geriet in Panik und schellte Sturm – mit Erfolg, denn die Stationsschwester erschien, erfaßte blitzschnell die Lage und verschloß den Zugang zur Vene mittels einer einfachen Drehung des dafür vorgesehenen Ventils. „Na, Sie machen aber auch Sachen!" sagte sie und folgte damit wohl einer generellen Weisung, die besagt, daß alle Fehlleistungen der Ärzte und der Pflegekräfte grundsätzlich zunächst den Patienten anzulasten sind. Das hatte ich erwartet, und ich sagte: „Ach, Schwester, Sie wissen doch, wer's war: es war der lange Blonde mit den großen Füßen!"
Derweil wurde das Bettzeug gewechselt und der Boden geputzt, und erschöpft von dem kräftigen Aderlaß – das Brünnlein hatte wohl zehn Minuten oder mehr gesprudelt –, erschöpft vom Ärger und mehr noch von der Anstrengung, ihn zu verdrängen, schloß ich die Augen und ließ mich entgleiten.
Am Abend, erwachend, sah ich mich auf dem Gipfel des Puy

de Dôme, wo Erasmus mir von Pascals berühmtem Experiment erzählte: wie dieser mittels des Quecksilberbarometers nachgewiesen habe, daß der Luftdruck hier oben signifikant niedriger sei als drunten in Clermont, womit gleichzeitig bewiesen war, daß Luft ein Gewicht besitzt und somit Materie ist. Wie Pascal hatte auch Erasmus schon in seiner Schulzeit naturwissenschaftliche Experimente angestellt. So war er einmal in St Georgen auf das Türmchen der Internatsschule gestiegen, um die Fallgesetze zu studieren. Die andern Alumnen hatten ihn gehänselt ob seiner Gelehrsamkeit und ihm zugerufen: „Erasmus, komm runter, die Sonne geht unter!" Daher rührte sein Spitzname, den ich selbst, da ich wußte, daß die Sache ihn gekränkt hatte, nur in Gedanken benutzte. Im übrigen war er für mich Herr Belchheim, wie ich, bei aller Freundschaft, für ihn Herr Wanderer blieb. Das Spottverslein seiner Mitschüler war das Intimste aus seiner Vita, das er mir je anvertraute. Dafür war er splendid in der Mitteilung seiner geistigen Besitztümer, die sich, wie er sagte, durch Teilung ständig vermehrten. Er hatte einen Lehrstuhl für neuere Philosophie in Straßburg, dozierte ex tempore und war mühelos in der Lage, mir an einem Abend den Gang der Phänomenologie von Husserl bis Gadamer darzulegen. Sagte er einen seiner Besuche an, so besorgte ich ein Kistchen Zigarren und einen alten Rémy Martin, dann wußte ich, daß er, so leichtfüßig wie zuvor den Puy de Dôme, den Gipfel seiner geistigen Existenz erklimmen würde.

Wenn es eine eigene intellektuelle Kultur, eine Gesittung des Denkens und der Rede gibt, so verdanke ich das, was ich davon mitbekommen habe, keinem zweiten wie ihm. Die Regeln einer solchen Kultur, die er nie formulierte, aber wie selbstverständlich und ohne Mühe beachtete, hätten lauten können:

Halte nichts für endgültig ausgemacht! – Woraus folgt: Erkenne das Problem in seiner vermeintlichen und immer nur vorläufigen Lösung! Schätze das Neue nicht höher als das Alte! Schätze das Alte nicht höher als das Neue! Halte die Autoritäten für fehlbar wie dich selbst!

Falle niemandem ins Wort, aber gib selbst an geeigneter Stelle den Ball der Rede ab!

Wechsle niemals innerhalb eines und desselben Gedankengangs die Bedeutung der von dir verwendeten Begriffe!

Kläre die Sache und halte heraus, was danebenliegt!

Und was er selbst mir dankte, außer meiner Gastfreundschaft, das war, wie er sagte, meine Fähigkeit des Zuhörens, die allerdings – aus meiner Sicht – nicht mehr als das Pendant seines fesselnden Vortrags war. Indes: erst wenn er mich überzeugt habe, sagte er, und wenn er damit die Barrieren methodischer Skepsis überwunden habe, könne er sicher sein, die jeweilige Sache von Grund auf durchdrungen und begriffen zu haben.

Woraus sich als weitere akademische Regel herleiten läßt: Laß dich prüfen und beweise die Qualität deiner Lehre im Dialog!

Sosehr ich mich über die Erasmischen Diskurse freute, so gern ich mit Piquet auf den Höhen der Causses nach Klangquellen suchte und so vergnüglich die wöchentlichen Gesprächsabende mit Edmond und Maître Barthelme waren, kurz: sosehr ich die Geselligkeit liebte – ebensogern war ich allein, in der alten Schule in Châtelet, in ihren Räumen, die im Winter warm und im Sommer kühl waren, unter den Bäumen im Park, deren am Hang emporsteigende Wipfel des Abends im Sonnenlicht flammten, wo die Ouze hinter der schon halb unterspülten Grenzmauer rumorte – da war ich hingegeben dem, was da sprach und wisperte, piepste und sang, Rüdigers Rufen und den Klängen des Windes, versunken ins Lauschen und nachsinnend zugleich über Herkunft und Verbleib jener Töne, die ich nicht selbst mittels Stimme und Instrument erzeugte, sondern die kamen und gingen ohne mein Zutun und denen ich, so empfand ich's, nie genugtat, die ich nie ausreden ließ und deren Botschaften ich stets verkürzte und verfälschte mit vorschnellen platten Benennungen, etwa wenn ich sagte: „Das ist der Westwind. Das ist die Ouze. Das ist der Specht." Oder: „Die Nüsse fallen ab." Was sagte das schon! Das waren Sätze ohne erweckende Kraft. Sie töteten, statt zu beleben. Die Kunst des Lauschens mußte dagegen eine mitlebende Wahrnehmung sein von so folgsamer

Geschmeidigkeit, so gehorsamer Zucht, daß sie dem Redenden nicht ins Wort fiel, es vielmehr geduldig begleitete, in der Schrittlänge wie im Schrittempo sich ihm fügte, ohne Raffung und Dehnung, bis endlich Stimme und Ohr ineins wirkten und zwei waren in einem, so wie Goethe es schaute im Gleichnis des Gingo Biloba.

Ob derlei sich je erreichen läßt? – Ich weiß es nicht. Schon die Annäherung wäre viel. Sie könnte liegen in einer bewußten Absichtslosigkeit des Lauschenden, der das Seiende sein läßt um den Preis seiner eigenen Abwesenheit oder, genauer: der sich darauf beschränkt, dem Seienden nur eine einzige Qualität hinzuzufügen: die Qualität, wahrgenommen zu sein.

Eingehüllt in eine Decke, sitze ich im frühen Herbst auf der Bank im Nußbaumrondell und übe lauschen mit allen Sinnen. Der Wind ist unterwegs mit seiner Kinderschar, er kommt gemächlich daher über die Wiesen am Hang, mit langem, ausdauerndem Atem. Die Kinder laufen voraus, hüpfen über die Maulwurfshügel, klettern am Mäuerchen herauf, kriechen durchs Staket, huschen über den Rasen und treiben Allotria mit den Halmen, die sich immerfort ducken und wieder aufrichten; sie zausen die Frisuren der Grasbüschel, jagen einander im Kreis um einen Stamm, halten inne und heben nur sacht ein welkes Blatt an, halten es schräg in die Luft, es regt sich matt wie der Flügel des Vogels, der gegen die Scheibe geprallt ist, und sinkt zurück, wie es nicht mehr gestützt wird, denn die Lüftchen sind schon davongelaufen, haben einen Fetzen Sackleinen aufgestöbert und jagen ihn mit einem Schweif trocknen Laubs am Fuß der Schuppenwand entlang.

Ich stelle mir vor, Serge hat mich an einem Kabel hinaufgezogen in den Wipfel des Baums, unter dem ich sitze, hat mich dem Atem des Windes ausgesetzt, dem mächtigen Vaterwind, der hier oben bläst, mich mit Zweigen schlägt, mir die Ohren vollsingt und dem Baum seine Früchte entreißt. Nun hänge ich wie eine der Glocken im Geäst, die Serge hier aufhängte, damit der Wind sie läuten sollte, aber er holte sie rasch wieder herunter, die Sache war, wie er sagte, nicht kunstvoll sondern künstlich.

An meinem Ohr ist der Atem des Windes, der mich allerorts einholt und mir nachgeht auf all meinen Wegen, der mich begleitet eine Spanne Zeit, in der er mich wärmt oder kühlt und zu mir redet, und dem ich nicht antworten muß, da es genügt, ihm zu lauschen. Dann ist er mein Weggefährte, der mir den Rücken stärkt. Will er aber anders als ich – denn er hat seinen eigenen Sinn – oder ist mein Weg nicht der seine, so bläst er mir ins Gesicht, und ein Kräftemessen hebt an, ein Kampf von Sumo-Ringern, bei dem ich bald siege, bald unterliege. Klüger ist's allemal, ihm zu folgen, in seinem Schatten zu radeln oder vor ihm zu segeln – so schafft man sich einen mächtigen Freund. Und warum auch nicht! Denn wo steht geschrieben, daß alle Mächtigen Schurken sind!

Hinter der Mauer fließen die Wasser der Ouze. Wolken ziehen über mir dahin, Blätter taumeln herab in der durchsonnten Luft, und in den Kaminen der Vulkanfelsen bei Orcival rieselt der Sand, aber du kannst seine Uhr nicht auf den Kopf stellen und die Zeit, die er anzeigt, nicht zählen. Du weißt nur: sie geht dir voran und folgt dir nach, und der Kegel aus Gesteinsschutt, den er bestäubt, ist das Meer der Vergangenheit, in das der Fels sich ergießt. Sieh dem Rieseln des Sandes zu wie dem Fließen des Wassers, folge dem fallenden Blatt, stemme den Stein nicht bergan, tritt auf den rutschenden Schutt – wir leben zu Häupten der Toten, und die uns treten, sind unsere Kinder.

In der Hamburger Kunsthalle sah ich in den Jahren nach dem Krieg ein kleinformatiges Gemälde Caspar David Friedrichs, das sich mir eingeprägt hat und nicht aus dem Sinn geht wegen des ungewöhnlichen Blickwinkels, den der Maler wählte und aus dem nun auch der Betrachter des Bildes seinen Gegenstand sieht. Der Blick geht über einen Sturzacker hinweg den düster beschatteten Hang einer Wiese hinauf, deren gewölbter Rücken den Horizont vor einer unbestimmten nebligen Ferne bildet. Aus bläulichem Dunst ragen die Helme von Kirchtürmen und die Kuppel des Zwingers auf, die als gewiß verkünden, daß jenseits des Hügels im Tal die vollständige Stadt mit allen Brücken und Toren und Zinnen liegt. Auch wenn du sie jetzt noch nicht siehst – sehr bald, jetzt gleich, nach nur wenigen Schritten wirst du sie erblicken! Du mußt nur den düsteren Acker überqueren und inmitten der schwirrenden Krähen den Hang der Wiese hinaufsteigen, dann wird das Rückgrat des Hügels hinter dir zurückbleiben als deine Vergangenheit. Die zuvor nur als Bruchstücke sichtbaren Teile der Stadt werden sich zur Ganzheit fügen, und fern unterm Lichthimmel steigt ein neuer Horizont auf hinter dem versinkenden und schon versunkenen alten.

Es ist die Spannung, die Ahnung, die Erwartung, die in der zeitlosen Flächenkunst der Malerei unerfüllt bleibt, aber geweckt wird und zur gedachten Vorwegnahme des möglichen Kommenden reizt.

Eher ängstigend erschienen mir solche Ausblicke in der Natur, auf den Höhen des Aubrac, wenn ich, aus einer Senke heraufsteigend, mich der vermeintlichen oder tatsächlichen Abbruchkante einer Planèze näherte, die gezackt und grün vor einem blauen Nichts den denkbar nächsten und engsten Horizont bildete und die lockend und zugleich warnend mich im Ungewissen ließ, ob hinter ihr eine Terrassenstufe lag, ein sanfter Hang abfiel oder ein Canyon klaffte. Dann ging ich nur mehr zögernd, mit kleinsten Schritten voran und hielt den Hund, den Vorwitz, an der Leine zurück, um ihn keiner Gefahr auszusetzen.

Und mit Bewunderung und Schauder sah ich den Drachenfliegern zu, wie sie sich von den Steilhängen der Monts Dore in die Tiefe stürzten, sich auffangen ließen von den Engeln der Lüfte und ruhig davonglitten in immer weiter ausholenden Schwüngen, über das Val d'Auvergne hinweg, über La Bourboule und St-Sauves, bis hin ins silberglänzende Tal der Dordogne.

Im Fernsehen läuft „Monsieur Dupont im Labyrinth der Behörden". Auch so eine Serie, zu der ich die Erkennungsmelodie schrieb – diesen musikalischen Schwachsinn, dem ich meinen Wohlstand verdanke. Aristide Maillard schanzte mir die entsprechenden Aufträge zu. Er hatte gehört, was mir in Portugal zugestoßen war – die Sache war wohl durch die Medien gegangen –, sah mich im Geiste schon im Asile d'Artistes Invalides und kleckerte nicht, sondern klotzte. So war ich in meiner Wohnung in Argenteuil zwar nicht sinnvoll, aber lukrativ beschäftigt, bis ich der Sache überdrüssig wurde und den Teller zurückschob. Ausgesorgt hatte ich ohnehin. Die Produktionen der O.R.T.F. gingen in alle Welt, soweit die Kulturhoheit der Grande Nation noch reichte, das heißt wer zufällig auf Réunion oder Martinique lebte und ein Radio oder ein Fernsehgerät besaß, der mußte Kompositionen von Stephen Wanderer hören, ob er da wollte oder nicht. Ich war in aller Ohren, für jede Übernahme- und Wiederholungssendung gab's Tantiemen, und die jährlichen Ausschüttungen der Société des Compositeurs wuchsen so an, daß ich den Maître schließlich beauftragte, was nach Abzug meiner Lebenshaltungskosten blieb, jeweils zum Jahresende an Amnistie Internationale zu überweisen.

Verdrießlich blieb, daß meine übrigen Kompositionen, die aus meiner Sicht allererst zitabel waren, mir zwar die Mitgliedschaft in der Académie eintrugen, abgesehen davon aber kein Publikum fanden. Es gab, wie Maillard mir im Vertrauen erzählte, interne Umfragen, aus denen sich, was die Experimentalmusik betraf, eine durchschnittliche Hörerzahl von 38 ersehen ließ. Dies bestärkte mich in meinem Vorsatz, nun erst recht nur noch das Beste zu schaffen, dessen ich fähig war, um den Preis, daß meine Auditorien in Zukunft nur noch aus meinen Freunden, aus Piquet und Maillard, bestehen würden, zu denen sich allenfalls noch Erasmus gesellen mochte. Diese drei, so beschloß ich, mußten mir hinfort genügen, und ich schätzte mich glücklich, weder allein noch einsam zu sein.

Allein war ich in Paris ohnehin nicht. Es gab die unüberschaubare Menge all derer, die den Nobelpreis erwarteten, weil sie aux Deux Magots Café tranken und den FIGARO LITTERAIRE lasen, die immer up to date und nie auf der Höhe ihrer Existenz waren, weil sie das einzige, das ihre Not hätte wenden können, nicht fertigbrachten: sich zu versenken in einen Gegenstand und sich von ihm durchdringen, erheben und entführen zu lassen, egal wohin.

Daneben gab es die Bettler: anders als etwa die Politiker durchweg redliche, arglose Menschen, die mich nur insofern in Verlegenheit brachten, als ich nie so recht wußte, wie man ihnen helfen konnte, ohne sie zu beschämen. Am liebsten war's mir und dankbar war ich ihnen, wenn sie ein Tier, zumeist einen Hund, gelegentlich auch einmal ein Äffchen, bei sich hatten. Dann konnte man, während man sich bückte, ablenken von der Peinlichkeit des Almosens, das dem Geber klein, dem Empfänger groß erschien, und sich der Bekundung des Danks entziehen mit bewundernden oder lobenden Worten wie: „So ein schöner Hund! Und so freundlich!" oder: „Ach, ein Spitzchen! Klein, aber wachsam!"

Und als Gesprächspartner gab's die Concierges, die Studenten auf den Bänken im Luxembourg, die Bouquinistes an der Seine und tausend mehr oder minder verschrobene und verdrehte Zeitgenossen, von denen ich – mit Strohhut und Rohrstöckchen à la Maurice Chevalier – mich in puncto Spleenigkeit kaum unterschied.

Es konnte sein, daß ein Mann mit Baskenmütze dicht neben mir herging und mir mit einem verstohlenen „Monsieur!" eine kleine bedruckte Karte in die Hand gab, wobei er den Finger auf die Lippen legte und sich rasch entfernte, und auf der Karte stand: „Kommen Sie am Samstag, dem 23. September 1971, um 20 h zur Place du Tertre! Sie werden dort eine spirituelle Nachricht erhalten, die für Ihr ganzes weiteres Leben von größter Bedeutung ist!"

Es gab auch den traurigen Fall, daß mich eine alte Frau, die neben mir auf der Bank saß, höflich ansprach mit den Worten: „Verzeihen Sie, Monsieur, dürfte ich Ihnen eine Frage stellen?" Und wenn ich freundlich „Ja, bitte?" sagte, so blickte sie nur verwirrt und verloren und sagte: „Pardon, Monsieur! Wie war doch gleich Ihre Frage?"

Und es konnte geschehen, daß mir, etwa in der Rue Donatin oder am Boulevard de Clichy, ein Typ mit einem Dromedar oder einem Kamel entgegentrat, der einen Klingelkorb vor mir schwenkte und mich aufforderte, etwas für die hungernde Kreatur zu tun, und wenn ich das Trampeltier oder was es war darben ließ und nur eilends davonstrebte, so schallte ein wüstes „Bas du dos!" hinter mir her, so daß die Passanten sich amüsiert nach mir umsahen.

Am schlimmsten war aber die Gruppe der Telefonisten, die mich zu allen Tages- und Nachtzeiten anriefen, um mich zu Termingeschäften zu bewegen, um die Übernahme von Bürgschaften zu bitten oder auch nur, um mir – das sei wirklich wichtig! – mitzuteilen, daß Ernesto Cardenal bei Shakespeare and Company lese, daß Ingolf Jüterbog gestorben sei und daß Max Barnham am Himmelfahrtstag von der Spitze des Eiffelturms ein Tischtennisbällchen herabwerfen werde.

Derlei Mitteilungen wirkten auf meinen Geist wie eine Lauge, nur mit dem Unterschied, daß ich mich nach solchen Waschgängen nicht gereinigt, sondern entkräftet fühlte und danach stets eines Schlucks starken Kaffees bedurfte, um konzentriert weiterarbeiten zu können.

Soviel Kaffee kann aber, wie schon Balzac bewiesen hat, unmöglich gesund sein! Meine Arbeitskraft schwand, und im Sommer '72 wurden die Probleme, die ich mit meinen Mitmenschen hatte (es waren dieselben Probleme, die meine Mitmenschen mit mir hatten), so qualvoll, daß ich den Gedanken erwog, mich der sogenannten Szene zu entziehen, den Finger fortan nicht mehr am flatternden Puls der Zeit zu haben, sondern vielmehr mich zu entflechten aus den Tentakeln einer sozialen Bagage, die statt Gemeinschaft zu bilden, nur Beziehungen unterhält.

Die banale Erfahrung, daß Menschen einander nicht nur förderlich sind, sondern einander auch behindern, zumal dann, wenn sie sich zu nahe kommen, hätte allein nicht ausgereicht, meine Flucht – den Eskapismus, wie man das nannte – auszulösen, auch nicht die Selbstmorddrohungen ferner und fernster Bekannter, die mich, den wohlerzogenen Zuhörer, zur Deponie ihres Psychomülls machten und in stundenlangen Lamentos den Pfusch ihres Daseins im Kontext der allgemeinen sozialen Misere vor mir ausbreiteten, wie Nadine es tat, eine Institutrice aus Nancy, die in den sechziger Jahren ihre Examensarbeit über mich geschrieben hatte, womit sie mich zu immerwährendem Dank verpflichtet wähnte, die seither mit einem genialen, aber verkannten Alkoholiker zusammenlebte, ohnmächtig, sich von ihm zu trennen, von einem Analytiker zum andern lief, nach der sich jeweils bestätigenden Diagnose jede Therapie abbrach, um ihren Peiniger nicht verlassen zu müssen, und die nicht müde wurde, meinem schon schmerzenden Ohr telefonisch die Details ihrer körperlichen und seelischen Mißhandlungen anzuvertrauen, die ich so genau gar nicht wissen wollte.

Die Zudringlichkeiten und schließlich die Invektiven, die mir das Leben vergällten, setzten schon in den sechziger Jahren ein, als zunächst einige wenige, dann immer mehr Mitglieder der Académie Parisienne des Compositeurs entdeckten, daß sie politische Wesen seien, folglich engagiert zu sein hätten – was immer das bedeuten mochte –, und nun, ein jeder auf der Suche nach seinem Dreyfus, Pamphlete und Resolutionen verfaßten, denen binnen Tagen Gegenresolutionen andersdenkender Akademiekollegen folgten, wobei der dialektische Prozeß von Rede und Gegenrede munter eskalierte und zum Schluß, wenn die Argumente verbraucht waren, sich in Verbalinjurien und Verleumdungen entlud.

Einigemale, weniger informiert und aufgeklärt als vielmehr moralisch in die Pflicht genommen, hatte ich solche Resolutionen mitunterzeichnet, befangen in dem Wahn, das Rechte getan zu haben, wenn ich nur laut genug „Pro bono! Contra malum!" rief, bis dann Gegeninformationen von seiten der jeweiligen Opposition mich schwanken machten – einmal so sehr, daß ich meine zuerst geleistete Unterschrift zurückzog und, den Scheffel meiner Narrheit rüttelnd, die meiner ursprünglichen Ansicht diametral entgegengesetzte Erklärung unterschrieb, die dann erst recht sich als unhaltbar erwies, was meine politische Naivität voll ins Licht der Öffentlichkeit rückte.

Dies verdarb meine Bereitschaft zum Engagement. Kein „J'accuse!" wollte sich nachmals meiner Kehle entringen, und wann immer Bitten um öffentliche Protektion mich in der Folge erreichten, leitete ich sie zur Prüfung weiter an die personifizierten moralischen Instanzen derer, die – zufälliger- oder bezeichnenderweise schwach in der künstlerischen Produktion – die Verbesserung der Welt zu ihrem Beruf gemacht hatten, in legibus, socialibus, oeconomicis et omnibus disciplinis unschlagbar waren und die, wo vielleicht doch einmal ein innerer Widerspruch, ein Mangel an Stringenz den Rang ihrer Rhetorik beeinträchtigte, die Kritik, die sich gegen sie erhob, zurückschmetterten kraft humanitärer und folglich unfehlbarer Gesinnung.

Wie mein Reden, so wurde aber auch mein Schweigen registriert, benotet und mir wie eine Schandtat vor Augen gehalten, und es war Lebrun-Goulatour, der Präsident der Académie, der mir im Jahr '72 nach langem geduldigen Zuwarten schrieb, die Dimitrowa (seine Sekretärin) habe ihm zur Kenntnis gebracht, daß ich seit Jahren keine einzige der in der Académie verfaßten Resolutionen unterzeichnet hätte, schlimmer als ein Hinterbänkler nicht einmal zu den jährlichen Hauptversammlungen erschiene und, wie Szrbinski und Coutumier bestätigt hätten, auch telefonisch zu keinerlei solidarischer Stellungnahme zu bewegen sei. Derlei Desengagement sei zwar nicht verboten, zeuge aber Irritation und Enttäuschung. Wer wie ich gegen Frankreichs Algerienpolitik protestiert und den Krieg der USA in Vietnam verurteilt habe, der könne, wenn es um Mittelamerika gehe, nicht schweigen, auch Kuba sei weiterhin ein Thema und in Mozambique gehe es immerhin um die Menschenrechte.

Dies meinte ich auch. Aber nicht deshalb, sondern weil Lebrun-Goulatour ein würdiger alter Herr war, der mein Vater hätte sein können, und allein um nicht unhöflich zu sein, antwortete ich ihm und nannte Gründe: die Resolutionen, die mir seitens der Académie zugingen, schrieb ich, setzten, gleichgültig ob sie aus dem Lager der Rechten oder der Linken stammten, stets ein ideologisches Vorverständnis voraus, das ich, seit ich mich nur mehr an Sachlagen zu orientieren suchte, in keinem Fall zu teilen bereit sei. Zugleich mangele es den Resolutionstexten an informatorischem Gehalt. Fakten, auf die man sich berufe, seien, entsprechend dem jeweiligen ideologischen Vorverständnis, tendenziös gefärbt und würden lediglich selektiv vermittelt. Das gleiche gelte für die Argumentation, in der jeweils alles, was die eigene Position zu verunsichern geeignet sei, sorgfältig ausgespart werde. Gleichgültig, ob dies in bewußt irreführender Absicht geschehe, fahrlässig unterlaufe oder auf unbewußter Verdrängung beruhe – das Ergebnis sei in jedem dieser Fälle nicht Aufklärung, sondern Umnachtung der Geister, sei einer Einrichtung, die den Namen „Académie" trage, unwürdig und wirke auf mich so anhaltend verdrießlich, daß ich den Verfassern der fraglichen Resolutionen empfehlen möchte, sich hinfort intellektueller Redlichkeit zu befleißigen sowie, wenn möglich, auf den korrekten Gebrauch des Subjonctifs zu achten. Im übrigen sei psychologisch erwiesen, daß der menschliche Geist angesichts unlösbarer Aufgaben oder in nicht entscheidbaren Situationen ermatte, am fraglichen Problem jedes Interesse verliere und sich anderen, lohnenderen Gegenständen zuwende.

Postwendend erklärte Lebrun-Goulatour, dies sei schon immer die Ausrede feiger Indifferenz gewesen, und er zitierte den mir bekannten Satz Max Frischs: „Wer sich die parteiliche Stellungnahme ersparen will, hat sie schon vorweggenommen: er dient der herrschenden Partei." Und folgerichtig bat er mich zu bedenken, daß man auch durch Unterlassung schuldig werden könne.

Auch dies war mir bekannt, und, schon leicht ermüdet, antwortete ich Lebrun-Goulatour, der von ihm zitierte und in sich höchst stimmige Ausspruch Max Frischs mutiere in seinem Munde zu blankem Nonsens, so daß man den Zitierten gegenüber seinem Zitator in Schutz nehmen müsse. Anders als Lebrun-Goulatour unter mißbräuchlicher Benutzung des Zitats zu suggerieren suche, gebe es nämlich prinzipiell keinen Vorrang des Tuns vor dem Lassen, keinen Vorrang der Veränderung vor der Bewahrung. Der Umstand, daß eine Partei herrsche, setze sie noch nicht ins Unrecht, und die Tatsache, daß die Opposition an die Macht strebe, also ihrerseits ihren Willen dem Andersdenkenden aufzwingen wolle, bürge weder für ihre größere Kompetenz in der Beurteilung von Sachfragen noch für ihre moralische Überlegenheit. Sollte er, Lebrun-Goulatour, mir jedoch auch nur einen einzigen vernünftigen Grund nennen können, weshalb die Wahrscheinlichkeit, durch Unterlassung schuldig zu werden, größer sei als die Wahrscheinlichkeit, durch Taten zu freveln, so bäte ich ich ihn um umgehende Mitteilung.

Hierauf stürzte Lebrun-Goulatour in der Gascogne von einem Baum, als er für sein Enkelkind Kirschen pflücken wollte, und verstarb. (Wie das Naturgeschehen, in das auch das Menschenleben verwoben ist, überhaupt oftmals zusammenhanglos und unsinnig erscheint.)

Natürlich hätte ich wie in meiner Kindheit – im Neckargarten der Großeltern – in einem Baumhaus nisten können oder notfalls, entrückt zwischen Himmel und Erde, auf einer Säule Platz gefunden, doch war ich durchaus dem Irdischen hinreichend verhaftet, um festen Stand auf eigenem Boden zu suchen. Daß ich dabei nach Châtelet kam, dankte ich Serge, der auf unsern Exkursionen durch die Berge stets die schmalsten und schlechtesten Straßen wählte. Die waren für uns die besten, weil sie in die Klangräume der entlegensten Schluchten führten. Da toste Wasser die Steilwand herab, da barst der Basalt, gesprengt vom sich dehnenden Fugeneis, Stein stürzte und klirrte auf Stein, da lachte es glucksend herauf aus der Tiefe des Flußbetts, wo auf moosglattem Fels Kühlung lockte und Gefahr drohte, und zu unsern Häupten hoch droben kreisten die Habichte vor lichtem Gewölk, und ihre gedehnten pfeifenden Rufe durchtönten die Canyons, zogen davon, kehrten wieder und zogen davon. Wir mieden die Heerstraßen, suchten und fanden das Versteckte; andernfalls wären wir an Châtelet vorbeigetrottet wie die Schweden an Eichstätt.

Ein Tag im Oktober. Serge lenkte den Jeep. Der Felsriegel in der Spitzkehre wich zurück – und da war die Landschaft: Weite und Tiefe. Zu unsern Füßen Châtelet im Abendlicht. Das violett leuchtende Dach der alten Schule im Glanz der sinkenden Sonne, darüber, in den Farben des Herbstes, die flammenden Wipfel der Marronniers, dazu der Blick über Dorf und Stadt, weithin übers Val d'Autour in die grünblaue Ferne des Val d'Auvergne. Wir kamen den Serpentinenweg von La Gazelle herab, der an der Schule vorbei nach Châtelet führt. Die Fenster des Gebäudes blickten tot, aber das Tor zur Einfahrt stand offen, Vögel sangen im Park, und auf dem staubigen Platz hinterm Haus radelten Kinder, die uns erzählten: „Hier wohnt keiner mehr, weil die Polizei hat alles kaputtgemacht."

Ich erkundigte mich noch am selben Abend nach dem Bürgermeister, traf ihn im dörflichen Restaurant aux Trois Tilleuls, wo man auch übernachten konnte, und tags darauf, nach kurzer Besichtigung des schulischen Interieurs, fuhr er mit mir nach Bort-les-Orgues zu Maître Barthelme, und eine Stunde später gehörten mir drei Hektar Land, der Park voller Maronen- und Walnußbäume und das Haus mit Schuppen und Stall nebst einem riesigen gußeisernen Ofen, der zerborsten war, weil ein betrunkener Gendarm ihn mit Benzin hatte anzünden wollen. Und all dies hatte ich erworben um den Preis dreier Jahresmieten meiner Wohnung in Argenteuil.

Der Wert des Ganzen, den keiner erkannte, lag aber, zumindest für mich, nicht so sehr in der Bewohnbarkeit des Hauses, der Eßbarkeit der Kastanien oder der Nutzbarkeit von Stall und Weidefläche, sondern in der herbstlich durchsonnten Luft, die Staket und Strauch umwob, in den sich drehenden Nebeln, die in den frühen Vormittagsstunden zwischen den Bäumen aufstiegen, hinauf zum sich erwärmenden Berghang, wo sie zergingen, im Pelz der Moose, die an der Wetterseite der Stallwand wuchsen, im Gebell des Igels im Reisighaufen und im Ruf des Vogels, der Rüdiger hieß. Kurz: was mir lohnend erschien, war das Unnütze, das nicht Käufliche und nicht Verlierbare, das im Überfluß allen Geschenkte, das unteilbar blieb, obwohl jeder, der wollte, daran teilhaben konnte.

In Châtelet gewann ich Zeit – nicht durch Beschleunigung, sondern durch Verlangsamung. Sie wurde mir zugetragen vom Wind, der als Fallwind herüberkam von Riom-ès-Montagne, Laub und Schnee aufwirbelte und meine Haut wie mit Messern schnitt, von den wärmenden Hauchen, die weither aus dem Tal der Dordogne aufstiegen, die Busch und Wiese streichelten, mein Haar und das Fell der Hunde, und vom großen patriarchalischen Wind, der am Tag wie in den Nächten über die Höhen hinging, von den Monts Dôme über die Berge der Margeride bis hin zu den Causses und weiter zum südlichen Meer, schiebend und drängend, immer darauf bedacht, zu ebnen: die Senken zu füllen und die Zinnen zu schleifen.

Die Winde und Windchen, denen ich zuvor an anderen Orten und nur flüchtig begegnet war, waren kurzatmig gewesen, rasch ermüdbar, verspielt und nie ganz erwachsen. Der Höhenwind aber, der im Cantal von Gipfel zu Gipfel schritt, Wolken wie Schafe und Rinder dahertrieb, Schneewächten türmte und die flutenden Wasser der Regenfälle über die Kanten der Planèzes hinausblies ins Leere, hatte den langen Atem dessen, der keine Geschichten erzählt, sondern das Epos der Erde. Seine Größe lag darin, daß er war, und er war, was er immer gewesen: der Raum des Geistes und der Geister, die sich trafen, wo immer er wehte, sei's in den Kaminen der Felswände in den Monts Dore, in den Schluchten und Schlünden der Truyère und des Tarn, im verlassenen Basaltbruch bei Bort-les-Orgues oder in Châtelet, auf dem Plateau der Alten Schule, in deren Gemäuer die Geister der Lebenden Zwiesprache hielten mit den Geistern der Toten, die noch redeten immerfort aus ihren nachgelassenen Schriften und deren Gefühle und Gedanken sich erwecken ließen in Sprache und Klang.

Mein Haus war ein Treffpunkt der Winde, die ich einlud, bei mir zu verweilen, solange sie mochten, denen ich Durchzug gewährte, indem ich, je nach den Wegen, die sie bevorzugten, die Fenster in den Giebeln oder die in den Gauben öffnete. Dann glitten die Winde herein, fuhren mir durchs Haar und kühlten mir die Stirn, wenn ich am Stehpult stand, den Worten lauschend, die sie mir zuflüsterten im Vorbeiflug, und ihren Rufen nachlauschend, wenn sie schon wieder fort waren und draußen im Park durchs Geäst der Maronenbäume streiften. Und ich suchte ihr Huschen und Wispern, ihr Hauchen und Hecheln und Fauchen und Jaulen, in dem die Stimmen allen Getiers versammelt waren, zu übertragen in ein reproduzierbares Getöse und Getön und in eine Scheuer zu führen, darin was Zeit gereift und Wind verweht gespeichert sein sollte in einer anderen Sphäre, jenseits von Zeit und Raum, aufgehoben, gesteigert und bewahrt endgültig für alle Zeit.

Aber zugleich, wenn der Wind vor dem Fenster im Efeu blätterte, die Dachrinne fegte oder am Giebel mit den Schuppen der Schieferverkleidung rasselte, wenn er dies tat, Stunde um Stude und am Tag wie in den Nächten, wie zeitlos in meiner doch ablaufenden Zeit, kamen mir Zweifel, ob der Wind und sein Volk meiner bedürften, da sie doch ohne mein Zutun ihre Stimmen zu jeder Zeit und an allen Orten der Erde aufs neue erheben konnten zu neuen Chorälen, die des Vorbilds der alten nicht bedurften, da sie stets vollkommen waren, makellos rund im Sein ihrer selbst, nicht reproduzierbar, da einmalig eins, wie ein Buch aller Namen, das selbst keinen Namen hat.

Und ich dachte und nahm mir vor, auch Piquet zu fragen: ob es nicht nur folgerichtig sei, wenn wir unsere Bemühungen einstellten und fortan nur noch lauschten, da alles, was sich sagen ließ, wenn nicht von uns, so doch vom Wind schon gesagt war.

Monsieur Paf ist tot.
Er sollte zum Röntgen und war im Bad. Die Schwester hat an die Badezimmertür geklopft und gerufen: „Monsieur Paf?" – Keine Antwort.

„Fait paf", hat der Schmied gesagt, und die Schwester hat gefragt: „Ist er schon lange da drin?"

„Viertelstunde", meinte der Schmied.

Die Schwester hat erneut gekopft und wieder gerufen: „Monsieur Paf?" Und dann ganz laut, besorgt: „Monsieur Verneuil? Monsieur Verneuil!"

Dann hat sie den Passepartoutschlüssel benutzt und einen Blick ins Bad geworfen. – „Mon Dieu!" hat sie gesagt.

Der Pfleger ist gekommen mit der fahrbaren Trage – sie haben auch gleich das Bettzeug mitgenommen. Die Waschutensilien, die Wäsche aus dem Spind, den Inhalt der Nachttischschublade – es paßte alles mit auf die Trage.

Sie haben das Laken über sein Gesicht gedeckt.

Ich habe mich zum Fenster gewandt. Tränen und Zorn. So ein verfluchter Narr! habe ich gedacht. So ein verfluchter Narr!

Eine Putzfrau ist gekommen, das Bett wurde hinausgefahren, dann war Stille im Raum. Der Schmied hatte das Fernsehgerät ausgeschaltet, später hat der Pfleger ein neues Bett gebracht.

Noch immer ist Stille im Raum. Aber nicht mehr lang, dann wird der Schmied nach der Fernbedienung greifen und sein übliches Wellenreiten veranstalten, oder sein Sohn wird ihn besuchen, und sie werden über das Formel-1-Rennen in Le Mans sprechen, so wie der Physiotherapeut von Roland-Garros schwärmt und Stephen Wanderer von seinen Hunden.

Mir wird gerade bewußt, daß Monsieur Verneuil, seit ich hier bin, kein einziges Mal Besuch gehabt hat. Auch hatte er kein Telefon am Bett, obwohl er doch sicherlich ein Langzeitpatient war. Hatte er keinen Anruf erwartet? Was überhaupt hatte er erwartet? – Und was erwartete ich? Und wer erwartete mich?

Damals, als ich aus der Rehaklinik zurückkam, hat Edmond mich gefragt, warum ich eigentlich nie geheiratet hätte.

„Ja, warum eigentlich!" hatte ich geantwortet. „Vielleicht weil ein Mann ohne Frau wie ein Fahrrad ohne Fisch ist. Oder, wie Belchheim sagen würde: 'Wo keine Not ist, bedarf's keiner Wende'."

„Vertu dich nicht!" sagte Edmond. „Die Lebenserwartung der Singles ist signifikant niedriger als die der Verheirateten."

Wahrscheinlich hatte er recht. Aber Lebensdauer ist nur ein Aspekt unter anderen, und was sich nicht fügt, muß man nicht unbedingt passend machen.

Einmal schrieb mir Maillard, die Smirkowa habe mich ausgespäht und wolle mich besuchen, um für die „Revue Esthétique" einen Artikel über mich zu schreiben, und ich solle auf der Hut sein, weil sie ihre Opfer bei der Eitelkeit packe. Tatsächlich war sie eine Woche später am Telefon, wobei sie nichts falsch machte.

Sie hatte kein Auto und wollte in Clermont abgeholt werden. Das war eine Aufgabe für Gaspard, der zwar keine Livree trug, aber dem es Spaß machte, meine Gäste und mich bei Bedarf zu chauffieren. Ich hatte noch immer keinen Führerschein, und der Wagen stand die meiste Zeit unbenutzt im Holzschuppen hinterm Haus.

Die Smirkowa, eine nicht mehr ganz junge, aber aparte Schöne, rauchte Zigarren wie George Sand und bedurfte, wie sich sofort herausstellte, dringend einer Abfuhr: denn kaum hatte sie sich niedergelassen, da fragte sie schon, ob's in der Nähe wenigstens ein gutes Speiselokal gebe, und kaum war dieser erste falsche Ton verhallt, da schlug sie mit krallenbewehrter Pranke einen vollen Mißakkord an, indem sie sich staunend erkundigte, wie ich's hier „abseits von aller Kultur" nur aushalten könne. Dies fragte sie, umgeben von meinen 20.000 Büchern und inmitten meiner 10.000 Schallplatten, Kassetten und Disketten! Und wenig später schwärmte sie von der Premiere der „Carmen" in der Pariser Oper – da seien 16 Araberpferde über die Bühne gedonnert!

„Hossa!" rief ich und bat zugleich, sie möge mich entschuldigen. Ich ging hinaus, bestellte telefonisch ein Taxi in Bort-les-Orgues, wartete, bis es vorfuhr, und schickte Gaspard ins Haus, damit er der Dame sage: „Monsieur hat Ihnen ein Taxi bestellt."

Maillard, dem ich die Geschichte erzählte, war begeistert, und die intime Pariser Szene spaltete sich in zwei Lager. Silvio Delattre, der neue Präsident der Académie, schrieb mir ein Billet des Inhalts, er wisse zwar nicht, was vorgefallen sei, meine aber, ich solle mich bei der Smirkowa entschuldigen, zumal deren Vater in der Résistance gekämpft habe, während ich selbst gebürtiger Deutscher sei. – An dieser Stelle las ich nicht weiter.

Je länger ich hier bin, um so mehr habe ich das Gefühl, am falschen Platz zu sein. Aber welcher Platz, außer Châtelet, wäre richtig? Der Chefarzt meint, in acht Tagen könne man meine Verlegung in die Uniklinik riskieren.

„Wozu soll das gut sein?" habe ich gefragt, und die Antwort

lautete reichlich grob: „Ja, wollen Sie denn zum Pflegefall werden? Sie sehen doch selbst, daß Sie bloß noch eine Viertelportion sind! Auf Pflegefälle sind wir hier nicht eingestellt. Und in Clermont kann Ihnen geholfen werden."

„Wie ist denn die Erfolgsaussicht?" wollte ich wissen.

„Vier zu eins, daß es Ihnen nach der Operation besser geht."

„Russisches Roulett", sagte ich, und er zuckte die Achseln.

Ich fühlte mich erschöpft und schloß die Augen. Ich war traurig und bitter, und aus meiner Ohnmacht stieg Zorn in mir hoch. Ich überlegte, ob ich ihn wie einen lästigen Hoteldiener behandeln und sagen sollte: „Sie können gehen. Ich brauche Sie nicht mehr." Es blieb ungesagt, und der Zorn verkroch sich in meinem Herzen.

Dies war's, was Edmond meine chronische Selbstvergiftung nannte: um meine Umwelt zu schonen, verzichtete ich auf die Selbstreinigung. Dies galt als Beherrschtheit und gutes Benehmen und hatte den Tod Tycho de Brahes verursacht, dem die Blase platzte, weil er's nicht wagte, sich von der Tafel des Königs zu entfernen. Und wenn ich dennoch einmal einen Wind des Unmuts entließ, so geschah's auf eine so halbherzige, verschämte und wenig gekonnte Weise, daß man mich boshaft, arrogant oder flegelhaft schalt. – Ein Grund mehr, mich zu ärgern.

Nach der Chefarztvisite habe ich Edmond angerufen, und am Abend hat Edmond mich besucht.

„Wie sind denn nun wirklich meine Chancen?" habe ich ihn gefragt. „Die sagen hier: vier zu eins. Ist das realistisch?"

„Statistisch mag's stimmen", sagte er. „Aber was du wissen willst, ist doch, ob du zu den vieren gehörst, denen es hinterher besser geht, oder ob du der eine bist, der nachher schlechter dran ist als zuvor, weil's bei der Operation zum Infarkt kommen kann. Und von da ist's nicht weit bis zum Exitus."

„Eben. Und bin ich der eine?"

„Sagen wir so: du gehörst zur Gruppe mit dem höchsten Risiko. Durch Sklerose und Infarkt ist dein Herz vorgeschädigt. Also hast du nicht eine Chance von 80:20, sondern allenfalls von 50:50."

„Warum legt der Typ mir die Sache dann überhaupt nahe?"
„Schwer zu sagen. Vielleicht ist er mit dem Operateur verwandt oder verschwägert. So eine große Sache kostet mit allem Drum und Dran immerhin 200.000 Neue Francs. Vielleicht leidet er an pathologischer Wißgier. Derlei wird oft als wissenschaftliches Interesse verkannt. Vielleicht fehlt's ihm auch nur an fachlicher Kompetenz. Saint-Julien ist schließlich nicht die Charité."
„Sehr wahr!" sagte ich.
Und nach einer Pause sagte ich: „Ich werde kleine Schritte tun. Jeden Tag ein paar mehr. Sobald ich allein ins Bad kann, ob mit oder ohne Krücke, will ich nach Hause."
„Das ist realistisch", sagte Edmond.

Der Papst ist am Blinddarm operiert worden. Was ist noch geschehen? Der alte Schafstall in Crotet ist abgebrannt. Gaspard hat's erzählt, das war vergangene Woche. „Vorbei!" ruft der Wind, der's gesehen hat und der auch weiß, was morgen ist, weil er alles weiß, aber er sagt nur: „Heute ist heut!" und was morgen ist, das sagt er mir morgen und so immer fort.

Dies ist ein Tag, an dem die Luft leichter und frischer weht, du öffnest ein Fenster, und mit dem ersten Atemzug strömt eine kühle Wärme in dich ein, du fühlst dich emporgehoben und davongetragen, steigst auf mit den Lerchen und flatterst herab, bellst mit den Hunden, krähst mit dem Hahn der Ligauts, blätterst im Laub der Ulmen drunten am Tor und trappelst mit Monsieur Dignes Esel, der den gummibereiften Postwagen zieht, die Serpentine nach La Gazelle hinauf. Du siehst, wie der weiße Straßenstaub seine Hufe umweht, und hörst den weichen, mahlenden Laut der Räder im Sand und ein Klirren dann und wann, wenn eines der kleinen Hufeisen auf eine Steinscherbe trifft.

An einem solchen Morgen lege ich mir in Gedanken zurecht, was zu tun ist: herauszufinden ist, was geschieht, wenn ein Ich sich zum Du wird, wenn ich du sage zu mir, und wenn das Du mir antwortet und seinerseits zum Ich wird – muß mir da nicht schwindeln? Und wissen möcht ich, woher Regen, Wasser und Wind ihre Stimmen haben, die zu mir sprechen, und was es ist, das sie mir sagen, und warum meine Rede zurückbleibt hinter der ihren oder ihr vorauseilt und sie auf die eine wie die andere Weise verfehlt. Und wissen möcht ich, warum ich wissen will; ob's nicht genügt, zu lauschen und zu schauen und das Geschaute und das Erlauschte zu bestaunen, wobei allenfalls zu besorgen wäre, daß ich's nicht störe, damit es sei, was es ist, so wie es selbst mich sein läßt als den, der ich bin.

Und wie ich noch grüble, da beginnen auch die Hufe des Esels zu sprechen und der Hammer in Monsieur Riqueurs Schmiede drunten im Dorf, und die sagen: „Wir trappeln und hämmern und damit genug!" Und der Wind pustet mir ins Ohr und sagt: „Flausen, nichts als Flausen! Die Ros' blüht ohn' Warum, das hat sie selbst mir gesagt."

Und wenn also Wind und Rose und Esel kein Warum haben – warum dann ich?

Darum!

Und wie immer es sei – an diesem Tag steige ich mit Rucksack und Hund auf den Gipfel des Mont Gris, weil ich hoffe, daß der Wind mir dort Flötentöne beibringt, die ich wenn nicht selbst erzeugen, so doch für andere Flötisten notieren kann. Der Hund ist Maxim, welcher Name ein Bonus auf seine Zukunft ist, denn noch ist er ein Knabe von fünf Monaten mit großen Pfoten und wenig Bergerfahrung, und wenn er unterwegs Seitenstechen bekommt, werde ich ihn im Rucksack huckepack tragen, und dabei wird er mir die Krempe des Strohhuts zerbeißen. Dies sage ich deshalb mit Bestimmtheit, weil ich über hellseherische Fähigkeiten verfüge und – zumindest in klar überschaubaren Zusammenhängen – die Zukunft voraussagen kann.

Zunächst gehen Mensch und Hund auf den Huf- und Reifenspuren von Esel und Postwagen die Straße in Richtung La Gazelle hinauf, wobei der Hund nach den Düften des Esels schnobert und der Mensch kindischerweise darauf bedacht ist, seine Tritte genau auf die rechte Reifenspur zu setzen. Zu sehen, wie dies gelingt, das erfüllt ihn mit tiefer Befriedigung, zumal in gelegentlicher Rückschau, wenn er sich umdreht und sieht, wie akurat sich das Muster seiner Schuhsohlen auf dem des Reifens abzeichnet.

Dann, an der Ecke seines Gemüsegartens, sagt der Mensch dem Hund, wo's lang geht: nämlich hinter dem Grenzmäuerchen auf weglosem Wald- und Wiesengelände bergan in zunächst sanfter und dann immer schrofferer Steigung bis zur Baumgrenze, wo nach den Fichten auch die Maulbeerbäumchen aussterben, nur mehr dorniges Gestrüpp gedeiht, dem der Hund abhold ist, und ein wenig Gras auf Kalk- und Mergelgrund, den Geröll bedeckt und auf dem der listenreiche Odysseus im Zickzackkurs weitersteigt. Dabei hat er den Blick am Boden, plant Schritt um Schritt in meterweiter Voraussicht, setzt Fuß vor Fuß, damit er nicht umknickt, möglichst flach auf den knirschenden Schutt, sucht das Solide und meidet das Lose, während der kleine Maximus, immer auf der Suche nach der Direttissima, keine Verstiegenheit scheut, trabt, wo er besser im Schritt ginge, und lieber einer Hummel nachschaut, als auf den Weg zu achten.

Und schon hat er ein Steinchen zwischen den Zehen, klagt mit Geheul und hält dem Menschen, dem großen Heiler, den rechten Vorderlauf hin. Er wird entsteint, ermahnt und getröstet, reckt die Nase gegen den Wind und rennt fürbaß.

Oberhalb von La Gazelle, wo aus dem Kamin des letzten noch bewohnten Hauses ein Räuchlein aufsteigt, kommen wir auf einen Schafspfad, der sich in gemächlicher Steigung zwischen herabgestürzten Felsbrocken und steil aus dem Grund ragenden Klippen hinaufwindet auf die Höhe des Plateaus. Trappelnd und trommelnd haben die Hufe der Tiere hier in Jahrhunderten einen Hohlweg in die Abbruchkante der Hochfläche gefräst. Der Weg endet, indem er sich oberhalb des Engpasses in alle Richtungen hin verzweigt, und seine letzten sichtbaren grauweißen Spuren verlaufen sich im Weidegras.

Hier kannst du ausschreiten, soweit das Auge reicht, auf einer schier endlosen grünen Fläche, die sanft buckelt, sich zu Mulden vertieft und nach Norden hin insgesamt ansteigt bis hin zu den Monts Dore, von wo du an klaren Tagen über Orcival hinweg bis zur Kette der Puys blickst.

Mein Ziel ist bescheidener, es hält sich in erreichbarer Nähe:

es ist der Mont Gris, der über Châtelet und dem Val d'Auvergne aufragt, einer der kleineren Vulkanberge mit längst verschüttetem Krater, aber noch erkennbarem kreisförmigen Grat, dessen gezackte Zinnen da und dort noch die basaltnen Prismen erkennen lassen, die Reste des Fließgesteins, das den weicheren Kalk durchbrach und um dessen Säulen die Winde orgeln. Hier, auf der Höhe des Mont Gris, inmitten der Trümmerwüste werde ich lagern den langen Nachmittag lang, im Fels- und Wolkenschatten, mit Schmetterling, Käfer, Habicht und Hund – und einem Salamander, der auf Maxim zugleich faszinierend und haarsträubend wirkt.

Sattgetrunken haben sich Mensch und Hund am Wasser der Senke am Fuß des Bergkegels, wo auch die Schafe trinken, am reinsten Wasser, das du auf Erden noch finden magst, weich, kühl und durchsichtig klar bis auf den Mergelgrund.

Wer trinkt, will aber auch essen, und schwierig wird nun die gerechte Teilung eines einpfündigen Brotes und einer handlangen, armdicken Wurst. Nach welchem moralischen Prinzip soll man verfahren? Verquaste Charaktere sagen in solchem Fall: „Nichts für mich, alles für andere!" und hoffen sich einen Platz im Himmel zu sichern, indem sie alle Schuld dem Beschenkten aufbürden. Am strahlendsten leuchtete mir selbst immer die von Aristoteles über Thomas von Aquin auf Marx überkommene Maxime ein: „Jeder nach seinen Fähigkeiten, jedem nach seinen Bedürfnissen!" Indes: wie bemißt sich das Bedürfnis? Am Ernährungszustand? Am Speichelfluß? Aristoteles hätte gesagt: „Am Körpergewicht" und hätte den schwersten Gewichthebern die größten Portionen zugesprochen. Also bekommt der Hund von allem ein Viertel, weil ich viermal so schwer bin wie er, und dazu – weil ihm Aristoteles Wurst ist – ein zweites Viertel als Wachstumszulage, so daß nach den Regeln der klassischen Arithmetik jeder die Hälfte erhält. Der Mensch, obwohl er die schlechteren Zähne hat, muß dabei vom Stück abbeißen, dem Hund werden mundgerechte Bissen serviert, die der Mensch, in Ermangelung seines vergessenen Taschenmessers, mit dem Daumennagel für ihn abkneift. Der Mensch ißt manierlich, wenn auch ohne Messer und Gabel, der Hund happt, schmatzt und schlingt – schmecken tut's beiden.

Nach dem Mittagessen halten Mensch und Hund Ruhe, liegen dösend im Schatten einer Felswand und lauschen mit halbem Ohr den Stimmen des Windes, der leichtfüßig am Boden hinläuft, das Haar und den Grind der Erde streichelt, die Harfe der Gräser durchhaucht und in den Halmen lispelt, und wie sie widerstandslos einschlummern, werden sie auch mühelos wieder wach im Wehen des Windes, denn der ist immer noch da, nur frischer, lebhafter als zuvor. Sein Atem umflattert die Felszinnen in der Höhe, tönt dunkel in einer Höhlung, durchfaucht einen Kamin, und er hält den Ton so lang, daß du denkst: nun geht ihm die Puste aus! Nun muß er doch einatmen! Erschöpft sein! Abbrechen! – Aber er weiß schon, an welchen Stellen er kaum merklich Luft holen, blitzschnell nachfassen und den Lungenbalg füllen kann, und wieder geht sein Gebläse, versetzt er in Schwingung, was mitschwingen mag: die Zungen der Gräser, die er durchkämmt, schmirgelt er den Fels mit dessen eigenen Sanden, und so immer fort, so heute wie morgen, am Tag wie des Nachts, und wenn Mensch und Hund schon gegangen sind und ihr Rastplatz verlassen daliegt, wird er immer noch wehen, allein in der Abenddämmerung, und schleifen und reiben und das Zerriebene fortblasen, auch wenn keiner ihm zusieht und keiner ihn hört.

Aber noch denke ich nicht an den Heimweg. Auf dem Rücken liegend, in der Kratermulde, die Hände im Nacken, lausche ich den Geräuschen des geschäftigen Windes über mir im Gestein, und ins Himmelblau blickend, in dem Wolken quellen, sehe ich, wie er unhörbar und kaum sichtbar auch dort in der Höhe sich müht, das Bestehende zu wandeln, das Ruhende zu wecken, das Träge zu lüften, und es bedarf langer Sekunden genauen und geduldigen Hinschauens, bis mein Auge die winzigen Veränderungen im Detail des scheinbar unbeweglichen Ganzen wahrnimmt.

Da ist ein Kaspisches Meer, das seit einer Minute von den Küsten zur Mitte hin austrocknet. Der weiße Sandstrand rückt vor, schließt sich enger, immer enger zusammen um ein schrumpfendes Restgewässer, einen kleinen Tümpel, der nun gänzlich verdunstet, ein letztes Pünktchen Blau – nun ist's weg, verschlungen vom Weiß des Sandes, gelöscht und getilgt für immer. Wo war doch die Stelle, an der dies vor eines Wimpernschlags Dauer geschah? Du erkennst sie nicht wieder, sie ist verschwunden wie der Raum mit dem Ding, das er barg, wie die Zeit mit dem Vorgang, den sie maß.

Aber da öffnet sich ein Quell, ein See, ein Binnenmeer in der Wüste Australiens, ein neues Blau erscheint, das sich weitet und dehnt, der Kontinent zerreißt, seine Schollen driften auseinander wie die Festlandschollen Afrikas und Südamerikas, und Raum und Zeit sind wieder da mit den Dingen, an die das Auge sich hält, die es erkennend ins Leben ruft, indem es sie hervorhebt aus dem Grund – das Weiß aus dem Blau oder das Blau aus dem Weiß –, und die Dinge lehren das Auge sehen, indem sie sich zeigen, und ohne die Dinge wäre das Auge blind, und ohne das Auge könnten die Dinge nicht einen Augenblick sein.

Und wie hier ein Ganzes sich auflöst, verschmelzen an anderen Orten Teile zu neuer Ganzheit, die ihrerseits zerfällt, und wie da und dort Zerstreutes sich sammelt, wird hier die Herde auseinandergetrieben, irrt das Verlorene umher und klagt, bis es wieder geborgen im Stall ist, kräuselt sich der Sinn und kreuzen sich die Sinne wie die Richtungen von Wille und Widerwille, und scheint der Wind, der das eine wie's andre bewirkt, selbst nicht zu wissen, was er will – nur anders soll's werden, anders, partout, als es war! – scheint er selber von Sinnen, unsinnig im Kreis sich zu drehen, quirlend gequirlt und treibend getrieben. Doch nach minutenlanger Verfolgung des Gedränges mit den Augen ahnst du, wie das Gewölk insgesamt mit all seinen Kontinenten, seinen Strömungen und Strudeln von West nach Ost vorgerückt ist um eine Meile oder mehr, wie es, mäandernd oder wie trunken torkelnd, den Erdball umrundet, der sich unter ihm wegdreht, so daß Sinn und Widersinn, Drang und Widerstand, die sich scheinbar aufhoben, nun versöhnt scheinen im umgreifenden Willen eines Hirten, der sie zu Paaren treibt.

Maxim, der sich derweil vernachlässigt fühlt, apportiert Steinchen und blafft. Was am Himmel geschieht, ist ihm zu hoch, sein Mensch, dieser Langweiler, soll sich gefälligst bewegen, und was die Metamorphose der Wolken betrifft, beende ich daher meine Ausführungen mit einem Hinweis auf Goethe, der schon vor mir erkannte, das Getrennte zu einen und das Geeinte zu trennen, sei das Wirken der Natur.

Und in der nächsten Lektion, die der vergleichenden Anatomie gewidmet ist, befassen wir uns dann mit der Entdeckung des Zwischenkiefers.

Auf dem Heimweg, im Abendwind und bei schwindendem Licht, findet Maxim am Ortsausgang von La Gazelle zwar keinen Kieferknochen, aber ein Horn, das eine Kuh verloren hat und nicht wiederhaben will, so daß er's behalten darf, und er trägt's als Beutestück hoch vor sich her und wird lange daran zu nagen haben und es grollend verteidigen gegen Madame Ligaut, wenn sie Hausputz macht.

Ich war noch nicht lange in Châtelet und entsprechend begierig auf die Sonnenuntergänge fern über den Bergen bei Marcillac-la-Croisille und Lapleau. Daher stand ich des Abends oft am westlichen Gaubenfenster mit dem Blick übers weite Tal, bestaunte die preußischblauen tintigen Wolkenbänke vor der flammenden Röte des Himmels und erblickte Gestalten im Gewölk wie ähnlich in meiner Kindheit, als ich in den Mustern der Tapete neben meinem Bett die Gesichter von Hunden, Katzen, Menschen, Teufeln und Krokodilen sah. Dies brachte mich eines Abends auf den Gedanken, bei der Lokalredaktion der FEUILLE D'AVIS DU CANTAL in Aurillac anzurufen und mit gespielter Aufregung zu bitten, man möge rasch jemanden mit einer Kamera schicken – hier sei ein gigantischer Maulwurf am Himmel zu sehen, so etwas könne man sich nicht vorstellen, das sei noch nie dagewesen!

Es war ein junger Mann am Telefon, der zweifelnd und amüsiert fragte, ob ich vielleicht zu tief ins Glas gesehen hätte. „Mais, Monsieur!" sagte ich entrüstet. „Ich bin Stephen Wanderer! Wenn

Sie mir nicht glauben, so fragen Sie doch Docteur Edmond Tisserand oder Maître Jean-Claude Barthelme in Bort-les-Orgues nach mir! Die werden sich jederzeit für meine Seriosität verbürgen."

„Okay!" sagte er. „Wo ist das genau?"

Ich gab ihm meine Adresse, nannte ihm die Alte Schule und sagte ihm, wie er fahren müsse: von Aurillac bis Dienne und von da nach Châtelet.

„Kein Problem", sagte er.

Während er noch unterwegs war, rannte ich schnell zu den Ligauts, machte Gaspard auf das Himmelsphänomen aufmerksam und bat ihn, er möge die Sache notfalls bezeugen – ich hätte bereits die Presse verständigt. Er zwinkerte mir zu, und besonders erfreulich war, daß auch die verwitwete alte Madame Pâtre, die bei den Ligauts mit im Haus wohnte, den Maulwurf erkannte und sich bei seinem Anblick sogar bekreuzigte.

Gaspard ging mit mir zur Alten Schule, und wenig später erschien der Typ von der Presse, aber natürlich zu spät, um selbst noch einen Blick auf das vergängliche Wunder zu erhaschen, denn der Maulwurf war inzwischen verwest. So blieb dem Reporter nur, sich den Vorgang detailliert von mir berichten zu lassen, wobei Gaspard mich unterstützte, und da ich ein paar Fachausdrücke aus der Gestaltpsychologie verwandte und die allgemeine Phantasielosigkeit der vom Fernsehen verkorksten Zeitgenossen beklagte – auch die Französischlehrer in den Schulen machten sich darüber Gedanken! – kurz: da sich das Thema vertiefte, gewann mein Vortrag einen natürlichen, anmutigen Ernst, und das Gespräch, das sich aus meiner Schilderung ergab, endete zwanglos vernünftig, zumal der junge Mann in Clermont studiert hatte und alles rasch und gewitzt auffaßte.

Wir schieden freundlich, und am übernächsten Tag las man in der FEUILLE D'AVIS DU CANTAL unter der Überschrift „Eine seltsame Himmelserscheinung über dem Parc d'Auvergne" folgenden Artikel:

„Aurillac. Eigener Bericht. Wie erst nach Redaktionsschluß bekannt wurde, war am Dienstag, dem 18. August '73, in den

Abendstunden, etwa in der Zeit von 20.45 h bis 21.15 h, in der Gegend von Châtelet-sur-Ville eine seltsame Himmelserscheinung zu beobachten, die M. Stephen Wanderer, Komponist aus Paris und seit kurzem in Châtelet wohnhaft, unserm Reporter wie folgt schilderte: 'Am westlichen Himmel, in einer Höhe von vielleicht 500 m und in einer Länge von etwa vier km, also etwa von Dienne bis Cheylade, lag ein riesiges Tier hingestreckt, das sich bei genauem Hinsehen von Minute zu Minute deutlicher als ein gigantischer Maulwurf darstellte. An der Spezies des Tiers konnte kein Zweifel sein sowohl aufgrund seines schiefergrauen Pelzes, seines spitzen Rüssels und seiner winzigen schwarzen Knopfaugen als auch und vor allem aufgrund seiner Füße, die wie Grabschaufeln aussahen. Man hätte meinen können, der Maulwurf habe sich damit sein eigenes Grab schaufeln wollen, denn wenn es auch zunächst so aussah, als liege er schlafend auf der Seite, so begann doch alsbald Blut aus seinem Rüssel zu fließen, was auf eine schwere, womöglich tödliche innere Verletzung des Tiers schließen ließ. Das Blut sammelte sich zu einer rasch größer werdenden Lache, war von hellem Rot, also arteriellen Ursprungs, und ergoß sich allmählich über den gesamten westlichen Himmel, der schließlich mitsamt dem Maulwurf und einigen Hügeln, die dieser zuvor aufgeworfen haben mochte, in purpurnem Blute schwamm.' Danach, so berichtete M. Wanderer, sei der Körper des Tiers in sich zusammengesunken und in schwarze Verwesung übergegangen, das Blut habe eine dunklere, venöse Farbe angenommen und sei versickert und mit dem Untergang der Sonne sei das gesamte Phänomen endgültig verblaßt und verschwunden.

Bestätigt wurde M. Wanderers Bericht u. a. von Mme Pâtre, Bürgerin von Châtelet und daselbst wohnhaft seit ihrer Geburt, die sich nicht erinnert, derartiges jemals am Himmel gesehen zu haben – auch nicht in den beiden Kriegen –, und die, wie ihr Großneffe, M. Gaspard Ligaut, unserm Reporter sagte, während der gesamten Dauer der Erscheinung Gebete gesprochen hatte. Mme Pâtre selbst sprach in diesem Zusammenhang von einem 'Fingerzeig Gottes', wußte allerdings auf unsere Frage, warum Gott ausgerechnet den Maulwürfen mit einem Strafgericht drohen solle, nichts weiter zu sagen.

Wie immer der seltsame Vorgang zu deuten sein mag – es scheint angezeigt, alle Leser und Leserinnen unseres Blattes zu größerer Wachsamkeit in Fragen des Umweltschutzes zu ermuntern. Die Schülerinnen und Schüler der im Parc d'Auvergne gelegenen Ortschaften aber werden hiermit gebeten, in den kommenden Tagen und Wochen – vor allem in den Abendstunden! – den westlichen Himmel zu beobachten, das, was sie dort sehen, in Aufsatzform niederzuschreiben und die Aufsätze an die Redaktion zu schicken, wobei die schönsten dieser Aufsätze zum Abdruck gelangen."

Soweit die FEUILLE D'AVIS DU CANTAL, in deren Wochenendausgaben in den Monaten darauf ganz zauberhafte Aufsätze von Schulkindern erschienen, in denen von Engeln und Riesen, Bären und Löwen, Haien und Sauriern, weit mehr aber von blutigen Monstern geradezu infernalischen Kalibers die Rede war, die, wie mir schien, hier erstmals verbal gebannt und damit unschädlich gemacht wurden. Und zu den Aufsätzen gab es alsbald eine Fülle von Leserzuschriften, zumeist von Lehrern, die berichteten, daß ihre Schüler noch nie so gern Aufsätze geschrieben hätten wie jetzt unter dem Anreiz des Wettbewerbs und seines formidablen Themas, so daß zu wünschen sei, dieses Beispiel, das die FEUILLE D'AVIS DU CANTAL gegeben habe, möge auch in anderen Departements Frankreichs, ja womöglich im ganzen Vaterland Schule machen.

Daß dies tatsächlich geschah, ist aber eher unwahrscheinlich, denn schon ein halbes Jahr später war selbst im Departement Cantal die Sache – wie alles wirklich Vortreffliche – passé und vergessen. Doch wurden, wie Gaspard mir erzählte, in den Gaststätten der Dörfer ringsum immer mehr Spielautomaten aufgestellt, denn – so lautet ein Gesetz des Marktes – je idiotischer das Produkt, um so größer der Erfolg.

Fern von hier, auf meinen Gedankenwegen fühle ich mich wohl. Dort bin ich auf der Höhe meiner selbst – hier dagegen bin ich am Boden. Zwar nicht zerstört, aber niedergeschlagen, lustlos und matt. Mein preußisch tugendhafter Vater, der auch Sport unterrichtete, hätte gesagt: „Da muß der Wille einsetzen!" So wie militante Ärzte zu einem Sterbenden sagen: „Sie müssen kämpfen!" Als gäbe es nicht genug Kampf auf Erden. Wenn man mich ließe, wäre ich der sterbende Türmer in Rethels „Totentanz", dem der Tod als Freund erscheint. Was ich mir wünsche als Daseins- und Sterbeort, ist die Türmerstube: mein Arbeitsraum unterm Dach der alten Schule in Châtelet. Dort säße ich, die Hände im Schoß, ruhend, mit geschlossenen Augen – lauschend auf das Kommende.

Was könnte besser sein!

Vorhin habe ich, in Gegenwart des Tennisfans, aber ohne seine Hilfe, ein paar Minuten am Fenster gestanden, mich selbst gestützt und hinausgesehen auf die Dächer. Ein Fensterflügel war geöffnet, ich atmete die regenfeuchte Luft ein, roch den Herbst, den Duft des schon gilbenden, nassen Laubs der Marronniers, glaubte über den Rufen und Pfiffen der Stadt das Rauschen des Flusses zu hören und sagte: „Hören Sie auch die Cère? Sie scheint Hochwasser zu führen."

„Die Cère? Monsieur meint die Jordanne!"

„Die Jordanne? Ja, wie, ist das da unten nicht die Cère?"

„O nein, Monsieur! Das ist die Jordanne! Aurillac liegt an der Jordanne! Die Cère fließt weiter südlich, etwa fünf Kilometer von hier. Da mündet die Jordanne in die Cère. Bei Arpajon."

„Sie zerstören mein Weltbild", sagte ich. „Aber sei's drum! Jordanne, das ist bestimmt auch ein hübsches Kind. Damit kann ich mich anfreunden. Ob sie Jüdin ist? Nein, dann hieße sie Jourdaine."

„Jourdaine?" Er sah mich verständnislos an. Er spielte Tennis, und ich spielte mit der Sprache – das war unfair, und zwar von mir, denn ich gab den Ton an, und er sollte tanzen. Ich hatte eine Synkope gespielt und ihn damit aus dem Takt gebracht. Wie gemein!

„Ist schon recht!" sagte ich. „Chacun à son goût, chacune à sa chacunière!"

„'Chacunière'? Das Wort gibt es nicht."
„Eben!" sagte ich. „Buchen Sie's auf mein Deutschtum!"
„Ach, Monsieur ist Deutscher?"
Er half mir zurück aufs Bett, ich wünschte ein schönes Wochenende und ließ mich zurück in die Kissen sinken.

Wenn man am falschen Platz ist, muß man fortgehn. Deshalb war ich von Köln nach Paris und von Paris nach Châtelet gezogen. Köln war falsch, weil es dort keinen Valmaurin, keinen Maillard und keinen Piquet gab, also wegen eines Mangels an Erwünschtem. Paris war falsch, weil es dort außer meinen Freunden und Lehrern die sogenannte Szene gab, die alles, was sie begünstigte und hervortrieb, sogleich wieder löschte – ablenkbar, zerstreut und permanent überreizt. Die Szene gebar, wie Beckett gesagt hätte, „rittlings über dem Grab." Die Entwertung des einzelnen war der Fluch des vielen. Drei Freunde waren drei Personen – hundert Bekannte waren nur noch Leute. Ein Mensch konnte ein Du sein – die Menschheit dagegen war Population. Ein Buch, gelesen zur rechten Zeit, war eine Welt – tausend Bücher waren Papier, und es fehlte nicht viel, daß ich vor meinem Umzug nach Châtelet wie Tieck „in einer Anwandlung von Unmut" meine Bibliothek verkauft hätte. Was mich davor bewahrte, war vielleicht die Sammlerleidenschaft des Schwaben oder meine Pietät vor dem über drei Generationen auf mich überkommenen Familienbesitz. Und zudem: wenn auch jedes Ja, das ich sprach, als einsame Fichte aus dem Nebelmeer des Nein aufragte – ich konnte auswählen, ohne den Rest zu verachten oder gar zu zerstören. Der Nebel mochte ruhig weiterwallen. Es genügte, zu wissen, daß die Kunst des Lebens wie die der Komposition nicht im Hinzufügen, sondern im Aussparen lag. Das bleibende eine evozierte das übrige, aus einem Eschensamen wuchs Yggdrasil, der Punkt war der kleinste Kreis, der alles umschloß – und je gemächlicher ich ging, um so mehr Zeit strömte mir zu, und um so besser gelang mir, was ich erstrebte: die Versenkung ins noch Ungesagte, noch nicht Verlautbarte, aus dem allererst Stimme und Klang sich vernehmen ließen, denen zu lauschen sich lohnte.

Dann verhielt ich den Schritt und schloß die Augen, horchte in mich hinein, wie Piquet in den Causses in die Klangräume der Erde hineinhorchte, und innen war außen und außen war innen, und mein Ohr war die Membran, die schwang inmitten der Welt, und immer war Stille im Klang wie Schatten im Licht, war der schweigende, finstere Grund, ohne den nichts sein konnte, denn wem sonst hätte das Licht leuchten und zu wem sonst hätten die Stimmen sprechen sollen wenn nicht zu ihm, der ihnen Vater und Mutter war!

Und ich ging einher in den Gemächern meines Innern, erkannte das Vertraute und bestaunte das Unbekannte, neugierig und scheu wie als Junge in meiner Schulzeit, da ich das leerstehende alte Schloß Heimstätt erforschte – ein Einbrecher auf der Suche nach Gold und Gespenstern –, ich durchwanderte die Flure, stieg treppauf und treppab in den Keller und wieder hinauf auf die Bühne, saß träumend in einem Turmgemach mit dem Blick ins Neckartal, mied den steingemauerten Seitenflügel, dem Einsturz drohte, warf einen Stein in den Brunnenschacht und lauschte dem Hall seines Aufschlags in der Tiefe, kam an verschlossene Türen, zu den Räumen des ungenutzt Möglichen, des verschwiegenen Kummers, der gestohlenen Lust, ahnte gelebtes wie ungelebtes vergangenes Leben, das nicht das meine war und ihm doch ähnelte: Gefangene in Verliesen, Leichen hinter Mauern, in vergeßnen Gewölben, umwickelt, umschnürt wie die Mumien von Toledo – und ich rannte davon und kehrte doch immer zurück in dasselbe Gehäus, bis ich die Fesseln zerriß, die mich unsichtbar banden, die Sterbezimmer ausräucherte und mir Lebensräume erschloß, die mir behagten: licht, hoch und so weit, daß ich sie kaum ausschreiten konnte als der Winzling, der ich war, in denen ich gleichwohl das Gesuchte fand und selten nur fehlging, die mich schützten nach außen und in ihrem Innern mir alle Freiheit gaben, deren ich bedurfte.

Ich war eingekehrt und daheim bei mir selbst.

Im Juni '79 waren die „Messages du Vent" nach Polen gedrungen, und Piquet und ich erhielten eine Einladung zur Aufführung in Warschau. Warschau war groß und flach, die Weichsel floß träg, eine Kloake mit schmierigen gelblichen Schlieren, der Papst hatte ein Buch über Ehe und Mutterschaft geschrieben, und die Damen in der Hotelbar, die der Portier uns empfahl, kosteten soviel wie eine Nylonbluse. Die Kollegen im Künstlerkeller sprachen auf Wunsch französisch, aber mehr über Katyn als über Musik, und ich äußerte die Ansicht, daß die polnische Sprache für die Oper ungeeignet sei. Wir fuhren zum Chopinhaus, besichtigten ein Schloß der Radziwills, und ich fühlte mich verpflichtet, auch das Ghetto zu sehen. Serge seufzte. Aber er begleitete mich, und ich sah, daß er litt. Im Gestapokeller flüchtete er sich in Sarkasmus und sagte, alles mache einen sehr gepflegten Eindruck und er könne die Gestapo nur jedem empfehlen. Die Anspielung auf Sigmund Freud wurde verstanden, man blickte gequält, und ich litt mit Serge, dessen Mutter Jüdin gewesen war.

Später, auf dem Marktplatz Canalettos, sah ich, wie eine alte Frau vor einem Priester niederkniete, seine Hände küßte und sich von ihm segnen ließ.

Im Krieg hatte die polnische Kirche auf der richtigen Seite gestanden. Derlei kam vor, in der Kirchengeschichte, oder mochte versehentlich mit unterlaufen.

Am Tag nach der Aufführung kassierten wir unsere Tantiemen, verteilten sie in kleineren Scheinen am Haupteingang des Doms und flogen zurück. Serge flog gleich nach Paris, ich selbst machte Station in Köln, wo ich, der Gefangenschaft als Günstling des Schicksals vorzeitig entkommen, von 1950 bis 1958 studiert hatte.

Mich zog's zum Klapperhof. So hieß das Sträßchen zwischen dem Hohenzollernring und dem Alten Zeughaus, wo noch ein Rest alten Kopfsteinpflasters war, auf dem einst die Hufe der Pferde geklappert hatten. Dort hatte ich gewohnt: im Giebelzimmer eines Hinterhauses, das bei der Zerstörung des Vordergebäudes im Krieg erhalten geblieben war und nun, abbruchreif, angstvoll zu warten schien auf die Abrißbirne, die, wie ich sah, vom Zeughaus heranrückte und gleich gegenüber bereits Platz geschaffen hatte für den Prachtbau des Gerlingkonzerns, vor dem die Umgebung sich duckte. Im Vorgärtchen hinter dem verrosteten Tor, durch das ich so oft gegangen war vor 20 Jahren und mehr, verkümmerten Holunder und Flieder, und wie ich aufsah zum Fenster im Giebel, wie um mich selbst zu sehen dort oben, wie ich des Abends dort stand und auf Erasmus wartete, meinen Studienfreund, der zu der Zeit Assistent von Rothacker war – da blickte unter kahlem Scheitel das Gesicht eines Greises auf mich herab, der hinter der lang nicht geputzten Scheibe wie verneinend den Kopf schüttelte, immerzu, unaufhörlich, als wollte er mir eindringlich zu verstehen geben, daß ich's nicht sei, der hier Ausschau hielt, oder daß er nicht der sei, den ich suchte, daß ich hier falsch sei, am falschen Platz und zur falschen Zeit, und mir keine Mühe geben solle, da ohnehin alles falsch sei, unaufhörlich und immerzu.

Aber ich ging doch weiter, am Drahtzaun des Vorgartens entlang, die leicht abfallende betonierte Einfahrt hinunter – ich wollte doch wissen, wer jetzt hier wohnte. Im Hof standen nebeneinander zwei Garagen aus Wellblech, die waren früher nicht da gewesen, und neben der Tür an der Rückseite des Hauses stand ein Paar grüner Gummistiefel. Auf dem obersten der drei Klingelschilder, auf dem einstmals mein Name, Stephan Wanderer, zu lesen war, klebte das Mittelstück eines Visitenkärtchens mit dem Aufdruck: KLEIN HERMÄNNCHEN – ARTIST.

Der so hieß, mußte der Sohn von Hermännchen sein, eines Mannes, dessen vollständiger und richtiger Name Hermann Faßbender gewesen war, der in den fünfziger Jahren unter mir auf der ersten Etage gewohnt und dessen Frau auf Anordnung des Hauswirts jeden Donnerstag mein Zimmer geputzt hatte. Hermännchen war ein wenig klein gewachsen, friedfertig, still dem Alkohol ergeben und Sänger von Beruf. Seine Kunst bestand darin, daß er gelegentlich der sommerlichen Kirmessen in Bierzelten sogenannte Kölsche Krätzcher vortrug. Diese Krätzcher waren vertont von mir unbekannten Komponisten, hatten unzählige Strophen, handelten von Schabau und Ehezwist, und Hermännchen – ich hatte ihm einmal zugehört bei einem

Straßenfest – sang sie zur Laute, wobei er, zumeist im Zwei-Viertel-Takt, seinen Kopf hin- und herbewegte, also mit dem Kopf den Takt schüttelte. Die Pointen steckten jeweils im Refrain und kündigten sich regelmäßig an mit der Verszeile: „Dor han isch für ming Frau jesaht." Dann fiel das Publikum ein, der Jubel stieg, doch nicht ein einzigesmal – und das schien mir ein Zeichen bemerkenswerter Professionalität – verzog der Sänger eine Miene; so laut das Publikum lachte, so ernst blieb er selbst, als fände er's unter seiner Würde, so albern zu sein, wie er war – traurig, tieftraurig war die Welt, er allein wußte es, kippte einen Kümmel, den der Köbes ihm brachte, und überblickte die Menge der Lacher mit dem Gesichtsausdruck tiefster Depression.

Nun hauste sein Sohn unterm Dach, überblickte vom Fenster aus seine Welt: einen Vorgarten, ein Stückchen Straße, wartete kopfschüttelnd auf das Ende, und vielleicht, so denke ich jetzt, gab der WDR ihm ein Gnadenbrot, ähnlich wie Wolfgang Neuss es später vom STERN erhielt.

Ich machte kehrt, ging am Haus entlang zurück, sah den Schorf der Wand, den Staub auf den Büschen im Vorgarten, blickte noch einmal hinauf zum Giebel – der Schädel am Fenster war verschwunden –, dort hatte ich gewohnt.

Ich ging die Friesenstraße hinauf, in Richtung Hildeboldplatz und sah gleich, daß Broichers Zeitungs- und Tabakladen noch da war. Dort hatte ich täglich meine Zeitung gekauft. Nichts war renoviert, die alte Türglocke tönte wie je, und aus der staubigen Dämmerung im Hintergrund des Ladens erhob sich eine Gestalt, die mich an Quasimodo, den Glöckner von Notre Dame, denken ließ. Ich erkannte ihn wieder, er lebte und war's: Herr Broicher junior – in meiner Studienzeit war er ein junger Mann gewesen, schon damals geplagt von einer Rückgratverkrümmung und einem Basedowleiden, nun aschfahlen Gesichts und in sich verkrümmt, da die Skoliose fortgeschritten war.

„Der Herr?" sagte er.

Er erkannte mich nicht, und ich überlegte, ob ich sagen solle, daß ich hier gewohnt hätte in den fünfziger Jahren, ihn noch kenne von damals, auch seinen Vater noch gekannt hätte, der immer den eigensinnigen Spaniel ausgeführt habe, der Locki hieß und wahrscheinlich längst tot sei.

„Den EXPRESS, bitte!" sagte ich.

Wir hätten einander bestätigen können in unseren Welten. Ich hätte ihm sein Dasein geben können für die Dauer eines Blicks, eines Wortes, hätte Freude empfinden und bekunden können – aber ich war gelähmt. Ich liebte ihn nicht. Er stand mir nicht nah.

Ich zahlte, er dankte, ich ging.

Ich ging zurück, in Richtung Mohrenstraße – in der Nähe des Römerturms war in einem Keller ein kleines Theater gewesen, in dessen Foyer sich Genies aller Art getroffen hatten. Dort war ich fast täglich ein- und ausgegangen, hatte mich mit den Akteuren geduzt, nach den Vorstellungen mit ihnen getrunken und gestritten, dort hatte ich gelebt, hatte Welt in mich hereingerissen: Beckett, Sartre, Osborne, O'Neill und Tennessee Williams, um zu wachsen, zu platzen aus allen Häuten.

Das Haus war noch da, auch das Theater im Keller, das Foyer – mit neuem Outfit – war geöffnet, ich setzte mich an die Bar und bat um einen Kaffee. Eine junge Frau bediente, die natürlich zum Ensemble gehörte, und ich fragte aufs geratewohl: „Wo ist denn die Schillerin?"

„Frau Schiller sitzt an der Kasse", lautete die Antwort.

„Ach ja!" sagte ich. „Da muß ich ihr gleich mal guten Tag sagen."

Die Schillerin hatte immer schon an der Kasse gesessen. Auch damals, vor zwanzig Jahren. Man hatte ihr keine Rollen mehr gegeben, auch dann nicht, als sie ihre Ersparnisse in das Theater investierte. Aber seitdem war sie Miteigentümerin des Hauses und konnte nicht mehr entlassen werden.

„Und was macht Buschi?" fragte ich.

Die junge Frau blickte ein wenig pikiert. „Wen meinen Sie? Franz Buschmann?"

„Ja, genau den!"

„Franz Buschmann ist mein Vater", sagte die junge Frau. „Ist am Stadttheater Krefeld. Schon lange. Lauter schöne Rollen."

„Das freut mich", sagte ich. „Grüßen Sie ihn mal von mir! Sagen Sie, Stephen, nein, Stephan Wanderer sei da gewesen!"

„Mach ich", sagte sie.

Beim Hinausgehen kam ich an der Kasse vorbei. Da saß die Schillerin, eine alte Frau mit Knoten und Mittelscheitel, mit rundem Rücken – sie strickte und sah nicht auf.

Ich machte einen Umweg durch die Richmodstraße und kam an der Tanzschule Paffrath vorbei, die jetzt Tanzstunde Karin Paffrath hieß und wohl von der Mutter auf die Tochter vererbt worden war. Ich dachte an Rosi Pütz, eine meiner frühen Liebschaften, eine Tanzstundenliebe, die lustvoll und flach gewesen war. Schräg gegenüber war eine Milchbar gewesen. Ich blieb stehen und sah vor mich hin – hier hatte ich gestanden, in meinem zu engen Anzug, mit meinem Stockschirm, und hatte gewartet. Und in diesem Augenblick, an der Tanzschule in der Richmodstraße, in einem Nu aus Straßenlärm, Passanten und Sonnenschein auf dem Pflaster – Eishörnchen, Skateboard und Litfaßsäule – durchfuhr mich der Gedanke: Hier! Hier hast du gelebt. In dieser Stadt, in diesen Straßen, und genau hier, an dieser Stelle, wo du stehst, ist dein Leben zu Ende gegangen an einem Tag wie diesem im Juni 1958! An einem solchen Tag ist es geschehen, so schnell, so leicht, daß du es selbst nicht bemerkt hast, aber seitdem bist du tot. Bist gelöscht im Bewußtsein anderer, die dich nicht kennen, nicht wiedererkennen, denen du fremd bist. Die Menschen, an die du soeben das Wort gerichtet hast, haben dich angeblickt, aber nicht wahrgenommen, haben, zerstreut wie sie sind, nicht einmal bemerkt, daß du tot bist, haben so getan, als lebtest du – in einem Rollenspiel, das du selbst inszeniert hast. Denn du selbst hast den Lebenden nur gemimt und warst doch tot und nicht da: ein Toter unter Toten, der niemanden erweckt und von niemandem erweckt wird.

Dann dachte ich: dies kann nicht sein, denn ich denke und fühle doch, also bin ich – aber wo?

Im falschen Film! dachte ich. Ich bin im falschen Film! Ich geistere gespenstisch durch die Szenen, stehe den Akteuren im Weg, laufe der Kamera ins Bild, greife nach dem Glas meines

Gegenübers, und mir geschieht nur recht, wenn man mich hinauswirft.

Und ich begriff: nicht mein Leben schlechthin war hier zu Ende gegangen, sondern eines meiner Leben, jenes, das bis 1958 gedauert hatte, als ich von hier fort nach Paris zog, und ich hatte eine, nur eine der vielen Identitäten verloren, die mir möglich waren, eben jene, die ich in meiner hiesigen Studienzeit gelebt hatte, der ich entwachsen war und die ich zurückgelassen hatte am Weg: eine leere Haut, die der Wind davontrug und runzelte und die irgendwo verweste im Laub. Und was damals mein Leben bewegt und gefüllt hatte, war dahin mit den Wassern der Flüsse, war entschwunden wie wesenlos und kam nicht zurück. Das Tote war tot. Ihm gebührte die Trauer ob seines vergangenen Daseins, aber die Liebe mußte dem Lebenden gelten, das war.

Geblieben vom Einst war die Freundschaft mit Erasmus, die sich erhalten hatte durch die Zeit und hinweg über räumliche Trennung, weil sie Substanz hatte und nicht Akzidens war, und die Zeit der Häutungen würde andauern, die Häutungen selbst würden den Weg markieren durch Sand und Gebüsch und Laub, solange mein Leben wuchs, und wenn ich aus- und einging in Welten, so dankte ich's andern, die mir mein Dasein zusprachen, indem sie mich bei meinem Namen nannten, so wie ich andere weckte, indem ich sie rief.

Wo Klang ist, da ist Leben, wo Stimmen einander rufen und antworten mit Hall und Widerhall zwischen den Bergen der Margeride, im gewundenen Tal des Allier, in den Schluchten des Lot und den Grotten des Tarn, und der tosende Sound, den Serge und ich in Mademoiselle Piquets Küche aufrührten, wo wir uns ihre Töpfe über den Kopf stülpten und im Innern dieser dröhnenden Klangkörper sangen – „O sole mio!" und „Granada" –, die summenden, brummenden, grollenden, heulenden, johlenden, brüllenden Laute, die wir ihnen mittels unserer Stimmen entlockten, sie alle waren Leben, waren Wirbel der Freude, Tanz und Gelächter, in das selbst Marthe die Humorlose einstimmte, als sie vom Markt zurückkehrte und ihre Küche in ein Tonstudio umgewandelt fand. Zwei Narren, zwei erwachsene Männer, die sich wie Kinder aufführten, tobten darin, hatten das gesamte Inventar an Töpfen, Kasserollen und Sudkesseln zur Perkussion umfunktioniert, benutzten Löffel und Kartoffelstampfer als Trommel- und Paukenschlegel und behaupteten unaufhörlich, in einem gelben U-Boot zu leben.

Natürlich halfen wir Marthe anschließend beim Aufräumen, damit sie uns gewogen blieb, und am nächsten Tag versorgte sie uns mit Proviant, und wir brachen auf zu einer tagelangen Wanderung durch die Margeride, wo wir die Schafe anblökten, zur Quelle der Truyère aufstiegen und mit unsern Rufen die Nymphe Echo weckten und neckten.

In der Natur gelang's: im Gespräch mit den Tieren, die mich begrüßten mit Gemaunz und Gebell und die ich lockte wie den Vogel Rüdiger, indem ich sie bei ihren Namen rief, aber im Umgang mit Menschen blieb ich gehemmt – ich habe nie ergründet, warum. Manchmal ließ ich den Brief eines Fans unbeachtet, weil der Absender oder die Absenderin sich nicht die Mühe gemacht hatte, meinen Namen richtig zu schreiben, manchmal überhörte ich einen Appell, weil ich mich bedrängt fühlte, manchmal, wenn Kinder mir zuwinkten aus einem fahrenden Zug, winkte ich nicht zurück und schalt mich sofort, weil ich's nicht tat. Ich war depressiv und gelähmt, nicht stets, aber für Tage, die kamen und gingen. Dann verschloß ich mich in Schweigen, war da, wo der Wind ist, wenn er nicht weht, und bedurfte selbst der Erweckung. Und während ich den Rufenden sterben ließ, indem ich seinen Ruf nicht beantwortete, litt ich mit ihm wie der Vater, den der sterbende Sohn mit dem Namen El anrief, und betrauerte den, der da starb, indem ich mich selbst anklagte zugleich, da es doch einzig an mir gelegen hätte, ihn am Leben zu erhalten und ihm einen Platz zu geben in meiner Welt. Und wie er meiner Welt entfiel, so entfiel ich der seinen und starb mit ihm und in ihm.

Erasmus hätte gesagt: „Eine Polarität sinkt zurück in den Grund, und es bleibt das Ur-Eine."

Ich war nicht alliebend. Ich hatte mein Maß. Und indem ich

meine Begrenztheit erfuhr, beschied ich mich selbst in meinen Erwartungen, die ich gegen andere hegte, denn auch sie hatten ihr Maß, und ihre Macht hielt sich in Grenzen.

Und Karen Horney schließlich, auf deren Bücher Edmond mich aufmerksam machte, verdankte ich die Einsicht, daß das Verlangen nach Omnipotenz und das Bedürfnis nach unbedingter Liebe in gleicher Weise neurotisch sind.

Aber das sage man jenen Seelenverderbern, die den Menschen ins Elend stürzen, weil sie ihn partout vergotten wollen! – Es genügt, daß wir die begrenzten Wesen bleiben, die wir sind, und überdies: der Wind, mag er auch schlafen, wird wiederauferstehen, und die Liebe weht, wo sie will.

Meist war's der Hund, der mich weckte, indem er blaffte und mich mit der Schnauze anstieß, und wenn ich mich regte und seinen Namen rief, entlud seine Begeisterung, mich noch oder wieder am Leben zu sehn, sich in einem Sturm der Bewegung. Er umtanzte mich wie ein Derwisch, bellte dazu aus voller Kehle, und die allmorgendliche Freude nach der nachtlangen Trennung entsprach der Freude eines Wiedersehens nach einer Weltumseglung.

Eine Zeitlang hatte ich zwei Hunde: Simone und ihren Sohn Kuno, der Simone um fünf Jahre überlebte, davor hatte ich Maxim und davor Louise, und sie alle waren edlen Geblüts: Rottweiler aus dem Stamm derer von Bourcelet. Ich hatte mich kundig gemacht über ihre Herkunft im Gespräch mit einem Züchter in Le Puy, einem Experten der Kynologie, der bereits im Fernsehen aufgetreten war und sich obendrein, wenn es um Hunde ging, als begnadeter Fabeldichter erwies.

Soviel war gewiß: der erste Rottweiler, der im Departement Haute-Loire gesehen wurde, erschien im Jahr 1957 in Sembadel-Gare, einem heruntergekommenen Ort mit Bahnhof ohne Kirche, und gehörte einem trunksüchtigen Gendarmen, den man aus Strasbourg nach Sembadel-Gare strafversetzt hatte. Der Anblick dieses Hundes – man zeigte mir ein Foto – war furchtbar wie der seines Herrn, und die älteren Einwohner der Dörfer im Val de

La-Chaise-Dieu, von Paulhaguet bis Allègre und weiter bis St-Arcons, erinnerten sich aufs genaueste an ihn: an Gontrand de Bourcelet, weil er das Entsetzen der Gerichtsvollzieher, der Schafdiebe und der Briefträger war, vor allem, wenn diese auf dem Fahrrad daherritten. Dann erhob er seine Stimme und rief ihnen schon von weitem grollend seinen Namen entgegen: „Gontrand! Gontrand!", daß sie auf der Stelle ihre Sünden bereuten. In hohem Bogen warfen sie die gebündelte Post vor die Haustür seines Herrn – nur schnell! Nur weg! – und legten sich in die Pedale, als gelte es, das Gelbe Trikot zu verteidigen.

Dieser Gontrand zeugte Amélie die Gütige, die dem Curé von Vendôme gehörte und im Geist christlicher Liebe erzogen wurde, weshalb sie ein schwarzes Findelkätzchen heranschleppte und an Kindesstatt annahm. Sie liegt auf dem Hundefriedhof von La-Chaise-Dieu begraben und gilt als die Schutzpatronin der Adoptiveltern unter den Hunden, die sie als Heilige verehren.

Amélie gebar George, der seinem Großvater glich und ein Vielfraß war, und George zeugte Janine die Einfältige, die gebar Romain, der den Beinamen Le Beau, der Schöne, erhielt und Gigi die Liebliche zeugte, und die wiederum gebar Victor den Gigantischen, den Vater der freundlichen Manon, deren Tochter Louise ich um 1.500 Neue Francs erwarb, an dem Tag, als ich bei der Rückkehr von einer Vortragsreise im Restaurant de la Couronne in Bort-les-Orgues zu Mittag aß.

Da ging Manon von Tisch zu Tisch und begrüßte die Gäste, wie der Patron es ihr vorgemacht hatte, und ich war dermaßen entzückt ob ihres gewinnenden Wesens, daß ich ihr die Hälfte meines Steaks abtrat, die sie gutgelaunt mit einem einzigen Happs hinunterschlang. Ihr Liebreiz strahlte um so heller, als er – freilich nur scheinbar – in krassem Kontrast zu ihrem Brustumfang, ihrem Dickschädel und ihrer Zahnbewaffnung stand. Ob das Steak vielleicht nicht gut sei, fragte der Patron aus dem Hintergrund, ob ich's vielleicht lieber medium gehabt hätte, und ich mußte ihn aufklären über den Charme seiner Hündin, den er, ein Mensch stumpfen Sinnes, bis dato offenbar nicht bemerkt hatte.

Und da die Hündin mit prallen Zitzen behängt war, fragte ich nach ihren Welpen, die, nach dem Vorbild der Mutter zu urteilen (und, wie sich zeigte, auch nach dem Preis), vom Edelsten sein mußten, das sich nur denken läßt. Und tatsächlich waren sie rassenrein, hatten die charakteristischen braunen Punkte über den Brauen, braune Pfoten und einen goldbraunen Brustlatz im ansonsten pechschwarzen Fell. Ich durfte wählen – ach, das war schwer, denn einer war schöner als der andere, ganz gleich in welcher Reihenfolge man sie ansah –, schließlich entschied ich mich für Louise, vielleicht weil sie ein wenig schwermütig wirkte oder mir, aus welchem Grund auch immer, trostbedürftig schien.

Ich zahlte für Steak und Hund mit Bargeld und Scheck, bestellte ein Taxi und trug das Hündchen – es war gerade acht Wochen alt – rasch in meiner Jacke hinaus, als müßte ich befürchten, daß man es mir wieder abnehme. Das Taxi kam, ich bettete Louise neben mir auf dem Rücksitz und brachte sie richtig nach Châtelet.

Fortan hing Louise an mir wie ein Kind an seiner Mutter. Nach dem Motto „Wo du hingehst, da will auch ich hingehn" begleitete sie jeden meiner Schritte vom Keller bis unters Dach, von der Küche ins Bad, von der Remise in den Gemüsegarten und vom Haus zu meinem Ruheplatz unterm Sonnenschirm auf der kleinen Bastion, wo ich den größten Teil des Tages verbrachte. Dort lag sie, sobald ich mich gesetzt hatte, im Schatten zu meinen Füßen, stets mit lang ausgestreckten Beinen auf der Seite, nie gerollt, und dort schlief sie im Behagen der Schattenkühle und reichlich genossener Speisen.

Louise war ein Faultier und eine Gourmande, abwechselnd hungrig und müde, doch ausdauernd bei der Sache, wenn sie ein geräuchertes oder ungeräuchertes Schweineohr zernagte. Sie verdoppelte und verdreifachte ihre Körpergröße binnen eines halben Jahres, schien, was die Dimensionen der Länge und Höhe betraf, nach einem Jahr nahezu ausgewachsen und dehnte fortan nur mehr ihren Brustkorb. Wachsam schien sie mir nur, wenn ich mich von ihrer Seite entfernte, wenn ich einmal aufstand, weil ich meine Brille im Haus vergessen hatte oder um mir ein Buch zu holen, dann war sie sofort hellwach und lief mit für nichts und wieder nichts, und ich schalt mich selbst ob meiner Unrast und meiner motorischen Unruhe, die sie im besten Schlaf störten.

Imposant wurde Louise, wenn sie – was selten geschah – ihre Stimme erhob und, aus dem Stand oder Sitz heraus beschleunigend, zur Höchstform ihrer Geschwindigkeit auflief. Dies geschah oft ohne ersichtlichen Grund, sogar aus tiefstem Schlaf heraus. Dann schnellte sie plötzlich empor, galopperte pfeilgeschwind über das Gartenplateau hinweg, sprang auf die Begrenzungsmauer zur Straße, die still und friedlich im Sonnenschein lag, schlug noch zwei-, dreimal an, grollte einer Hummel, wenn schon sonst nichts in Sicht war, und kam schließlich mit einem Kastanienigel zurück und legte ihn mir vor die Füße.

Natürlich sorgte ich dafür, daß Louise genügend Bewegung bekam. Anfangs, solange sie klein und mühelos zu bändigen war, kamen täglich Kinder aus dem Dorf, um das Hündchen zu sehen und spazierenzuführen, und ich ließ es zu, da keine Gefahr bestand. Aber im Maße der Hund ein Kraftpaket wurde, mußte ich selbst ihn ausführen, da der Koloß, und sei es auch nur im Sturm der Wiedersehensfreude, einen jeden, der da stand, zu Boden reißen konnte, sofern nicht mein kräftiges „Nein!" den Tollpatsch zur Ordnung rief. Also stieg ich mit Louise bergauf nach La Gazelle und weiter bis zur halben Höhe des Mont Gris, wo sie müde wurde. Dort saß ich mit ihr in einer Spitzkehre der Serpentine auf einer einsamen Bank, die das Touristenzentrum von La Gazelle darstellte, zeigte ihr die Landschaft, nannte ihr die Namen der drunten im Tal liegenden Dörfer und schärfte ihren Blick für die Schönheiten des Vaterlandes: die Sillagesilos bei Crotet, den Schornstein der Lederfabrik bei Bassogne, den Sessellift auf dem Mont Calme und das zehnstöckige Skihotel mitten im Parc d'Auvergne an der neuen Schnellstraße von Clermont nach Toulouse.

Besonders gern nahm ich Louise mit ins Dorf, nach Châtelet, wo ich meine Einkäufe tätigte und wo die Leute sie bestaunten ob ihrer Schönheit und ihrer Kraft und nicht zuletzt ob ihrer

Menschenfreundlichkeit, denn sie zeigte sich – vermutlich mangels eigener schlechter Erfahrung – in ihrer ganzen Großmut, so daß jedes Kind sie mit einem Wasserpistölchen bespritzen und anschließend sofort umarmen durfte.

Ich selbst hatte, um bei den morgendlichen Begrüßungen nicht über den Haufen gerannt zu werden, ein eigenes Ritual entwickelt, das sich trefflich bewährte: ich kniete nieder, hielt meine Hände am Boden, hob dann Louises Kopf zu mir auf, sie legte ihn auf meine rechte oder meine linke Schulter, wusch mir ein Ohr, und dabei kraulte ich die ihren und bestaunte täglich aufs neue den Umfang ihres Dickschädels, den meine Hände nicht mehr zu umfassen vermochten.

Sage keiner, Louise hätte keine Mimik gehabt! Ihr üblicher Gesichtsausdruck war der einer milden Güte oder gütigen Milde, und – leider muß man's sagen – manchmal sah sie, wie gewisse Vertreter des höheren Klerus, ein wenig dumm aus. Dieses Aussehen hatte etwas Rührendes und ging mitunter einher mit einem Anflug von Kümmernis, nämlich dann, wenn sie, vor mir sitzend, den Kopf ein wenig schräg hielt, lauschend auf „her masters voice", wie ihr bekannter Artgenosse auf gewissen alten Grammophonplatten aus der Schellackzeit, und wenn sie dazu ihre Stirn in Falten legte.

„Der Hund hat Kummer", sagte Piquet einmal, als er bei mir zu Besuch weilte und Louise den ihr bis dahin Fremden mit dem gewaltigen Vollbart aufmerksam beäugte und belauschte. Aber ihr Ausdruck der Kümmernis rührte wohl nur daher, daß sie versuchte, die Ohren zu spitzen – eine Fähigkeit, die ihr nicht gegeben war, so daß die Anspannung der ihr hierfür geeignet erscheinenden Muskeln nur ein Kräuseln ihrer Stirnhaut bewirkte. Damit allerdings war Louises Mimik erschöpft – bis auf den Ausdruck des Zorns, versteht sich, dessen sie wohl gleichfalls fähig war, den zu beobachten ich aber nie Gelegenheit hatte.

Mir war aufgefallen, daß Louise, wenn einmal eine Tür zwischen uns ins Schloß gefallen war und Mensch und Hund sodann sekunden- oder gar minutenlang getrennt waren, zu junksen begann und daß die Junkslaute, die sie von sich gab, mit wachsendem Trennungsschmerz in ein zaghaftes, verheißungsvoll anhebendes, aber vor seiner vollen Entfaltung stets abbrechendes Jaulen übergingen. Der Hund hat Talent, dachte ich. Er bedarf nur des Vorbildes und pfleglicher Unterweisung, so kann er's zu Großem bringen.

In einer klaren Vollmondnacht im September lud ich Louise zu ihrer ersten Gesangstunde in den Garten ein. Ich kniete nieder vor ihr, wies mit dem Finger auf das über uns zwischen den Nußbaumwipfeln stehende schön gezirkelte Nachtgestirn, Louise saß vor mir und sah mich aufmerksam an, schaute zum Mond und schaute wieder auf mich und schien schon zu ahnen, daß Großes, Erhabenes und Erhebendes bevorstand. Und nun hob ich den Kopf, rundete meine Lippen zum rundesten „u", das die Phonetik kennt, und stieß einen langen, gedehnten Heulton aus, der in kühn und schön geschwungener Meloskurve zum Himmel aufstieg, sanft niedersank, abbrach und neu einsetzte, wobei er die vorgegebene Melodie aufnahm und in ihrer Dehnung zu übertreffen suchte.

Louise sah und hörte es staunend, blickte mit gekrauster Stirn und schräg geneigtem Kopf, hob dann den Kopf steil in den Himmel, formte Kehle und Brust zu einer geraden Linie und ließ nun ihrerseits einen glockenreinen, goldenen Heulton erklingen, einen zweiten und dritten, die in Etappen, unterbrochen allein von den kurzen Pausen des Luftholens, aufeinander folgten, mit den meinen wetteiferten, die meinen nur mehr als Ermunterung und Stimulans, längst nicht mehr als Vorbild nutzten, so daß das Lehrer-Schüler-Verhältnis sich umgekehrt hatte und nun ich selbst dem Belcanto des Hundes nacheiferte.

Und ich selbst war's, der als erster ermüdete, der im Wettbewerb der Stimmen unterlag. Ich war beschämt und besiegt und tat das Beste, was sich in solcher Lage tun läßt: ich schwieg und lauschte und versank in Bewunderung – nun sang nur noch Louise! Und wie der Klang ihrer Stimme hinauszog ins Weite, wie ihr Geheul die Nacht durchtönte und wie sie Zeugen aufrief für ihre Stimmgewalt, da wurde ihr Antwort zuteil, da kamen die Echos herüber von den nahen und den fernen Bergen, da hallten die Klüfte und Schlüfte des Mont Gris, des Mont d'Oubain und des Mont Sarazin, zwei-, dreimal hallte es wider aus dem Steinbruch bei Bassogne, von der Steilwand über der Ouze hallte es her und aus dem Bois de Vendôme, und der Mond selbst, der Angerufene und Besungene, schien erschüttert, wie er sich jetzt mit einem Wölkchen die Augen wischte – was mochte er vernehmen, welche Botschaft mochte er hören, die da aus Erdentiefe zu ihm empordrang, was war's, das die Sängerin bewegte, das ihr die Brust engte und sich in klagendem Wohllaut entlud?

Vielleicht sang sie dies: „Hier! Hier! Ich bin hier! Sieh doch her, her! Her zu mir! Hier unten, ganz, ganz, tief! Hier bin ich! Und du bist da! Da oben! So hoch, hoch! Und so weit, so weit weg, so unendlich weit! – Und ich bin so klein, und du bist so groß! – Und ich bin so allein! Nur der Leithund ist da, aber der singt nicht mehr, hoffentlich ist er nicht krank! Vielleicht ist er traurig, so traurig wie ich, weil alle weg sind! Alle meine Geschwister sind weg, und meine Mutter ist weg! Nur wir sind noch hier! Nur wir! – Aber vielleicht wissen wir auch gar nicht, warum wir traurig sind und warum wir singen, vielleicht singen wir gerade deshalb, weil wir's nicht wissen, und damit einer kommt, der's uns sagt, oder weil es so schön ist, die Wehmut zu fühlen, weil es so wohlig durch die Knochen, durch Brust und Bauch und Magen zieht, weil einem so warm wird dabei, wenn's draußen so kalt ist! Und weil es die Welt erwärmt und den Stein erweicht und die Herzen und allen Ohrentieren sagt: Wir sind da! Wir sind hier! Kommt doch her! Kommt zu uns! Dann sind wir nicht mehr allein! Denn die Toten sind tot, sind kalt und starr und bewegen sich nicht und sind immerzu tot, immerzu!"

Und während sie so sang oder so ähnlich, da gesellten sich zu den Echos der Berge die Stimmen des Lebens. Denn überall in den Dörfern ringsum waren Louises Artgenossen erwacht. Geweckt von ihrem Gesang, reckten sie ihrerseits nun die Hälse und ließen den Wohllaut ihrer Kehlen ertönen im weiten Rund des Val d'Autour, in Trizac und Cheylade, Mince und Artagnait, in Petit Bosque, Sourcelet und zu unsern Füßen in Châtelet-sur-Ville. Allüberall, wo sie daheim waren, nahmen sie die Botschaft auf und gaben sie sie weiter, verstärkend, variierend, kommunizierend in Hall und Widerhall – von überallher, von fern und nah, schallte es herüber, bald volltönend und mächtig, bald schwach, wie verhalten vor Scheu, wie verstummend in Ängsten, dann wieder aufbegehrend und sich behauptend, triumphierend im Jubel erklommener Tonhöhen, die die Stimme besetzt hielt, wo sie gern verweilte und sich sonnte im eigenen Glanz, wo sie sang: „Hört her! Hört alle her! Dies bin ich!"

So schallte es her und hin über Wälder und Fluren, das Oratorium caninum, das die Nacht zum Festspielhaus machte, die Mondgöttin krönte und den Musen Kränze wand. Und nur ein fühlloser Banause, ein Unhund konnte es sein, der jetzt unten in Châtelet ein Fenster aufriß und sein „Maurice! Tais-toi!" in die Nacht hinausbrüllte und kurz darauf, da Maurice keineswegs schwieg, eine Flasche nach dem Hund schleuderte, die klirrend auf dem Hofpflaster zersplitterte. Da erschrak auch Louise, wie die Stimme ihres Freundes mitten in der Meloskurve abbrach, und nach und nach verstummten auch die Stimmen der übrigen Sänger des Chors, Stille kehrte wieder ein ins tiefe Tal, und in der sternklaren Nacht flüsterte nur mehr der Wind über uns in den Zweigen der Bäume.

Und die Einwohner von Châtelet, wenn sie mich hätten beobachten können in dieser Nacht, hätten einen Grund mehr gehabt, meine Spleenigkeit zu belächeln oder einander mitleidvoll zu erzählen, daß der verrückte Komponist aus Paris jetzt sogar mit den Hunden heule. Aber der Bürgermeister hätte gesagt: „Nichts gegen Monsieur! Er hat die alte Schule gekauft und Geld in den Ort gebracht, und Docteur Tisserand hat gesagt: ‚'Châtelet ist jetzt schon berühmt!'"

Ich habe geschlafen und höre eine Unterhaltung. Es sind Stimmen im Raum. Die des Pflegers sagt gerade: „Die Auvergnaten haben den Parapluie erfunden." Fast gleichzeitig fällt ein Schirm zu Boden, und eine andere Stimme sagt: „Die Auvergnaten bestehen aus drei Teilen: aus Körper, Seele und Schirm." Man lacht, ich mache die Augen auf und blicke hinüber, dahin, wo Bewegung ist. Das freie Bett wird belegt. Der neue Mitpatient kommt herüber, nennt mir seinen Namen und sagt, daß er in der Schirmfabrik arbeitet. Ich tue erfreut und stelle mich meinerseits vor. Dann fragt der Mann, wo man hier Bier bekommt. Das Weiß seiner Augen ist gelb. Wieder ein Suizidant, denke ich.

Ich weiß nicht, wo man hier Bier bekommt, will's auch nicht wissen und bin froh, daß der Grobschmied das Gespräch übernimmt. Ich habe keine Lust, mich an einem Gespräch über Bier oder Fußball zu beteiligen. Das Fenster steht offen, draußen singt eine Amsel, ich rieche den Herbst. Jeder Windhauch hat mehr Geist als diese Konversation. Nein, ich bin nicht hier! Ich sage nein zu dieser niederziehenden Gegenwart, zu diesem Stumpfsinn aus Bierdunst, MANNE CELESTE und TV-Programm, ich packe mich selbst am Schopf und führe mich hinauf auf den Berg – Tabor heißt er –, wo mir so wohl ist, daß ich Hütten bauen möchte: dir eine, mir eine und dem Elias eine. Sicherlich, physisch bin ich gebunden, doch im Geist kann ich tanzen in Ketten. Und in meinen Gedanken fliege ich mit der Amsel über die Dächer davon, lasse mich locken von ihren Rufen und folge ihr ins Gezweig der Marronniers, sitze, gelbrot umblättert, im kühlenden Wind, lasse mich aufheben von einer Bö und hinübertragen nach Châtelet, wo Rüdiger wartet und im Park der Vogelchor singt – am schönsten im Schein der sinkenden Sonne, im Aufflammen des herbstlich gefleckten Laubs, nach dem Läuten der Abendglocke vom kleinen Kirchturm, wenn auf dem ehemaligen Pausenhof hinterm Haus noch die Kinder toben, bis es dunkel wird, und Kuno ihnen nachbellt, wenn sie das Tor hinter sich zuschlagen.

Alles Glück, alle Trauer, alle Ahnung und alle Verheißung des einen, das zählt, des Lebens, liegt in den Dingen: im Gerippe des verwesenden Blatts, im schwarzen Filigran der Fichtenwipfel auf dem Rücken des Mont d'Oubain vor der Abendröte, im Vorrücken des Sonnenstrahls auf der Fensterbank in der Küche, wo er – noch nicht, aber bald, sehr bald, jetzt gleich, jetzt sofort! – das Ende eines herabgefallenen Kittstückchens erreicht und drei Seiten des beigefarbenen kleinen Quaders aufleuchten läßt, während die übrigen sichtbaren Seiten im Schatten bleiben, vor dessen Schwärze ein Stäubchen flimmert wie Gold, im Jagen und Haschen der Fliegen, die immerfort starten und landen auf dem Bügel der Deckenlampe überm Tisch, im Knarren der Türschwelle zum Speicher, die meine Tritte gehöhlt haben in einem Drittel meines Lebens, und im Klingen des Schmiedehammers, auf das ich lange nicht achtgab, bis mein Gehör eines Tages erwachte und wahrnahm, daß jedem lauten, mit voller Kraft geführten Schlag, leiser, ein zweiter und diesem, abermals leiser, ein dritter folgte, wobei der zeitliche Abstand zwischen dem zweiten und dritten jeweils nur etwa halb so groß war wie der zwischen dem ersten und zweiten. Genaueres ließ sich nicht ausmachen, doch war's nicht, wie man vielleicht hätte meinen können, ein Echoeffekt, der die Sache erklärte, sondern – ich erkannte es, als ich einmal an der offnen Tür der Schmiede stehenblieb und Monsieur Riqueur zusah – es war ein Nachschlagen oder richtiger: ein Nachfedern des Hammers, der vom glühenden Eisen zurücksprang und wieder aufschlug, einen kleinen Hüpfer tat, abermals aufschlug, nun ganz weich, und womöglich ein weiteres Mal zurückfederte, aber das zu erkennen, waren meine Sinne zu stumpf.

Was den Dingen ihre Wirkung auf mich und ihre Macht verlieh, war, daß ein jedes von ihnen für alle stand, so daß, wenn auch nur ein einziges von ihnen sagte: „Hier bin ich!", es gleichzeitig sagte, „Es gibt die Welt, zu der ich gehöre und zu der du gehörst. Du bist in der Welt und bist ihr verbunden – wir beide sind!" Und ich begriff die Sorge der Hunde, dabeizusein, und ihre Verzweiflung, wenn sie getrennt waren von dem, der ihnen ihr Dasein gab durch seine Gegenwart und sein Wort, daß er da sei wie sie. Und ich begriff ihre Freude und ihren Gefühlsüberschwang ob des Glücks der Verbundenheit und daß ich der wechselseitigen Begrüßung in unsrer gemeinsamen Welt nicht weniger bedurfte als sie.

Eine Welt ohne Stimme war tot. Im Anfang war der Klang, der Stimme und Ohr konfigurierte. Seitdem war die Welt, die sich erhielt als Mitteilung und Wahrnehmung in Hall und Widerhall, Ruf und Antwort, Wort und Widerwort, und die Resonanz war der Inbegriff und das Signum der Religion.

Ich schließe die Augen, da schon der Anblick des Fernsehgerätes mich stört, selbst wenn ich dem Programm, das der Grobschmied und der Schirmmacher mir auftischen, nicht folge. Welche Wohltat ist die Dunkelheit, die ich nun fülle mit meinen eigenen Gesichten, und wie beredt wird die Stille, der ich nun lausche, da sie anhebt zu reden mit der Stimme, die in ihr schlief und die mein Ohr geweckt hat – wer weckte da wen!

Die Welt atmet. Der Park atmet, die Nacht atmet, der Fluß atmet, das Haus atmet, der Speicherraum atmet, Mensch und Hund atmen – die Dinge schwingen im Atem, der sie eint.

Wach in der Regennacht lausche ich den Klängen der Dinge und sage: „Sprecht, damit ich euch sehe!" Und sprechend in der Dunkelheit zeigt sich das Unsichtbare dem Hörenden: die Schieferschuppen an der Giebelwand, die fröstelnd rasseln im Aufprall der Böen, die Windstöße, die das Weinlaub zerren und den Fensterladen gegen die Hauswand schlagen, der jedesmal zurückfedert um die Fingerbreite Raum, die die Halterung ihm läßt, das Prickeln der Tropfen auf den Scheiben des Gaubenfensters und die wischenden Bewegungen der Nußbaumzweige am Sims, die innehalten und neu ansetzen, nacharbeiten und wieder pausieren, das Wirbeln und Strudeln des Windstroms über den Bäumen im Park, sein Anschwellen und Abschwellen, wenn er in Wogen herüberzieht, rauschend über das Dach hinflutet, ausatmend weiterzieht, den Garten, den Weg und die Wiese näßt und nun Nachschub holt an Gewölk – und es sind die Flatterlaute des vergessenen Sonnenschirms auf der kleinen Bastion, der dem Wind die ganze lange Nacht hindurch seine Nässe klagt und daß der Sommer vorbei ist, als Mensch und Hund hier waren, aber nun sind sie fort, und der Platz ist verwaist, der Regen rinnt, und in der Mauerecke fault schon das Laub.

Vor Jahren einmal – an einem Regentag im Oktober wie jetzt – wollte ich Kälte und Nässe fühlen auf meiner Haut und ging spät am Abend im Anorak, ohne Schirm, hinaus ins rauschende Ungemach. Ich trat auf den Hof, da sprang gleich der Wind mich an und riß mir die Kapuze vom Kopf, so daß ich sie erneut festzurren mußte unterm Kinn. Ich stemmte mich gegen den Wind, gelangte in seinen Schatten hinterm Haus, erkannte in der letzten Tageshelle die Umrisse der sich wiegenden Ulmen am Tor, ging quer über die Auffahrt zum Gemüsegarten hinüber, sah die mattschimmernden sandigen Wege zwischen den Rabatten, patschte ins Wasser, das da floß, patschte hinein und patschte hindurch bis zur Mauer, die den Garten zur Nachbarwiese hin begrenzt. Sie ist eher ein niedriger aus Steinen geschichteter Wall, kann allenfalls ein Schaf daran hindern, sein Revier zu wechseln, und jeder Dieb kann sie mühelos übersteigen. Aber Diebe gibt es hier nicht, weil Stehlen in Frankreich verboten ist.

Jetzt in der Dunkelheit bot die Mauer mir Orientierung, denn ich machte mich daran, an ihrer Innenseite mein Grundstück zu umwandern, allein begleitet von Kuno, der mit gesenktem Kopf getreulich hinter mir hertrottete, den Sinn des Unternehmens zwar nicht verstand, aber mir glaubte wider alle Vernunft.

Ich stieg bergan, kam aus dem Gemüsegarten heraus und stieg höher, unter den schon abgeernteten Kastanienbäumen hin, an denen, schwarz vor dem nur wenig helleren Himmel, noch einige wenige faulende Blattlappen hingen. Ich roch den süßlichen Duft der Maronen, den Rauch, der aus Gaspards Röstofen den Hang heraufkam und nahrhaften Genuß versprach. Als Gaspard anfing, bei mir zu arbeiten, hatte er gefragt, ob er die Maronen ernten dürfe. – „Ja, natürlich! Warum nicht!" – Ob er sie behalten dürfe. – „Aber sicher! Was soll ich denn machen mit so vielen Maronen!" – Ob er sie mir bezahlen solle. – „Aber nein! Das müssen Sie nicht!"

Er war hocherfreut, und ich sah ihm zu bei der Ernte: er legte Netze unter die Bäume und rüttelte mit einer hakenbewehrten Stange an den Zweigen, daß ihre Fracht zu Boden prasselte. Nie sah ich so viele Maronen! Wie waren wir reich! Zentner um Zentner fuhr Gaspard mit dem Schubkarren davon, um sie zu rösten. Die Maronen waren, abgesehen von ihrem Wohlgeschmack, eine hochwertige Nahrung. Was die Familie nicht selbst verzehrte, verkaufte Gaspard in der Stadt. Der Erlös mußte für ihn beträchtlich sein. Auch die Walnüsse erntete er. Von denen allerdings behielt ich mir einen Anteil vor. Noch ungeschwefelt schmeckten sie am besten zum Wein.

Umblasen vom Wind und umrauscht vom Regen, schmeckte ich, wie ich den Hang hinaufstapfte, Walnuß und Marone, schmeckte Beaujolais Primeur und frischen Käse und schnupperte Zigarrenduft – denn gern hätte ich Erasmus bei mir zu Gast gesehn, hätte mit ihm in der Wärme des Hauses gesessen, in der Bibliothek, und die Rede hätte sein können von der Unauflösbarkeit der Antinomien, vom Russellschen Paradox oder vom Satz des Anaximander. Ich roch feuchtwarmen Mulm, furchte mit meinen Schuhen den sich sträubenden Laubbelag des Bodens, trat eine Schneise in faulenden Farn und stieß nur selten gegen einen von der Mauerkrone herabgerutschten Stein, denn Gaspard pflegte das Gelände regelmäßig zu begehen und hielt die Begrenzung instand.

Ich stapfte noch immer bergan. – Wieviel Erde brauchte der Mensch? Ich hatte des Guten zuviel, fühlte mich beschwert durch Besitz und erleichtert, wenn ich ihn fortgab.

Je höher ich stieg, um so heftiger pfiff der Wind über mir in den Wipfeln, und um so häufiger junkste der Hund, den der Regen peitschte wie mich – da stieß ich mit dem Fuß unvermutet gegen den Steinwall am oberen Ende des Grundstücks und sah, wie ich den Kopf hob, dahinter die schwarze Wand der Fichten aufragen, nicht allzu hoch, denn sie sind der Baumgrenze schon zu nah, als daß sie ihre volle Größe erreichen könnten, aber doch deutlich höher als die Wipfel der Marronniers. Und da war's, in der Dunkelheit, in der Nässe und im zerrenden Wind, das knarrende, gnarzende Geräusch, das Serge und ich im Sommer erlauscht hatten und dem wir nachgegangen waren, bis wir seinen Ursprung entdeckten: ein Fichtenstamm war zur Seite gesunken und stützte sich in halber Höhe auf seinen Nachbarn, der ihn wie mit Armen umfangen hielt, so daß er nicht zu Boden stürzen konnte, und der ihn wiegte, hin und her, indem er sich neigte im Wind bald nach der einen, bald nach der anderen Seite, immer bemüht, eine möglichst gerade Haltung zu wahren, und an der Stelle ihrer engsten Berührung war die Rinde beider Stämme zerschunden, so daß Harz austrat wie aus nicht heilenden Wunden, das trocknete, nachfloß, abermals trocknete, immer neu hervorsickerte und das – so hatte Serge es erklärt – wie Kolophonium wirkte: anhaftend und sich losreißend in unsichtbar schnellem Wechsel streicht der Bogen über die Geigensaite und bringt sie zum Klingen, und anhaftend und sich losreißend streichen die Baumstämme einander wie Saite und Bogen, aber beide sind Saite und beide sind Bogen, und du kannst nicht sagen, daß eines nur eines und nicht auch das andere ist. Und nur langsamer sind die Schwingungen der Baumstämme und tiefer tönen die Hölzer als die Saiten der Geige, und sie tönen so wohl, wie sie's nur immer vermögen, und der Rabe krächzt nicht schlechter, als die Nachtigall singt.

Ich lauschte dem Knarren der sich wiegenden Stämme, lauschte den Atemstößen des Windes, der über mir durch die Wipfel fuhr, und fragte mich: Was ist's, das da rauscht? Rauscht der Wind in den Bäumen, oder rauschen die Bäume im Wind? – Ich vernahm nur das Rauschen des Rauschenden, das versunken war in sein Spiel, das sich selber lauschte, sich selbst genug, und mich doch einschloß und barg im Innern des Klangkörpers Welt.

Und durchs Rauschen ringsum in den Lüften und durchs Pladdern der Tropfen auf dem Kapuzendach an meinen Ohren drang nun das Tosen der Ouze, die vom Regen angeschwollen war und durch ihr Felsbett tobte, und ich folgte ihrem Rufen, indem ich längs der Begrenzungsmauer quer über den Berghang ging, bis da, wo der steinerne Wall abermals abknickt und flußabwärts hinunter zum Schafstall führt. In der schwarzen Tiefe hinter der Mauer, im gischtenden Wasser, stieß und rollte Gestein, dumpf unter der Erde glaubte ich es zu fühlen, wie es aufprallte, barst und sich weiterschob, rutschend, sich stauend und abermals rutschend von Stufe zu Stufe, hinab.

Noch hielt die Mauer, deren Steine hier fest gefügt und mit Mörtel verbunden sind, aber es pochte und klopfte an ihr, Stein schlug auf Stein, der weichere brach, und der härtere siegte, wie der Zirkon das Glas schneidet und der Diamant den Zirkon. Eisig wehte es herauf aus der Schlucht, durch die das Wasser dahinschoß, schmatzend und gurgelnd in der Finsternis der mond- und sternlosen Nacht, Wasser von den Planèzes unter dem Kegel des Mont Gris, Wildwasser aus dem Canyon d'Autour, aus der kalten Küche der Ouze.

Müderen, stolpernden Schritts stieg ich bergab, Kuno sprang voran, ihm ging's wie dem Eselchen auf dem Heimweg, das den Stall riecht. Der Stall, den er roch, war der Schafstall, dessen Umrisse vor uns, wo das Gelände sich ebnete, mehr ahnbar als sichtbar wurden. Ich ertastete den Rahmen der offnen Tür – da war ein Hauch von Wärme, der aus dem Innern des Stalles kam, und wie ich aus der Tiefe des Anorakschoßes die Taschenlampe ausgegraben hatte und jetzt durch die Tür hineinleuchtete, da glitzerte grünlich ein Augenpaar im Heu, das gehäuft in einer Ecke lag, und die Katze rief ihren Namen: „Minou!", rollte und reckte sich in ihrem Nest, ließ sich streicheln und gurrte dazu wie ein Täubchen.

Kuno schüttelte sich das Wasser aus dem Fell und wälzte sich, bis er sich trocken fühlte, ich hatte den Anorak ausgezogen, dessen Imprägnierung mich vor der Nässe geschützt hatte, entledigte mich auch der Stiefel und machte es mir im Heu bequem. Wozu sollte ich noch ins Haus gehn, da sich's hier wohlsein ließ in Heuduft und Atemwärme, während draußen – zur Steigerung des Wohlbehagens durch Kontrast – weiterhin der Regen strähnte. Umsichtig wie stets, wenn ich auf Reisen gehe, hatte ich einen Kanten Brot eingesteckt, den ich nun, in mundgerechten Bissen, genüßlich an Kuno verfütterte. Denn wer ein bißchen stinkt wie ein nasser Hund, der soll wenigstens satt zu fressen haben.

Danach wurde Kuno albern und wollte wie als Kleinkind partout auf meinem Schoß liegen. Da lag aber schon die Katze, die er inkommodierte, und ich schalt ihn ein zentnerschweres Kalb, das er sei, appellierte an sein in Kürze bevorstehendes Bachot: seine Prüfung in der Hundeschule in Bassogne, und lobte ihn, wie er sich neben mir bettete, ob seiner vernünftigen Einsicht.

Und Mensch, Katze und Hund ruhten in jener Nacht umtönt vom Rauschen des Flusses, des Regens und der Winde, die das alte Gemäuer umbliesen und ihren Schlaf mit dem Urklang der Welt erfüllten. Es war, als schlüge immer wieder, doch mit langen Pausen ein hängender Balken weich gegen ein Gong, und das sagte jedesmal, dumpf tönend und tief aus seiner ruhenden und schwingenden und ruhenden Mitte heraus, das eine Wort: „Ommmmmmm!"

Es gab Tage in Châtelet, an denen der Wind schwieg, daß mir der Atem stockte. In der Windstille, im Atemstillstand des Windes war's im Haus wie tot. Denn es atmete, das Haus, und lebte mit den Atemzügen des Windes wie ich. War aber der Windhauch erstorben, so war's, als gäbe es keine Hoffnung auf Wiederbelebung, als bliebe der Spiegel, den du dem Toten vor Mund und Nase hältst, ungetrübt von jeglichem Wölkchen, das ein Zeichen von Leben gewesen wäre, denn mit dem Atem stockte das Herz. Die Luft stand dann reglos in den hohen dämmrigen Räumen der Bibliothek, zwischen den Regalen, die bis zur Decke reichten, und nicht einmal eine Staubflocke wehte von den Büchern, kein Sonnenpfeil stach durch's Gezweig vor den Fenstern, lustlos wie in starrer, erzwungener Ordnung sahen die Bücher mich an, nichtssagend wie ihre Titel standen sie, Sarg an Sarg, aufgereiht, Sarg auf Sarg lagen die Partituren gestapelt, unaufhaltsam zerfallend, modernd wie die ägyptischen Mumien in der Klosterbibliothek von St. Gallen, nie mehr abgerufen erloschen die Daten, die sie gespeichert hielten, nie mehr gehört verhallten ihre Botschaften, die „Messages du Vent", denn ich selbst, der sie als letzter verlautbart und vernommen hatte, ich hatte nicht mehr die Kraft, sie zum Leben zu erwecken, zum Tönen zu bringen, hätte ja selbst der Erweckung bedurft und stand nur starr, mit hängenden Armen, da, wo ich stand, und wäre nicht der Hund gekommen und hätte mir die Hand geleckt, so wäre ich wohl, der Schwere folgend, zu Boden gesunken und liegengeblieben wie tot.

So aber, angestoßen vom Leben, stieg ich mit dem Hund

hinauf auf den Speicher, wo mein Sommerbett stand, öffnete das Giebelfenster auf der Nordseite und sein Pendant im Südgiebel, um den Wind zu wecken, um ihn hervorzulocken aus seinem Versteck, wo immer es sei in Park oder Wald oder jenseits der Berge, um ihn ins Haus zu locken, damit er's durchblase und belebe und mich anhauche wie den Jüngling zu Naim, und ich bot ihm freien Durchzug an und daß ich ihn nimmer einsperren wolle in Partituren und Büchern, denn gerade das hätte ihn erstickt. So redete ich zu ihm, so suchte ich ihn zu beschwören, aber was zum Fenster hereinkam und den Raum durchkroch, war wie das Winken mit einem Lappen, wie Fächergefächel, eine künstliche Luftzufuhr, blieb kraftlos und matt, war wie Krankheit, wie Siechtum, war keine Linderung, keine Erleichterung und war keine Freude.

Was meinen Ohren fehlte, die doch Ohren zum Hören waren, waren die Stimmen, denen sie hätten lauschen können, die Stimmen, die der Wind in sich versammelt hielt und ertönen ließ, sobald er war. Denn dies war sein Wesen, daß er das Ruhende bewegte, das Stumme verlautbarte, das Verschwiegene zur Sprache brachte. Die Stille aber, die er nicht durch Klang und Ton skandierte, die Ruhe, die keine Bewegung gebar – sie blieben figurloser Grund, Löcher ohne Rand, Pausen ohne Ende und Anbeginn, undenkbar, unfühlbar wie das Apeiron des Anaximander. Sie flößten mir keine Liebe und keine Anteilnahme ein, sondern nur Grauen wie eine Gottheit ohne Gesicht.

Dann trug der Mont Gris seinen Namen zu Recht, war nur ein Schatten im Nebel, und ich starrte beklommen in ein gestaltloses Grau, in dem Baum und Strauch und Mensch und Tier entschwanden und verwesten, in dem das Haus zerfiel, in dem ich noch stand und mein Ende erwartete und den Untergang meiner Welt.

Aber noch einmal, immer noch einmal kehrte das Verlorene wieder, geschah es, daß mich des Morgens ein Laut weckte, eine Regung im Weinlaub, daß ein Hauch von Leben durchs geöffnete Fenster in meine Atemnot drang, daß in noch kühler, doch schon durchsonnter Luft ein Vogelruf ertönte, Rüdigers Ruf, dem andere folgten, daß ein Flattern und Schwirren im Weinlaub war und daß in den Tonpausen zwischen den Vogelrufen vom Holzschuppen oder von der Hainbuchenhecke ein Geräusch herkam, das wie verhalten, verstohlen oder unbeholfen war, so daß ich rätselte, ob etwa ein Igel in den Tannenreisern kramte, eine Amsel im Mulm scharrte oder eine Haselmaus in den Zweigen der Hecke turnte. Dann aber sah ich, wie es in leisen Wellen über das Wollgras an der Mauer hinstrich, wie erst die zarten, dann nach und nach die kräftigeren Halme der Ziergräser im Steingarten, dann die Blätter der Sträucher erbebten und schließlich die Zweige der Obstbäume im erwachenden und sich reckenden Wind in Wallung gerieten und wie nun im immer tieferen Einatmen und Ausatmen des Windes die Wipfel der Marronniers und der Nußbäume im Park zu wogen begannen und die Wipfel der Ulmen an der Toreinfahrt sich wiegten, hin und her und her und hin, und den Bewegungen des Gezweigs folgte in meiner Wahrnehmung das schwellende Getöse des knisternden trocknen Heckenlaubs, der raschelnden Wirbel im dürren Blattwerk und über allem das dunkle andauernde Rauschen des Kastanienwaldes und der Fichten steilauf über dem Haus bis zur Kuppe des Col d'Autour, um den die Habichte kreisten, deren pfeifende Rufe weit über das Land hinstreiften.

Unter den Hauchen des Windes erwachte die Welt wie unter den streichelnden Händen der Mutter das Kind. Übers Gartenplateau stürmend warf der Wind sich mir an die Brust, und ich umarmte ihn, den Totgeglaubten – oder umarmte er mich, den lange Verlorenen? –, und ich tauschte meinen Atem mit dem seinen und ließ mich füllen und leeren und war wie ein Balg unter seinem Fuß. Und meine Ohren hatten Nahrung und lauschten den Klängen, die er der Welt entlockte, auf der er spielte als seinem Instrument: der Äolsharfe im Garten, die ich mit Piquet installiert hatte, der Antenne auf dem Dach, den Schieferplatten an der nördlichen Giebelwand, und es war ein Sirren und Klappern und Tönen ringsum, als lebten die Dinge, die Menschenhand geschaffen, nicht minder als das stimmbegabte Geflügel mit seinem Gegacker und Geschnatter, das vom

Dorf heraufschallte, wo das Hämmern aus der Schmiede dareinschallte, solange Monsieur Riqueur noch lebte – er war der letzte Schmied in Châtelet, ging auf die Achtzig zu und arbeitete für das Gestüt in Bassogne.

Die Philharmonien der Welt unterstanden der Leitung des Windes, er gebot ihren Orchestern und ihren Chören und bestimmte den Einsatz einer jeden Stimme, die er zum Klingen brachte oder der er zu schweigen gebot. Er traf seine Arrangements, wählte die Besetzung, komponierte die Melodien, dirigierte und mischte am Pult, und was er ertönen ließ, reichte hinaus über die Grenzen dessen, was mein Ohr vernahm, ließ in den Tiefen noch Tieferes, in den Höhen noch Höheres, Höchstes erahnen, weit über den Höhen des Flageoletts, Melodien, die mein beschränktes Gehör nicht erreichten, aber schlafende Hunde weckten und in die Louise und Maxim und Simone und Kuno voll einstimmten mit gereckten Hälsen und dem Wohllaut ihrer Kehlen.

Vom flüsternden Hauch in den Halmen des Hafers bis zum johlenden Gebrüll in den Felsklüften des Mont Gris reichte die Spanne seiner Macht, seine Stimmgewalt, vom erschöpften Hecheln bis zum gelassenen, ruhigen Ein- und Ausatmen des schlafenden Hundes variierte er die Tempi seiner Rhythmen, und sein Volumen war, je nach der wechselnden Kraft seines Einsatzes, so stark, einen Feuersturm zu entfachen, oder zu schwach, eines der Lichter auszublasen, die im November auf den Gräbern glühn.

Hab auch nie herausgefunden, begriffen, woher er seine Stärke nimmt, woher er kommt und wohin er geht, der Wind – nur geahnt hab ich immer, daß er hervorgeht aus sich selbst und mündet in sich selbst, wenn er die Welt umwandert, und daß jeder Ort auf Erden, wo er ankommt, der Ort seines Aufbruchs ist. Und welchem Gesetz er gehorcht – ach, ganz falsch, so zu fragen! Er *ist* das Gesetz und kommt und geht, wie er will, und wacht und schläft, wie er will, und belebt und tötet, wie er will, er greift dem Zeisig unter die Fittiche und läßt den Düsenjet fallen, wie immer es ihm beliebt, du wirst nicht schlau aus ihm, kannst ihn nicht zur Rede stellen und nur lauschen auf das, was er freiwillig dir sagt.

Und er hat gesprochen zu mir mein Leben lang, seit den Tagen meiner Kindheit am Neckarufer, wo er die Weidenruten kämmte über meinem wiegenden Kahn, das Schilf durchwühlte, meinen Drachen trug und die hölzerne Wildente flattern ließ auf hölzernem Pfahl, in den Gassen und über den Dächern von Pantin, wo er die Regenbrühe im Rinnstein quirlte und durch die Ritzen meiner Dachwohnung blies, und in Châtelet, an den Nachmittagen im Herbst unter kaltblauem Himmel, wenn er mit klirrenden Lauten die starren vorjährigen Blattleichen aus der Hainbuchenhecke brach, und aufbrausend in den Nächten, wenn er aus Westen herüberkam über die Gipfel der Puys, mit dem tiefen Gewölk, das er wie eine Rinderherde vor sich her über die Hochweiden trieb, wenn er die Berghänge herabstürzte, durch die Canyons stob, aus dem Tal der Ouze herübersprang, die Wipfel der Marronniers durchwühlte und das Haus umjaulte, daß der Hund davon erwachte und zu schimpfen begann, wenn er unter dem Dach im Giebel, unter dem Firstbalken sich staute und dort zu zerren und zu stemmen anhob, daß die Sparren zu ächzen anfingen, unter dem Trommelschlag der Schieferplatten, beim Drahtbesengeräusch der Zweige, die sich am Gaubenfenster rieben, und im Orgelgebraus der alten, uralten Bäume, in denen er rauschte wie sie in ihm. Da und dann, atmend und hauchend, hat er erzählt, was er wußte, was keiner gewußt hat außer ihm, der's gesehn und gehört, und denen, die dabeigewesen, denen es widerfahren, die es genossen oder erlitten. Kramend in seinem großen Gedächtnis hat er's mir in den Nächten erzählt, in Châtelet, und ich denke, wenn immer ich etwas erfahren habe, das mitteilenswert ist, so habe ich's weder erlebt noch beobachtet, sondern ich hab's vom allwissenden Wind, der es mir eingeblasen hat, und selbst, wenn ich's erlebt hätte am eigenen Leib oder gesehen mit eigenen Augen, so müßte ich's vergessen, um es wiederzufinden und allererst, wie zum ersten Mal, zu hören in der Sprache des Windes, der, wo immer er weht, an der Küste der Normandie, in den Schluchten des Tarn oder über dem

Yglisfjord, wenn er den Hämösund überspringt, von Strømborg kommt oder von Zeeland herüber, das Flüstern der Liebenden birgt wie die Seufzer der Sterbenden, die Namen der Toten kennt, die der Krieger, der tötenden und der erschlagenen, der Seefahrer, die's in die Tiefe zog, die Namen der Schlachtstätten, der Schiffe und der Riffe, an denen sie scheiterten, und die Namen derer, der Frauen, der Kinder, die auf die Toten gewartet, ein Jahr oder zwei und dann nimmermehr, und der mit langem Atem von Waldemar Daae erzählt und seinen Töchtern und seinen Rossen, die dahinstürmten in Nächten wie dieser, und da war schon der Wind vor meiner und aller Zeit, und sein Atem war feucht von Nebel und Gewölk und von den Wogen des Meers ohne Namen, die sich in seine Mähne gehängt, aber sie konnten ihn nicht halten – hu-u-ui! Fahre hin! Fahre hin! Und in mein Wachen hinein, wenn ich gebannt hinauslauschte in die Nacht, aufrecht im Bett und mit weit aufgerissenen Augen, oder, wenn ich danach in die Kissen sank, beruhigt dank der Anwesenheit des Hundes und einer gesegneten Müdigkeit, in die Träume meines Schlafs hinein erzählte er mir die Geschichte von Claire Bertrand aus Lanterre-sur-Marne, die nach dem Tod des Curé von Rumont, dem sie den Haushalt geführt, eine Wallfahrt nach Lourdes machte im Jahr '78, denn sie hatte es auf der Brust, und im Exerzitienhaus Saint-Jean-Baptiste, das Männlein wie Weiblein beherbergte – so progressiv war das Haus –, verliebte sie sich in einen frommen Bestattungsunternehmer, der ihre Neigung erwiderte und ihr anvertraute, daß er, obzwar wohlhabend, in Liquiditätsschwierigkeiten sei, da er nach dem Tod seines Vaters, wolle er selbst das Geschäft behalten, seine miterbende Schwester auszahlen müsse. Und Claire Bertrand drängte ihm ihre Ersparnisse auf, ihren Salaire aus 17 Arbeitsjahren, das, was ihr nach Kost und Logis geblieben war, an die 70.000 Neue Francs, empfing den ersten Kuß ihres Lebens nebst der Zusicherung, der Geliebte wolle nun auch der Feuerbestattung abschwören – dies lag ihr am Herzen und war das Hauptthema ihrer nächtlichen Liebesgespräche –, und als sie, geschmückt zur Verlobung, ihm nachreiste nach Epernay, da war die Firma

Pompes Funèbres Gabriel Seuron Piété dort unbekannt – huiii, fahre fort! –, so erzählte der Wind und sprach schon von Lamurceau, dem Invaliden aus Lyon, der in einer Gartensiedlung im Faubourg Ouillins einen winzigen Zoo betrieb, in dem er einen Wüstenfuchs, eine Bilchmaus, ein Stachelschwein, Ponies und Dachse, Pfauen, Fasanen und eine Meerkatze zeigte, selber wohnend inmitten des kleinen Areals in einem selbstgebauten einzimmrigen Steinhaus mit Blechdach. Aber die Besucher blieben aus, und die Tiere starben, eines nach dem andern, weil es immer weniger Futter gab. Erst starb das Stachelschwein, dann der Pfau, dann die Bilchmaus, dann der Fuchs, und so ging's weiter, und ihre Zahl war schließlich so klein, daß die Zoobesuche den Leuten in Ouillins nicht mehr lohnend erschienen. Nun kam gar niemand mehr, und die Tröge der Tiere blieben über Tage und Wochen hin leer. Am Ende lebte, invalid wie sein Herr, nur noch Lamurceaus Hund, der hatte seinen Kopf auf Lamurceaus Brust gelegt, als dieser gestorben war, und sein Jaulen und der Gestank der Ponykadaver störten die Gartennachbarn, so daß sie das Ordnungsamt anriefen. Und es kamen Gendarmen mit einem Zinksarg, da legten sie Lamurceau hinein, und sie erschossen den Hund und legten ihn mit in den Sarg, das war praktisch – huiii, fahre fort! Und von Julie aus St-Martin-la-Méanne sprach der Wind, die ein Kind von fünf Jahren war und die der Vater aussperrte in einer Regennacht im schon eisigen November im Jahr '38. Da hatte das Kind an der Haustür gestanden und sich die Finger wundgekratzt, war dann ums Haus gelaufen und hatte an der Hintertür gejammert und gefleht, daß der Vater wieder gut sein und sie einlassen möge, hatte auf der Schwelle gekniet, die Schreie der Mutter im Innern des Hauses gehört, die der Trunkene schlug, und war schließlich, erstickten Jammers, bebend vor Kälte und Nässe, zur Hündin in deren Hütte gekrochen, und die hatte das Kind gewärmt mit ihrem Körper, und wenn sie auch keine Hände hatte, es zu streicheln, so hatte sie ihm doch die Tränen vom Gesicht geleckt und es getröstet, aus der Güte ihres Wesens und auf die Art, die ihr gegeben war.

Und wie die Erzählungen des Windes mich nach da und dort entführten und wieder zurücktrugen nach Châtelet, das ein Ort unter anderen war zu einer Zeit unter andern, hatte ich das Gefühl, daß Zeiten und Orte ihre Bedeutung verloren, daß sie sich aufhoben und aufgehoben waren im Wehen des Windes wie in einem Nu allumfassender Gegenwart, in dem mein eigenes Dasein in Raum und Zeit zur Erinnerung wurde, eine Geschichte war unter Geschichten, die der Wind mir zutrug, die ich staunend vernahm oder mir selbst erzählte oder den Nachbewohnern des Hauses unter mir, in dem ich gelebt hatte, ich, Stephen Wanderer, in den Jahren nach 1972 – dahinfahrend mit dem Wind über den Höhen des Cantal, redete ich mit der Stimme des Windes zu jedermann an jedem Ort zu jeder Zeit und so auch zu mir, war ich mein eigenes Du, dem der Wind erzählte aus seiner luftigen Höhe herab: dort unten in Châtelet, über dem Dorf, in der alten Schule – du siehst ihr Schieferdach inmitten der Wipfel der Marronniers –, dort hat ein Mann gelebt, der den Nachbarn als närrisch galt. Im Garten hat er gespielt wie ein Kind und ging doch auf die Siebzig zu, hat seltsame Gerüste errichtet aus Bambusrohren wie Orgelpfeifen, damit mein Atem hineinfahre und sie durchblase und sich verwandle in ihrem Innern in tönenden Klang, Drähte hat er gespannt, daß ich sie zupfen und streichen möge wie eine Geige, und tönerne Glocken in die Bäume gehängt, auf daß ich sie läute. Und in den Vollmondnächten, um seine Narrheit zu krönen, hat er die Hunde jaulen gelehrt, das hatte dem Dorf noch gefehlt, aber es war leichter zu tragen als der weiseste EG-Beschluß, und ich selbst hab's geduldet, hab's vernommen, das Geheul, und hab's weitergetragen und meine: es klang nicht schlecht! Und ich denke: wie gut wäre es um die Welt und die Menschheit bestellt, wenn alle Spleenigkeit sich mit Wohlklang paarte und wenn es den Narren gelänge, die Mächtigen zum Spiel zu verführen!

Von da an, so war mir, hätte ich sagen können, von einem ortlosen Ort aus und von jenseits der Zeit: dort unten habe ich gelebt. Dort habe ich etwa zehn Jahre vor meinem Tod mit Serge Piquet meine Experimente durchgeführt, habe mit Erasmus diskutiert ein halbes Jahr noch vor meinem Tod – und jetzt, in diesem realen Nu und hier in meinem Krankenbett in Aurillac, im Hôpital Saint-Julien, kann ich denken: zwei Wochen vor meinem Tod habe ich Kuno beerdigt – so wie es in einem Film über die Opfer von Hiroshima hieß: „Eine Stunde, nachdem er diese Schüssel Reis mit Pflaumen gegessen hatte, war dieser Mann tot", so könnte ich sagen: „Zwei Wochen, bevor er starb, beerdigte dieser Mann seinen Hund."

Und nichts an dieser Vorstellung ängstigt mich. Vielmehr, der Gedanke, in zwei Sphären zu leben, in der einen zu sein und in der andern zu gelten und also aufgehoben zu sein im Seinsganzen, ewig bewahrt in einem, das alles ist, diese Vorstellung umhüllt mich mit dem Licht der Sonne, dem Gefächel des Windes, den Regenschleiern und dem Geschwirr der Krähen über dem herbstlichen Park. Im Fall einer letzten vergeßnen Kastanie, die mir vor die Füße rollt, vollzieht sich die Aussaat. Ich liege im knisternden Laub, sinke tiefer in wärmenden Humus, ich wachse.

Indem ich das eine dahingebe, strömt mir das übrige zu.

Heute ist Sonntag. Am Vormittag haben die Glocken geläutet, das Fenster steht offen, man hört keinen Verkehrslärm, ein Windhauch bläht leise den Vorhang, und die durchsonnte Luft über den Dächern atmet Wärme und Kühlung zugleich. Die Amsel singt in den Marronniers im nahen Schulhof, und aus der Tiefe der Stadt dringt das Rauschen der Cère, nein, der Jordanne herauf. Dies ist ein Tag des Schlummers nach Tisch, des kleinen Ausgangs am Nachmittag mit Maxim, der auf dem stillen Marktplatz die kommunale Pumpe, die Linde und den Prellstein an der Mairie anpieselt, ein Tag später Fliegen auf Mist, mit einem dreibeinigen Kater, der über die Straße hoppelt, Monsieur Digne gehört und zutreffend Dreyfus heißt, ein Tag, an dem ich mich im Vorübergehn an Madame Ligauts Astern erfreue und mich zum Kaffee einlade bei mir selbst.

Das war gestern. Ich hatte den Kaffee getrunken, den die Schwesternschülerin gebracht hatte und der angenehm beruhigend wirkte, und wollte mich, am Quai bei den Bouquinistes stehend, gerade mit „Sophiens Reisen" nach Memel begeben, da öffnete sich die Tür, und die Familie Forgeron quoll herein. Ich entschloß mich für den Totstellreflex und knöpfte mein Gesicht zu, aber die Ruhe war dahin.

Vier Personen begrüßten den Schmied und redeten synchron: die Frau, der Sohn, die Schwiegertochter und, zentnerschwer dominant, die Mutter: la grosse maman. Das Gespräch hörte sich an wie: „Schtembrasser!" – „Quilseportebien!" – „Svabien?" – „Maschlonturail!" – „Poulaque?" – „Questonbricole?" – „Schlevumaschnonplus clamouschleur!" – „Massontrai, pulatrai, schvoudraissi – mais quveutuqueschfasse!" – „Schpeupas!" – „Hn?" – „Ahbas!"

Der Schirmmacher sagte: „Lassen Sie mich gerade durch? Ich geh mal ein bißchen durchs Haus." Im Morgenmantel und in Schlappen schlurfte er davon. Kaum war er hinaus, da hatten Sohn und Schwiegertochter sich schon auf sein Bett gesetzt. Die Schmiedin saß auf dem Bett ihres Mannes, und die Mutter des Schmieds hatte sich mit dem einzigen Besucherstuhl, den es hier gibt, in den Gang zwischen dem Bett ihres Sohnes und dem meinen gezwängt. Sie saß seitlich verdreht und kehrte mir ihre Gesäßseite zu, blinzelnd nahm ich's wahr und schloß sofort taktvoll die Augen.

Man redete. Laut, ungeniert, ich verstand kein Wort. Es verging eine Zeit, man redete. Die Stimmen verschlangen und verknoteten sich zu einem Knäuel, das größer und größer wurde, immer mehr Platz einnahm, den Raum ausfüllte und mich verdrängte – wo würde ich bleiben! Ab und zu – ich wußte nicht, weshalb – reagierte jemand gereizt, dann wieder – ich wußte nicht, warum – wurde gelacht. Es ging mich nichts an. Wieso war ich überhaupt da! Warum hatte ich nicht Platz gemacht wie der Schirmmacher! Ich hätte mich entschuldigen und erklären können, daß ich leider gelähmt sei, zwar nur halbseitig, aber immerhin ausreichend, um nicht gut aufstehen zu können. Vor allem der grosse maman hätte ich dies sagen können, die ausladend eingeengt dasaß und der ich doch, wenn es nicht unschicklich gewesen wäre, recht gut einen Platz auf meinem Bett hätte anbieten können. Wer jahrelang in der Metro gefahren ist, braucht doch keine Berührungsängste zu haben!

Man redete. Madame roch wolkig nach Moschus und Achselschweiß, ich drehte das Gesicht zum Fenster, man redete. Der Nachmittag verging. Der Schirmmacher kam nicht zurück. Man redete. Ich wollte mich abwenden, soweit es ging, wollte mich im Bett herumdrehen, auf der linken Seite liegen, also winkelte ich das rechte Bein an, um mich herumzustemmen. Aber erst mußte ich verschnaufen und Kraft sammeln.

Unterdes klirrte man mit Flaschen. Die Maman des Grobschmieds hielt eine riesige Einkaufstasche auf dem Schoß und packte Pfandflaschen hinein, die der Schmied aus dem Nachtkasten holte und ihr anreichte. Nun schien die Tasche gefüllt zu sein, denn ich hörte, wie ein Reißverschluß zugezogen wurde – da, plötzlich gab's am Fußende meines Bettes, begleitet von einem leisen Klirrlaut, einen Ruck. Mir stockte der Atem – ich ahnte, was geschehen war, drehte langsam den Kopf und vergewisserte mich blinzelnd des Unglaublichen, das doch Tatsache war: die Schmiedsmutter, grob wie ihr Sohn, hatte – vermutlich nach einem raschen, verstohlenen Blick auf mein Gesicht – ihre Tasche auf meinem Bett abgesetzt, neben meinem linken Fuß, genau da, wo ich ihr, das rechte Bein anziehend, wie einladend Platz gemacht hatte.

Ich wünschte, es wäre nicht geschehen, aber es war so: da stand die Tasche, schottisch kariert und prall, ich fühlte mit den Zehen unter der Decke ihren Widerstand, ich konnte das Bein nicht ausstrecken, ich war nicht mehr Herr in meinem eigenen Bett.

Ich schluckte und überschlug in Sekundenschnelle alle Möglichkeiten der Gegenwehr, die der Fall bot, alles, was ich hätte tun können, aber tatsächlich nicht tun konnte, weil ich nicht nur körperlich geschwächt, sondern Stephen Wanderer war und kein anderer. Ich hätte Madame grob anfahren und abkanzeln können, hätte ihr Verhalten mit Worten geißeln können wie mit Peitschenhieben, aber dem stand entgegen, daß ich mich aufgeregt hätte, was es um nahezu jeden Preis zu vermeiden galt. Ich hätte Madame höflich, aber bestimmt ersuchen können, ihre Tasche von meinem Bett zu nehmen, aber auch dies ging nicht, weil's mir die Sprache verschlagen hatte, so daß ich – ich fühlte es – nicht hätte sprechen können und nur ein Stammeln herausgebracht hätte aus Herzangst und Atemnot. Schließlich hätte ich der Tasche einen Tritt geben können, daß es geklirrt hätte, hätte sie aus meinem Bett hinausstoßen können, aber meine Kraft hätte nicht ausgereicht, womöglich hätte ich mir nur einen Zeh verstaucht, hätte mich lächerlich gemacht, und der Plebs hätte sich amüsiert.

Also blieb nur der Notruf.

Die Schwester erschien – dieselbe, die vor Tagen meinen Aderlaß gestoppt hatte –, ich zeigte nur stumm auf die Tasche auf meinem Bett, es war nicht mehr als eine andeutende Geste, da hatte sie schon verstanden. „Aber nein, Madame! Das geht nun aber wirklich nicht!" sagte sie barsch, nahm die Tasche und setzte sie mit Schwung auf den Boden.

Die Schmiedsmutter brachte nur ein halblautes „Schpensais" heraus, da sagte die Schwester, schon wieder in der Tür: „Die Besuchszeit ist übrigens beendet! Es ist sechs Uhr durch!"

Die Forgerons versicherten, daß man bereits im Begriff sei, zu gehen, und die Schwester schloß die Tür im Hinausgehen lauter als sonst.

Ich bedauerte, daß sie fort war, denn es kam noch schlimmer. Zwar leiteten die Forgerons jetzt mit vielen „Alors" ihren Abschied ein, wobei sie einander immer wieder zu versichern schienen, daß es dabei bleibe, daß alles so geschehen werde, wie man es besprochen habe und wie gesagt, doch jedesmal, wenn ich dachte, jetzt stehen sie auf, jetzt kommt das erlösende Schlußwort, das letzte „Bonne chance!", jetzt gehen sie zur Tür und wahrhaftig hindurch und hinaus, immer und gerade in dem Moment, da meine Hoffnung schon fast Gewißheit war, schlug ihr Versuch der Verabschiedung fehl, scheiterte das Unternehmen im letzten Augenblick vor dem schon greifbar nahen Gelingen, machte bald der eine, bald der andere Gesprächsteilnehmer mit einem jähen Einfall alles zunichte, war das Allerwichtigste noch vergessen worden, bedurfte es dringend der Mitteilung, die sich, entsprechend der Verwicklung aller zu beachtenden Umstände, uferlos ausweitete und grundlos vertiefte. Das Gesprächsknäuel verfilzte sich, wuchs, forderte Raum in einem schleppenden Prozeß, walzte mich nieder, hockte auf mir wie ein Alp – man redete. Ich fühlte, wie ich zusammensank, die Sache war nicht mehr komisch, war Qual. Ich fühlte Ärger – man redete. Ich fühlte Zorn, fühlte Wut in mir hochsteigen – man redete. Ich fühlte das Adrenalin, die Sache machte mir Angst, mein Puls jagte los, ich schnappte nach Luft, die Wut saß mir im Hals, drückte mir auf die Kehle, ich tastete nach dem Fläschchen mit dem Nitrospray, fand es und sprühte mir zwei, drei Stöße Nitro unter die Zunge. Das half, wenn überhaupt, nur mit einer gewissen Verzögerung. Ich griff nach der Schelle und hielt den Knopf gedrückt, so fest und solange ich konnte.

Als die Schwester mich sah und mit ihrem Handy den Arzt rief, müssen meine Lippen schon blau gewesen sein. Da war der Schmerz unterm Brustbein, den ich kannte. Ich stöhnte. Fühlte, wie meine Handrücken zu schmerzen anfingen, als stünden sie unter Strom – es war wie vor fünfzehn Jahren, wie vor dem Infarkt. Mein Gott erschien mir in der Gestalt des Nitroglyzerins, und ich bat das Nitro, daß es wirken möge. Und ich blieb bei Bewußtsein und dachte unter Tränen: bleib wach, bleib wach! Sonst wirst du intubiert!

Ich hatte in seltsamer Klarheit meiner Sinne registriert, daß die Schwester die Sippe des Grobschmieds mit einem einzigen autoritären „Sortez!" aus dem Raum gescheucht hatte. Ich verspürte Genugtuung.

„Ihr Atem wird ruhiger!" sagte die Schwester. „Atmen Sie ruhig und tief! Sie werden sehen, es geht!" Mir war klar, daß sie mir die Beruhigung suggerierte, und da der Inhalt der Suggestion meinem tiefsten Bedürfnis entsprach, hatte sie Erfolg.

Dann sah ich den Arzt und dachte: oje! – Es war der, der mich zur Ader gelassen hatte.

„Angina pectoris", sagte ich, auf die Gefahr hin, ihn zu

kränken. Ich wußte, daß man – derlei kam vor – die Sache mit einer Nierenkolik verwechseln konnte.

„Ich gebe Ihnen Valium 10", sagte er.

Das war genau richtig, und sofort faßte ich Vertrauen. Bei aller Skepsis hatte ich den Wunsch, zu vertrauen. Es war, als läge das Vertrauen abrufbereit auf dem Grund meines Selbst, als wartete es nur darauf, daß man ihm die Hand reichte, an der es sich emporziehen konnte. Es bedurfte seines sinnstiftenden Pendants: der Vertrauenswürdigkeit, auf die es sich stützen konnte. Ex nihilo nihil fit. Aber der Grund gebar die Figur, und aus beidem fügte sich die Gestalt.

Ich erhielt die Spritze, danach wurde ein EKG gemacht – es ergab keinen neuen Befund, und ich segnete die Schwester, den Arzt, das Nitro und das Valium, die im Verbund die Spasmen gelöst hatten.

Essen mochte ich nicht. Ich fühlte mich erschöpft und gleichzeitig leicht, wie schwerelos, lauschte nur meinem Atem, mit geschloßnen Augen. Am Himmel, fern über der Stadt, verblaßte die Abendröte – ich mußte nicht sehn, um zu wissen.

Der Arzt schaute noch einmal herein, er war nicht in Eile.

„Nun? Wie fühlen Sie sich jetzt?"

„Wohlig entspannt", sagte ich.

„So soll es sein", sagte er. Und dann, wie beiläufig: „Möchten Sie nicht lieber in einem Zwei-Bett-Zimmer liegen? Ein Platz wäre frei."

Die Frage verblüffte mich.

„Darüber hab ich noch gar nicht nachgedacht", sagte ich. „Aber jetzt, da Sie's sagen – eine gute Idee!"

„Schön!" sagte er. „Dann können Sie morgen umziehn."

Er drückte kurz meine Hand und ließ mich zurück in einer seltsamen Gefühlsmischung aus Verwunderung, Scham und Dankbarkeit. Er hatte mir zu denken gegeben, und ich erkannte, wie selektiv ich ihn wahrgenommen hatte. Er mochte ein Schussel sein, aber er verfügte über die Gabe der Einfühlung, und er hatte mein Wohl im Auge, womöglich mehr als ich selbst. Ich hatte nicht im Traum daran gedacht, daß es einen Klassenunterschied gab und daß ich natürlich hätte wählen können. Ich war nicht auf Luxus erpicht. Wenn ich ihn genoß, weil sich's wie zufällig so ergab, wenn ein Privileg mir zufiel, nahm ich's achtlos hin, manchmal aus Zerstreutheit, aber vor allem wohl, weil mir die Sache nicht wichtig war, weil sie nichts mit Musik zu tun hatte und mein Leben weder reicher noch ärmer machte. Ob ich mit dem Zug reiste oder flog, mit der Metro fuhr oder im Taxi, beim Italiener aß oder, bei Kongressen, im Ritz – was, zum Teufel, hing davon ab! Genau nichts! Und wenn ich in eine Gesellschaft geriet, wo man sich mit Hingabe über Autos, Rennpferde oder Golfplätze unterhielt, so starrte ich die Redenden fassungslos an, so wie diese mich angestarrt hätten, wenn ich über Hindemith und die freie Tonalität referiert hätte.

Aber daneben gab es Situationen, in denen ich mich, wie Edmond sagte, selbst hätte lieben müssen, in denen die Vernachlässigung meiner selbst rücksichtslos-selbstquälerisch wirkte, ein kritiklos übernommenes Verhalten aus dem Repertoire meines prügelnden Vaters, der hart gegen sich selbst und brutal gegen andere war, von dem ich offenbar im Übermaß gelernt hatte, keine Wehleidigkeit aufkommen zu lassen, und dessen Beispiel aufs abstoßendste die Wahrheit des Pascalschen Satzes dartat, daß übertriebene Tugenden zu Lastern werden.

In solchen Situationen bedurfte ich des Rates der Freunde oder mir wohlgesinnter Bekannter, die wachen Geistes und klarsichtig erkannten, was zu tun war, und wenn sie freimütig redeten, so merkte ich auf, und wenn es ihnen gelang, mir die Augen zu öffnen, wenn der Sinn ihrer Rede mir einleuchtete, so lernte ich gern, und wenn ich fühlte, daß ich dem Stock, der mich stützte, vertrauen konnte, so tat ich's mit Freuden.

Ich hatte die Augen geschlossen und lauschte meinem Atem. Er kam und ging ohne mein Zutun. Ich hütete mich, ihn zu stören. Ich wehte in ihm wie die Feder im Wind. Wenn ich mich regte, so folgte ich nur seinem Hauch. Er konnte mich davontragen, wohin immer es ihm beliebte, ich ließ es zu.

Und ich fühlte eine sanfte Schwere, die in dem Maße wich, wie ich ihr nachgab, fühlte flauschiges Gefieder und flog wie als

Kind dahin auf dem Rücken der Wildente, die ihren Holzpfahl verlassen und sich aufgeschwungen hatte in die Lüfte, deren Flügel sich jetzt nicht mehr unsinnig drehten wie Propeller, sondern schwingend hoben und senkten und die mich mitnahm und davontrug über Wälder und Meere, nach Ägypten vielleicht, in das Land der Pyramiden, zu den Ufern des Nil.

Heute morgen bin ich umgezogen. Nach dem Frühstück brachte der Pfleger einen dezent quietschenden Rollstuhl herein, unter dessen Sitz sich ein Drahtkorb befand, in den meine Wäsche und meine übrigen Utensilien paßten. Ich wünschte dem Grobschmied und dem Schirmmacher, der auch wieder da war, bonne chance, und der Pfleger fuhr mich zum Eckzimmer links am Ende des Flurs.

Dies ist ein lichter, freundlicher Raum mit zwei Fenstern, die nach Süden und Westen gehn und doppelten Ausblick bieten: gen Süden den Blick über die Dächer der Altstadt, ähnlich wie ich ihn kannte, mit dem hier aus steilerem Winkel einsehbaren Schulhof, gen Westen die Aussicht auf eine Kaserne, einen Flachbau mit Exerzierplatz und Fahnenmast: wie der Pfleger sagte, „la Caserne Général Charles de Gaulle". Dahinter, in einem Karree gilbender Pappeln, ist eine Sportanlage mit Schwimmbad und Tennisplätzen, und weiter fort, hinter der Stadt, ziehen sich die bewaldeten Montagnes des Crêtes dahin, an deren besonnten Hängen, vor flammenden Buchen und Eichen, der vormittägliche herbstliche Nebel aufsteigt. Die Jordanne fließt tiefer im Tal und ist nicht zu sehen, aber in der Mittagszeit und des Abends, wenn der Verkehrslärm abnimmt, kannst du sie hören, wie sie die Stadt durchrauscht, und wenn du die Augen geschlossen hast und einschläfst bei offnem Fenster, bleibt doch dein Ohr geöffnet wie das Fenster, und sie durchrauscht deine Träume und befeuchtet tropfensprühend den Atem des Windes, der dich durchhaucht, in dich einzieht unmerklich, während du schläfst, und unmerklich dich wieder verläßt.

Gegen zehn kam Père Alphonse herein, stellte sich vor und bot mir das MANNE CELESTE POUR LES FOYERS

CHRETIENS zur Lektüre an. Es koste nur drei Neue Francs. Ich erwarb das Blatt, um es aus dem Verkehr zu ziehen – es war, wie ich sah, dieselbe Ausgabe, die er mir schon einmal verkauft hatte –, und er sagte: „Das war mein letztes Exemplar. Nächste Woche bringe ich Ihnen dann die Novembernummer."

„Das ist brav!" sagte ich. „Da freut sich der Heilige Vater." Ich hatte Mühe, ernst zu bleiben.

„Ach, der Heilige Vater!" sagte er traurig. „Er ist so schwach! Ich bete jeden Tag für ihn."

Meine Spottlust verging auf der Stelle. Ich hatte das Gefühl, zu erröten, und war froh, daß er's, fast blind, wie er war, nicht sehen konnte.

„Hoffen wir das Beste!" brachte ich heraus. Und er entfernte sich, gekrümmt und schleppenden Schritts, und ließ mich in gedrückter Stimmung zurück: beschämt, nachdenklich und reicher um die Einsicht, daß seine Einfalt nicht ärger war als mein Hochmut, daß ein jeder Esel, er wie ich, sein Futter da sucht, wo er's findet, und daß wahrscheinlich ein jeder wie angepflockt im Kreis herumgeht, nur mit dem Unterschied, daß der eine, seine Borniertheit erkennend, sich losreißt und der andere nicht.

Am Nachmittag erschien dann Madame Périgord, eine männlich gestylte Vertreterin der Hausverwaltung, mit Formularen zum Ausfüllen – das hätte, wie sie sagte, schon längst geschehen müssen –, und während sie mit verteilten Rollen Frage und Antwort mit mir spielte und fleißig ausfüllte, betrachtete ich ihre Krawatte, die mir auffallend geschmackvoll schien, und erwog, ob ich ihr ein Kompliment machen sollte. Die Mehrkosten für den Übergang in die erste Klasse beliefen sich auf 400 Neue Francs pro Tag, so daß der Tagessatz jetzt 1.800 Neue Francs betrug. Teurer als im Kempinski, dachte ich.

Wenn sie, sagte sie, da seit meiner Einlieferung jetzt vierzehn Tage vergangen seien, vielleicht um eine Anzahlung bitten dürfte ...

„Aber gewiß doch", sagte ich.

Ich gab ihr einen Scheck über 50.000 Neue Francs auf die Banque Nationale, sie hielt das Formular, während ich schrieb, für mich fest, damit es nicht verrutschte, und ich überlegte, ob ihr Outfit eher beruflich oder eher erotisch zu interpretieren sei.

Menschen – in ihren Allüren wie in ihren Phantasien – sind schon entschieden merkwürdig!

Und dann war wieder Ruhe im Raum. Sonnenkringel tanzten auf der Wand, und ich rätselte, wie sie entstehen mochten, dachte an Reflexe auf besonnten Wasserflächen, ans Licht- und Schattenspiel vom Wind bewegter Baumwipfel, die spiegelnde Scheibe eines offenstehenden Fensters, sah die flatternden Übergardinen, fühlte die Kühlung, die hereinwehte, und dachte, daß der Raum, in dem ich lag, eher Genesung als Krankheit atme. Mir war, als müsse ich aufstehn und umhergehn, die Arme recken und meinen Brustkorb dehnen, aber ich zügelte mich und wurde auch abgelenkt durch eine Schwesternschülerin, die das Telefon hereinbrachte.

„Oh, danke!" sagte ich erfreut. „Da hatten wir tatsächlich etwas Wichtiges vergessen. – Hat jemand angerufen?"

„Oui, Monsieur. Ein Herr. Er ruft später wieder an."

Sie brachte auch gleich den Kaffee, in einem Kännchen, das – welcher Luxus! – ganz allein für mich bestimmt war. Er schmeckte nicht übel, schien mir stärker als sonst, und ich trank ihn mit Behagen.

Nach dem Besuch von Père Alphonse hatte ich ein Stimmungstief gehabt: das beklemmende Gefühl, daß mir – Hochmut hin, Einfalt her – Verblödung drohe, daß nicht Kindlichkeit, sondern Infantilität mein Senium prägen könne, mein Leben versande in Demenz, meine moralischen Ansprüche sinken und meine Denkleistungen abnehmen könnten in dem Maße, als niemand mehr mir einen vernünftigen Gedanken abverlangte, mich forderte, ja herausforderte als den, der ich hoffentlich noch war: Stephen Wanderer auf der Höhe seiner selbst und in seinen besten Momenten, und mir war klar, daß, wenn schon sonst keiner es tat, ich selbst mich fordern mußte, damit der Wille die Lust wecke – ich wußte, er konnte es, zumindest soweit es meine Arbeit betraf – und damit die Lust den Willen stärke, indem sie nachträglich ihm recht gab.

Und ich war entzückt, als gegen fünf der Physiotherapeut erschien, mit dem ich an diesem Tag schon nicht mehr gerechnet hatte und mit dessen Hilfe ich, wenn auch schleppend, so doch aufrecht gehend, das Bad erreichte. Morgen, so sagte er, wollten wir's dann mit einer Armstütze versuchen. Das hörte sich gut an.

So verging der Nachmittag in Ruhe und Bewegung. Ich ruhte aus nach der kleinen Wanderung, einer kleinen Zukunft entgegen, und wurde bestätigt in einer kleinen Hoffnung auf Unvorhersehbares, vielleicht Abenteuerliches durch den Ruf des Telefons, der wie ein exotischer Vogelruf klang, Synästhesien von Goldgrün und Dur weckte und doch erst der Herold des Lebens war, das er ansagte.

Gaspard war es, der anrief. Ein Brief von Monsieur Piquet sei gekommen und ob er ihn vorbeibringen solle.

„Nicht nur vorbei!" rief ich. „Mitten herein, hier ins Zimmer und in meine Hand!"

„Wird gemacht, Monsieur! Um sechs kann ich bei Ihnen sein."

Gaspard hatte ein Gespür für das, was mir wichtig war. Er erfaßte, gleichgültig ob es um eine Dachreparatur oder die Verarztung eines Hundes ging, immer den Kern der Sache, entschied und handelte mit einer ruhigen Selbstverständlichkeit und war in Arbeitspausen der angenehmste Gesellschafter, der sich denken läßt: kenntnisreich in den Dingen des praktischen Lebens, mitteilsam in allem, was Land und Leute betraf, wißbegierig, so daß er, als gelernter Steinmetz, geologische Zeitschriften las, und dazu mit einem Sinn für versteckten Humor begabt, was ihm, wie ich denke, den gefährlichen Umgang mit mir nicht nur erträglich, sondern sogar vergnüglich machte.

„Monsieur versteht's, eine Lawine loszutreten, sich selbst dabei aus dem Schnee zu machen und vom Hochsitz aus zuzusehn, wie sie die andern begräbt." So hatte er mich einmal in meinem Dabeisein im Gespräch mit Serge charakterisiert, der diese Äußerung richtig als Anerkennung und nicht etwa als Tadel verstand, da er mich gut genug kannte, um zu wissen, daß bei meinen Streichen niemand zu Schaden kam. Gaspard dachte an die Tücke, mit der ich seinerzeit – es war etwa fünf Jahre nach der seltsamen Himmelserscheinung über dem Parc d'Auvergne – die wunderbare Erscheinung der Madonna im Steinbruch inszenierte, eine Geschichte, die zur Legende wurde und unter dem Titel „La Vierge à la Carrière" in die Kirchenchronik von Châtelet einging. Gaspard und ich, denen die Madonna zuerst erschienen war, wir hatten gemeinsam an der Legende gestrickt, hatten entzückt und staunend ob der suggestiven Wirkung, die unsere Vision auslöste, beobachtet, wie die Sache sich verselbständigte und wie das Mirakel etwa sechs Wochen lang die Gemüter der Groß- und Kleingläubigen nicht nur im Sprengel von Châtelet, sondern darüber hinaus im Dekanat Salers, ja im gesamten Parc d'Auvergne bis hin zur Bischofsstadt Clermont-Ferrand bewegte. Dort, an der berühmten Universität Blaise Pascal, entbrannte damals ein theologischer Diskurs, der nach St-Etienne und Lyon, ja nach Paris überzuspringen drohte, bis seine Eminenz Sulpice Beaumont, der Erzbischof von Clermont, der das Wunder in seiner Diözese nicht dulden wollte, die Madonna kurzerhand verbot und in die Luft sprengen ließ.

Das alles kam aber so: bei meinem Einzug in Châtelet hatten die Möbeltransporteure meine sämtlichen Bücherkisten auf dem Hof abgeladen und sich davongemacht, und ich hatte mich im Dorf nach einem kräftigen Mann erkundigt, der mir beim Auspacken helfen könne. Man hatte mich zu Gaspard geschickt, einem damals achtzehnjährigen athletischen Burschen, der gern bereit war, mir des Abends und an den Wochenenden behilflich zu sein. Er konnte am ausgestreckten Arm prall gefüllte Koffer „verhungern lassen" – eine Kunst, auf die er stolz war und die er gern vorführte. Entsprechend locker hantierte er mit den Bücherkisten, und binnen kurzem hatte er alles nach meinen Wünschen an den richtigen Platz gebracht. Er machte sich rasch unentbehrlich und war es tatsächlich, da im Haus unentwegt Arbeiten anfielen, denen ich körperlich nicht gewachsen war, und so erlangte er bei mir eine Art Dauerstellung.

Gaspard arbeitete in der carrière d'ardoise, einem zwischen Châtelet und Cheylade, aber näher zu Châtelet hin gelegenen Schiefersteinbruch, einem eher kleinen als mittleren Betrieb, der einem Monsieur Duchamp in Salers gehörte und etwa ein Dutzend Leute beschäftigte. Von dort tönte alltäglich gegen zehn Uhr vormittags ein Sirenensignal herüber. Dann krachten Sprengungen, man spürte die Druckwellen im Ohr, hörte auch wohl das Klirren einer Scheibe, die nicht mehr fest im Kitt saß, und wenn man gerade auf der Straße nach Cheylade dahinging oder von dort kam, war man gut beraten, wenn man sich in einem der am Straßenrand stehenden aus Bohlen gezimmerten Abris unterstellte. Denn es rauschten Steinsplitter durchs Laub oder prasselten auf den Asphalt, und es grauste einen – allerdings mit einem gewissen Behagen, weil das Ganze friedlichen Zwecken, nämlich der Fertigung von Grabsteinen und Dachplatten diente.

Dort arbeiteten, wie Gaspard sagte, diejenigen, die Vater und Mutter erschlagen, ein Attentat auf den Präsidenten der Republik verübt oder, wie er, nur einfach in der Schule nicht aufgepaßt hatten. Er bot mir an, mir seinen Arbeitsplatz zu zeigen, und sagte, falls der offne Strafvollzug in Frankreich mich interessiere, solle ich einmal nachmittags gegen fünf, wenn er Feierabend mache, herüberkommen.

Ich war neugierig und tat's, nicht ahnend, welch mirakulöse Überraschung der Ort für mich bereithielt und wie wir, Gaspard und ich, schon bald in ein Geschehen verstrickt sein würden, das sich mit der Dynamik einer einmal losgetretenen Lawine vollziehen würde.

Es war an einem Tag im späten Oktober, die Sonne stand schon tief und warf lange Schatten, da stieg ich im kühlen Wind in einem Seitental jenseits der Ouze den Fahrweg zum Steinbruch hinauf, der dort, etwa in der Größe eines Amphitheaters, den Steilhang höhlt. Gaspard und einige seiner Arbeitskollegen waren noch da und zeigten mir, wie sie einen Steinblock spalteten. Ich sah, wie sie längs der Maserung mit wuchtigen Hieben Keile einschlugen, wie die Keile in den Stein drangen, bis er zerbarst, und ich glaubte jeden Schlag, den sie mit ihren schweren Hämmern taten, zu spüren bis ins eigene Mark, aber nicht als der Gespaltene, sondern als der Spaltende, dessen Knochen und Muskeln den Aufprall der Schläge mitschwingend abfedern mußten. In einem ersten Arbeitsgang gewann man armdicke Platten, die, wenn man Glück hatte, senkrecht abplatzten und senkrecht stehenblieben. Zumeist aber mußten sie, je nach der ursprünglichen Lage des Blocks, mit Hebeln mehr oder minder gekantet werden, bis sie aufrecht auf einem Stützgerüst standen. Danach, wenn man keinen Grabstein hauen, sondern Dachschiefer gewinnen wollte, wurden die Steinplatten abermals gespalten, nun zu Platten von Fingerstärke, und dabei blieb's, denn die Qualität des Gesteins war nicht gut und ließ eine weitere Verarbeitung nicht zu. Die Scheunen und Viehställe im Cantal werden noch heute mit diesen Platten gedeckt, die auf entsprechend starkem Gebälk ein Jahrhundert überdauern. Auf den Wohnhäusern, zumal in den Städten, sieht man dagegen mehr und mehr gebrannte Ziegel und den feineren, leichteren Schiefer, der von auswärts kommt und wesentlich teurer ist.

Um fünf Uhr war Feierabend. Die Leute verstauten ihr Werkzeug in einer Baracke und machten sich auf den Heimweg. Gaspard, als der letzte, legte das Hängeschloß vor, und während ich auf der Laderampe seitlich der Einfahrt stand, das zerklüftete Halbrund des Bruchs noch einmal überblickte und, nach Vorsprüngen, Rissen und Höhlungen spähend, mit den Augen im Fels umherstieg wie in einer Kletterwand – da geschah's! Im Gegenlicht der sinkenden Sonne, deren Schattenwurf jeden Grat konturierte, jede Gesteinsnase verlängerte und jedes Grübchen schwärzte, im Wirrwarr der Abrisse, der Sprünge, der Verwerfungen der Schichten, im Chaos aus Kalkschiefer, Mergel und Ton glaubte ich plötzlich eine Gestalt zu erblicken. Nicht ich hatte sie entworfen, sondern sie selbst hatte sich gebildet aus Flecken und Linien, war hervorgetreten aus dem Tohuwabohu ungeordneter Sinneseindrücke und stand nun seitlich über der Werkzeugbaracke als Halbrelief in der Felswand, nahe der dort aufsteigenden Abbruchkante und überdacht von einer Grassode,

stand, nur wenig größer als ein Mensch, reglos auf einem Gesteinsvorsprung, wie eine Statue auf ihrem Sockel. Ich unterschied einen Kopf, einen Oberkörper – hatte er die Arme verschränkt? Ich glaubte den Faltenwurf eines langen Rocks zu erkennen – war das Haupt nicht geneigt? Trug es nicht eine Krone? Und hielt die Person nicht etwas im Arm? Etwa ein Kind?
„Gaspard! Gaspard! Kommen Sie schnell!"
Als Gaspard neben mir stand, zeigte ich in die Richtung, in die er sehen sollte, und bezeichnete ihm genau die Stelle, wo die Figur stand. Ihre Umrisse waren inzwischen noch deutlicher geworden – auch der Kopf des Kindes war klar erkennbar, zumindest für mich, der ich der Sache längst sicher war, aber doch, gleichsam zur Vergewisserung der Objektivität meiner Sicht, eine Bestätigung von seiten eines unvoreingenommenen Dritten wünschte.
„Sehen Sie etwas?"
Gaspard wiegte den Kopf. „Über der Baracke?"
„Über der Baracke! Ein wenig nach links versetzt!"
„Etwa drei Meter über dem Dach?"
„Genau! – Sehen Sie's? – Was sehen Sie?"
„Einen Maulwurf", sagte Gaspard – das tollste Bonmot, das ich je von ihm hörte.
Ich war entzückt, fing den Ball auf und sagte ernst, ergriffen und feierlich: „Der Maulwurf mit dem Jesuskind!"
„In Gestalt der Heiligen Jungfrau!" sagte Gaspard.
„Schade, daß wir keine Mütze und keinen Hut aufhaben!" sagte ich.
„Wieso, Monsieur?"
„Dann könnten wir sie jetzt abnehmen."
„Das ist wahr!" seufzte Gaspard.
Die letzten Strahlen der Sonne stachen durchs Filigran der Fichten auf dem gegenüberliegenden Bergkamm, trafen das Haupt der Himmelskönigin und ließen die Krone auf ihrem Haupt aufleuchten – Strahlen gingen davon aus, weithin in alle Welt, und drangen in die Herzen der Menschen, die guten Willens waren. Dies war der Höhepunkt des Schauspiels, das

Natur und Menschengeist gemeinsam ersonnen und in Szene gesetzt, jener erhabene Moment, da die Figur sich dank der vorteilhaften Beleuchtung mit äußerster Klarheit abhob vom Grund, erkennbar für jedermann und jedefrau und eindeutig identifizierbar als das, was sie in einem christlich-abendländischen und vor allem katholischen französischen Steinbruch einzig und allein darstellen konnte: die Jungfrau mit dem Kinde, erhaben und huldvoll zugleich – und nicht von Menschenhand geschaffen, sondern aus dem Fels gemeißelt wie von Gottes eigener Hand.

„Vielleicht wird Châtelet zum Wallfahrtsort", sagte ich, und: „Dann kommt Geld ins Dorf", sagte Gaspard.

Uns war klar, daß wir die Sache ausbauen mußten, und auf dem Weg nach Châtelet überlegten wir, wie.

„Monsieur hält sich am besten bedeckt", meinte Gaspard. „Monsieur wird sehen: alles läuft wie von selbst. Ich mache eine Andeutung bei Madame Pâtre, die erzählt's Monsieur Digne, der erzählt's Madame Juillard, und dann weiß es das ganze Dorf."

Am übernächsten Tag, einem Samstag, machten sich unter Gaspards Führung drei Frauen aus Châtelet auf den Weg zum Steinbruch. Es war am Abend, genau zur rechten Zeit, da die Sonnenstrahlen fast waagrecht auf den Fels schienen, und vom genau richtigen Aussichtspunkt, von der Laderampe aus zeigte Gaspard den frommen Seelen die Stelle der wundersamen Erscheinung. Ach und oh riefen die Guten da und: „Jesusmariajosef!" – wie die Landfrau beim Orgasmus –, bekreuzigten sich, überrieselt von frommen Schauern, und beteten rasch ein Ave, zumal vom Dorf gerade das Angelusglöcklein heraufschallte.

Noch am selben Abend erfuhr auch der Curé von der Sache, der gemäß der Würde seines Amtes und angesichts der Delikatesse des Gegenstandes vor allem zu Ruhe und Besonnenheit mahnte, zugleich aber so interessiert war, daß er sich am Abend des darauffolgenden Sonntags in Begleitung zweier Herren des Kirchenvorstands selbst in den Steinbruch begab, um sich vor Ort ein Bild von der Sache zu machen.

Auch er, wenn man so sagen darf, erkannte die Jungfrau,

hatte nicht den geringsten Zweifel an ihrer Identität – er sprach vorsorglich ein Gebet, einen Passus aus dem Rituale Romanum, um einen möglichen Spuk zu verscheuchen –, sein Blick, so fanden die andern, war klar und ungetrübt, zumal er dasselbe sah wie sie, und somit war die Madonna in Gegenwart zweier Zeugen gleichsam pfarramtlich beglaubigt.

Offen blieb allerdings, wie man das Zustandekommen des Phänomens erklären sollte und welche – zumal religiöse – Bedeutung ihm zukam. Er wolle daher, so sagte der Curé, einen streng sachlichen Bericht an die Dekanatsleitung, seine vorgesetzte Dienststelle, machen, sich jeglicher wertenden Stellungnahme enthalten und lediglich Weisung einholen. Dies tat er, und am Sonntag darauf gab er, wie Gaspard mir erzählte, von der Kanzel herab die Antwort des Doyens bekannt. Sie lautete: man möge, um etwaige – auch kollektive – Sinnestäuschungen auszuschließen, einen Fotofachmann mit der Anfertigung photographischer Aufnahmen beauftragen. Das Auge der Kamera sei nämlich, wie schon die technische Bezeichnung „Objektiv" sage, unbestechlich und unvoreingenommen, und erst wenn die Madonna auch auf Fotos zu sehen sei, könne man sicher sein, daß sie nicht nur als Hirngespinst in den Köpfen vermeintlicher Visionäre existiere, sondern objektiv gegeben sei.

Dies war ja nun eine wahrhaft selbstmörderische These aus dem Mund eines Theologen! Nicht auszudenken, zu welchem Schluß sie geführt hätte, wenn er sie auf die Gottheit selbst angewandt hätte.

Man ließ also einen Fotografen aus Bort-les-Orgues kommen, und der machte seine Sache gut: legte gestochen scharfe Schwarzweißfotos wie auch Farbfotos vor, die der Curé in der Infovitrine neben der Kirchtür aushängte, damit jeder sie besichtigen konnte, und – genau das hatte ich erwartet – die Madonna war auf den Fotos sogar noch deutlicher zu erkennen als in der Natur, da natürlich jeder grob umrissene Gegenstand durch abbildliche Verkleinerung an Umrißschärfe gewinnt. Das geglückteste oder, wie es im Textkommentar hieß, „aussagekräftigste" Foto erschien kurz darauf in der FEUILLE D'AVIS DU CANTAL, und nun war die Sensation publik! Ein Aufnahmewagen des ORTF rückte an, es gab einen Fernsehbericht – später einen ausführlicheren zweiten –, Neugierige, Christen wie Atheisten, strömten von überall herbei, parkten ihre Autos längs der Straße von Châtelet bis Cheylade und in den Seitenwegen, Busse fuhren vor, schon bot ein kaufmännisch begabter Mensch am Eingang zum Steinbruch Getränke und Würstchen feil, die Arbeit im Steinbruch mußte vorübergehend eingestellt werden, bis Sperrzäune errichtet waren, Monsieur Duchamp ließ zuerst fünf, dann zehn Neue Francs Entrée erheben – Kinder und Invaliden zahlten die Hälfte –, und seine Frau ließ sich das Haar blond färben, legte ihre Fuchsstola um und gab Interviews – und war beleidigt, als ein Fremder auf dem Parkplatz der Trois Tilleuls sie verwechselte und ihr aus dem Auto heraus 150 Neue Francs anbot.

Man diskutierte auf der Straße und in den Geschäften, in den Gaststätten und Schulen sowie in den Pfarrsälen der Kirchengemeinden, erörterte auf den entsprechenden Argumentationsebenen das Pro und Contra, zitierte je nach Schulabschluß entweder den Papst oder Jacques Monod, und das verlegerische Gescheiterle der lokalen Presse griff selbst zur Feder und erklärte den Lesern, zwei Ansichten der Sache stünden einander diametral gegenüber: die idealistische und die realistische. Jene entspreche der klassischen griechischen Philosophie Platos (427-347 v. Chr.) und deute das Phänomen – das „phainomenon" – als reine Idee, der außerhalb ihrer selbst keine Realität zukomme und die keinerlei Rückschlüsse auf das Ding an sich zulasse, das mithin ewig verborgen bleibe. Diese hingegen gründe sich auf die Erfahrung des Widerstands oder der harten Tatsachen und das seien im Falle der „vierge à la carrière" die Strukturen der Felswand, die der menschliche Wahrnehmungsapparat, verlängert um die photographische Linse, objektiv wahrnehme und erfasse, so daß von Sinnestäuschungen oder Halluzinationen keine Rede sein könne, denn, so habe der Doyen von Salers treffend gesagt: „Ein Fotoapparat kann nicht geisteskrank sein."

Auf ähnlich dünnem Eis bewegten sich die Theologen in Clermont, von denen Grosse-Palutre, der auch der französische

Bultmann genannt wurde, sich im Gespräch mit der LIBERATION CHRETIENNE wie folgt auslieẞ: von einer Erscheinung im Sinne einer Vision, wie die arme kleine Bernadette Soubirous in Lourdes sie gehabt habe, sei im Falle Châtelets-sur-Ville nicht auszugehen, da solche Gesichte stets individuell und subjektiv seien und von anderen Personen nicht geteilt würden. Der Umstand, daß so viele Menschen die „vierge à la carrière" entweder unabhängig voneinander oder gruppenweise wahrgenommen haben wollten – er selbst weigere sich, die ihm vorgelegten Fotos auch nur eines einzigen Blickes zu würdigen –, dieser Umstand lasse nur den Schluß zu, daß in jener Gegend entweder generell zuviel Wein getrunken werde – „plus d'un litre par jour" – oder daß es sich dort um eine der bereits von Le Bon beschriebenen Massenpsychosen handele. Derlei aber – und nun wurde er zornig –, gleichgültig ob es sich kollektiv oder individuell ereigne, gehöre nicht in den Bereich der Theologie, sondern der Psychiatrie und sei dringend therapiebedürftig. Die Kirche lebe schließlich nicht mehr im Mittelalter und auch der Christ brauche die Vernunft nicht zu fürchten.

Wie schön! (Wenn's stimmt.)

Gil de Menton, Mitglied der Académie Française und Dekan der Faculté des Lettres, tat, von einer Reporterin um seine Meinung befragt, die Sache weggangs im Flur ebenso souverän wie hemdsärmelig ab: es handele sich um eine banale Projektion. Ganz hübsch, aber nicht weiter der Rede wert. Und man solle aus einem Furz keinen Donnerschlag machen.

Dagegen, und zwar nicht gegen den niveaulosen Darmwind, sondern gegen das Reizwort Projektion begehrten wiederum die Fundamentalisten und die Anhänger Lefebvres auf, indem sie schrien, derlei hätten sie so ähnlich schon bei Feuerbach gelesen! Wenn die Glaubensvorstellung, die sogenannte Projektion, keine reale Entsprechung habe, könne man ja auch gleich die Existenz Gottes bestreiten!

„Eben!" sagten die Atheisten mit satter Häme, und in ihrer bekannten lästerlichen Art gossen sie zusätzlich noch Säure in die Wunden der Gläubigen, indem sie sagten, wenn etwas wie diese dubiose Madonnenerscheinung in Châtelet eine vernünftige psychologische Erklärung finde, dann sei es für den Christen offenbar nicht mehr von Interesse. Der Christ könne eine Sache anscheinend nur dann ernst nehmen, wenn er das Sacrificium intellectūs dargebracht habe und wenn es sich erwiesenermaßen um Quatsch handele.

Und in einem Kommentar des COMBAT war zu lesen, die hirnrissigen Debatten über die Vorkommnisse im Steinbruch von Châtelet machten einmal mehr deutlich, daß sogenannte „Theologie" im Wissenschaftsbereich der Hochschulen nichts zu suchen habe, da es sich bei der „Theologie" um die einzige Wissenschaft handele, der es bis heute nicht gelungen sei, ihren Gegenstand nachzuweisen. Was am Fach „Theologie" Wissenschaft sei, könne mühelos von anderen Disziplinen wie der Philosophie, der Philologie, der Jurisprudenz und der Geschichtsschreibung übernommen werden. Mit einem etwaigen nach Abzug der wissenschaftlichen Gegenstandsbereiche noch verbleibenden Rest könne sich sodann, wer wolle, in privaten kirchlichen Gehirnwäschereien oder im stillen Kämmerlein befassen. An wissenschaftlichen Hochschulen jedenfalls sei Theologie ebenso deplaziert wie Astrologie oder Scientology.

Und auch das, meinte der COMBAT, müsse einmal gesagt werden: falls man in Châtelet auf sogenannte Wunderheilungen spekuliere – Spontanremissionen wie in Lourdes gebe es schließlich auch in der Mayo-Klinik in Rochester, Minnesota, das eigentlich nicht zu den Marienwallfahrtsorten im engeren Sinn zähle, wo aber auch Atheisten Heilung fänden, die mit der Madonna nichts am Hut hätten.

In diesem süffisanten Ton ging es weiter, bis der Rahmen des Satzspiegels am Fuß der Seite dem Schreiber Einhalt gebot. Der Artikel war mit F.M. unterzeichnet und konnte von François Meunier stammen.

Und ganz traurig war, was der Curé dem Bürgermeister erzählte: nach einer Wahlkampfveranstaltung in Lyon hatte jemand im Hotel d'Europe George Marchais auf den Madonnenstreit hin angesprochen. Marchais, wie alle Franzosen nicht ganz unbelesen, hatte zurückgefragt, was wohl Voltaire zu dieser Sache gesagt hätte, und hatte – unter dem „Bocksgelächter" seiner Genossen – auch gleich die Antwort gegeben: „Ecrasez l'infâme!" So verkam die Nation.

Zum Schluß müssen innerhalb der Kirche nur mehr kommerzstrategische Erwägungen eine Rolle gespielt haben. Die französischen Bischöfe versammelten sich zu einer außerplanmäßigen Konferenz in Cluny, begaben sich daselbst in Klausur und faßten einen Beschluß, den der Erzbischof von Clermont wenige Tage später vollstreckte, indem er allen Debatten durch die Tat ein Ende setzte: in der Woche vor Weihnachten, in einer frostklirrenden Nacht, ließ er's krachen, daß die Bürger von Châtelet in den Betten hochfuhren und daß ihre Kinder im Schlaf aufweinten – Donnerschläge von Sprengungen tönten vom Steinbruch herüber, als schössen die Deutschen, und tags darauf fanden die ersten anreisenden Pilger die Stätte der wundersamen Erscheinung verwüstet und geschändet. Nur eine Höhlung klaffte im Fels, dort, wo die Madonna mit dem Kind gestanden hatte, das blanke agnostische Nichts starrte sie an, und sie waren entsetzt ob der Leere.

Die Werkzeugbaracke hatte man, wie zum Hohn, vorsorglich abgebaut, damit sie durch die Sprengung nicht beschädigt würde, und am nördlichen Ende des Steinbruchs neu aufgestellt – man war mit Plan und Umsicht vorgegangen. Frisch fallender Schnee deckte die Spuren der Freveltäter, von denen es hieß, sie hätten im Auftrag ihres Patrons gehandelt, dem wiederum der Doyen von Salers im Auftrag des Erzbischofs einen nicht unbeträchtlichen Scheck überbracht habe. Man wolle, so habe der Erzbischof gesagt, der Immaculata in Lourdes keine Konkurrenz machen.

– *Ein* Lourdes sei genug!

So kam es, daß Châtelet, kirchengeschichtlich gesehen, zurücksank in Bedeutungslosigkeit und so arm blieb, wie es gewesen. Doch bot dieser Umstand auch Vorteile: mit den Touristen blieben auch die Autos weg, keine Bier- und Coladosen säumten mehr die Straßen, kein Fremder machte mehr Madame Duchamp einen unsittlichen Antrag, und rings um den Steinbruch kreuzten wieder Füchse und Hasen ungestört ihre Wege. Und wenn im Steinbruch keine Madonna und am Himmel kein Maulwurf in Sicht war, so konnte ich doch, fern von Transistorenklängen und abseits von Pilgerchören, mit Minou auf der Wiese sitzen, warten, daß sich da oder dort ein rosiger kleiner Rüssel aus der Erde schob, und die Zeit genießen, indem ich sie kommen und gehen ließ, wie's ihr beliebte.

Gaspard hat mir nicht nur den Brief, sondern – ich hatte ihn darum gebeten – auch den Cassettenrecorder mit Piquets „Sonates et Sonatines Coucrètes" gebracht, die ich hier laut, das heißt ohne Kopfhörer abspielen kann, weil das zweite Bett im Zimmer zur Zeit unbelegt ist. Wogengebraus, Sturmgeheul und krachende Donnerschläge werden also keinen Neurastheniker zu Tode ängstigen und singende Gräser, fallende Tropfen und brummende Hummeln keinen Hypertoniker zur Weißglut bringen. Der Wert des einen ist nämlich der Unwert des andern – in der Musik nicht anders als im Bereich der Weltanschauung –, und was den einen in ekstatisches Entzücken versetzt, ist für den andern eine psychische Folter. Und nur gänzlich abgebrühte Naturen, klassisch geschulte Neutöner, Eklektizisten oder vergleichende Religionswissenschaftler, können das eine wie das andere genießen, ohne Schaden zu nehmen an Hirn, Ohr und Charakter.

Gaspard hat erzählt: von der Schafschur und von der Kastanienernte und daß ein Sack Nüsse für mich bereitsteht, aber er muß gespürt haben, daß ich darauf wartete, den Brief öffnen zu können, und hat sich bald verabschiedet, zumal es schon dunkel wurde und er nicht gern in der Dunkelheit fährt – überall rutscht der Hang, überall wird gebaggert, überall stehen Warnschilder.

Ich habe den Brief gelesen, als ich allein war, in der Erwartung von Freude, die Leben verheißt, die zum Leben einlädt wie zu einem Tanz, dich rundumwirbelt und in ein seliges Vergessen zieht, in dem du die Erde unter dir wegstößt, schwebender Genius, unter dem Übermaß der Sterne, und kein Brief, es sei denn zu anderer, längst vergangener Zeit und an anderem, fernem und fast vergessenem Ort, hätte geeigneter sein können, meiner Erwartung zu entsprechen. Doch meine Freude erlosch, während ich las, wie das Feuer aus Stroh, das im Wind kaum erwacht ist und schon kraftlos ermattet, zusammensinkt in sich selbst und vor Schwäche vergeht – es kann nicht anders.

Dies war gestern. Geblieben ist ein gleichmütig-gelaßnes Ebenmaß von Herzschlag und Atemfrequenz, das den Wünschen der Ärzte entspricht und mit dem ich vorlieb nehme, da ich keine Wahl habe und da alles weitere ohne mein Zutun mir gegeben wird oder auch nicht.

Es ist wieder Nachmittag, die Zeit nach Mittag, die andauert, indem sie vergeht, vergehend andauert, andauernd vergeht. Meine Sinne sind wach, ich höre Piquets Sonatine „La Matinée de l'Abreuvoir", lausche dem Klanggeschehen, unterscheide die Geräusche des zuströmenden und des abfließenden Wassers, fühle Kühlung und Nässe, die winzigen aufspritzenden Tropfen unter dem fallenden Strahl, sehe, wie er die Fläche des Wassers in Bewegung hält, wie es sprudelt und wallt, sehe die wehenden Algenfädchen am Grunde des Trogs, die Luftbläschen in ihrem Haar, sehe das kreisende gelbe Birkenblatt, das sich dem Überlauf zutragen läßt, in der Abflußrinne, von kleinen Wellen bewegt, am Moos haftet, sich müde regt wie der Flügel des sterbenden Schmetterlings, nicht davonfliegen kann, sehe die Linde, die den Brunnentrog überschattet, rieche den Sommer und schmecke die Luft. Der Klang des immerfort Plätschernden, Strömenden, Gluckernden weckt die Gerüche und die Gesichte, die ihn begleiten – dann tönt ein Hufschlag, ein Scharren, Pferd oder Esel schnaubt ins Gemurmel, trinkt saugend durchs Gebiß und schüttelt ein Glöckchen, und später patschen Pfoten ins Becken, schlappert eine Zunge, trinkt Maxim sich satt oder Louise, und der Vormittag des Brunnentrogs überdauert sein Vergehn, unsterblich duftet die Linde, und alles ist, was einmal war.

Und schmeckend weiß ich, was dem Dürstenden wichtig ist und was nicht, weiß, was Wasser ist, und möchte Wasser sein und sagen: „Ich fließe und tränke und tu, was ich bin, und bin, was ich tu. Nur dies ist mein Wesen, und dies ist mein Sinn."

Ich schließe die Augen in der beginnenden Dämmerung und

sinne dem Gehörten nach. Ich denke: Serge ist ein Sammler. Er geht aus mit leeren Händen und kehrt, beladen mit Früchten, heim in die Höhle, wo er das Gefundene sichtet, säubert und speichert. Er ist der Empfangende, dem gegeben wird, er hält die Hand auf und wartet, öffnet das Ohr und lauscht. Alles übrige ist schon da, ist sich selbst genug, und so genügt es auch ihm.

Ich dagegen, wenn ich komponiere, füge der Welt das Meine hinzu, kehre mein Inneres nach außen, gebe fort, was ich habe, rufe ins Leere und brauche die Stille, damit ich sie durchtönen kann. Und immer dann, wenn dem Hall kein Widerhall folgt, bleibe ich zurück wie in einem Studio mit raumloser Akustik, und allein, ohne Mitspieler, ohne Publikum, ohne ein Du bin ich eine Stimme ohne Ohr, die so unsinnig ist wie ein Ohr ohne Stimme.

Im Geben und Nehmen, im Hören und Reden, im rhythmischen Wechsel des Ein- und Ausatmens liegt die Ganzheit, und dies ist der Sinn meiner Freundschaft mit Serge: daß unsre Erlebens- und Schaffensweisen nicht kontradiktorisch sind, sondern komplementär.

Ich muß lernen: je weniger ich erstrebe, um so mehr wird mir geschenkt. Zähle ich zu den Seinen, so gibt der Herr mir's im Schlaf, so wie er August Kekulé im Traum den Benzolring offenbarte. Schweigen also. Fenster und Ohren öffnen. Lauschen auf das, was ist.

Vom Exerzierplatz der Kaserne hallen Stiefelschritte herüber. Eine Kompanie übt den Gleichschritt. In der kühlen Luft wehen Kommandorufe, Wölkchen aus Atemdunst – ich sehe sie mit geschlossenen Augen. Krähen schwirren wirr über den Pappeln, schwärmen aus in den Himmel, kehren zurück, fallen ein in schwarzes Geäst und hören nicht auf zu krakeelen. Der Ausbilder brüllt gegen Windböen an, die blasen ihm kalt in den Rachen, das gibt eine böse Erkältung. Punkt 17.00 Uhr. Ein Lautsprecher krächzt die Marseillaise über den Platz, die Truppe singt lustlos mit – Schluß für heute!

Irgendwo im Garten des Krankenhauses, vielleicht hinter dem Gebäude, wo auch die Schwesternhäuser stehn, muß ein Kapellchen sein. Von dort bimmelt jetzt ein Glöckchen tapfer durch den Wind, von dem ich nicht weiß, ob er's nicht zur Ruhe kommen läßt und immer wieder aufschaukelt oder ob er's im Gegenteil zum Schweigen bringen will. Vielleicht beides, denn manchmal ist er neurotisch oder sogar schizophren. Und weil ich nun einmal Musiker bin, assoziiere ich mit dem kümmerlichen Geläut natürlich das „Glöcklein des Eremiten". Dagegen kann man nichts machen. Wer den „Tell" gelesen hat, sagt ja auch jedesmal, wenn er einen Hohlweg durchwandert: „Durch diese hohle Gasse muß er kommen." Das ist der Fluch der Bildung.

Aber Schluß jetzt mit diesen Albernheiten! Ich mache Licht und freue mich einmal mehr, daß über meinem Bett keine Neonröhre brennt, sondern daß da an einem Storchenschnabel eine hübsch altmodische Lampe hängt, mit Glühbirne und beigefarbenem Stoffschirm. Und im Kegel des milden Lichts lese ich noch einmal den Brief, den Serge vor wenigen Tagen in Paris geschrieben hat, am 17. Oktober 1996, und der da lautet:

„Lieber Stephen!

Es gibt überraschende und gute Neuigkeiten, die Du gleich erfahren sollst, da sie auch Dich angehen: Valmaurins kompositorischer Nachlaß! Du weißt, daß ich seit Jahren damit befaßt bin, alles Erreichbare zusammenzutragen und zu sichten, wobei ich das meiste der Hilfe seines Sohnes George verdanke, der am Conservatoire Maurice Ravel unterrichtet und entsprechend kooperativ ist. Aus Briefen war bekannt, daß Valmaurin vor seinem Tod an einer romantischen Oper gearbeitet hat, die aber nicht fertig wurde, weil er darüber starb, und deren Partitur in jenem unsäglichen Hotel in Fort William, von wo seine Tochter ihn abholte, verlorengegangen sein soll. Geglaubt hab ich das nie. Und weil George Valmaurin mir unlängst sagte, er habe seinen Schwager im Verdacht, bin ich den Epiciers (sie heißen tatsächlich so!) auf die Bude gerückt. M. Epicier ist Informatiker, betreibt einen Computerservice, ist wohlhabend, fettleibig und musikalisch absolut ungebildet. (Als ich von George Valmaurin sprach und das Konservatorium erwähnte, erzählte er – und zwar ohne jede Ironie! –, die meisten Dirigenten benötigten für Ravels „Bolero" ungefähr zwölf Minuten. Toscanini habe es dagegen in 10,5 Minuten geschafft. Das solle mal einer nachmachen! – Claire ist fast in den Boden gesunken.) Claire – Du weißt, daß ich mich in meiner Studienzeit einmal für sie interessiert habe – tut mir leid. Der Typ hat sie ruiniert. Sie hat immerhin im Städtischen Orchester in Roubaix gespielt. Jetzt liegt ihre Geige, wie sie mit Bitterkeit sagte, seit zwanzig Jahren im Kasten. Ich glaube, sie trinkt. Es gab reichlich Sherry. Ihr Mann sagt, sie leidet an Arthrose. Arthrite épicière. Eine ganz neue Krankheit! Ah, bah! Ich werde schon wieder sarkastisch – wie immer, wenn mich etwas schmerzt.

Um gut empfangen zu werden, hatte ich mir über Delattre ein offizielles Mandat der Académie besorgt, die den Epiciers überdies mein Kommen mit Briefkopf und Stempel postalisch avisiert hatte. Es gehe um „bedeutende geistige Güter der Nation"! Entsprechend höflich war der Empfang. Aber, wie Dein Goethe in der „Campagne in Frankreich" einmal sagt: „Eine eigentlich erfreuliche Mitteilung wollte nicht stattfinden." Ergebnis: die Partitur, bzw. was von ihr existiert, ist da. Claire hatte sie „wiedergefunden", aber ihr Mann will Geld sehen. Gegen vertragliche, schriftliche Zusicherung, daß die Erben bei Aufführung des Werks die ihnen zustehenden Tantiemen erhalten, hat Epicier – er! Nicht Claire! – die Blätter schließlich herausgerückt. Ich halte jetzt alles in Händen – auch alle Skizzen und Tagebuchaufzeichnungen –, und in den nächsten Tagen bekommst Du Kopien.

Zur Sache selbst: es ist, ganz gemäß der literarischen Vorlage, eine romantische Oper. Valmaurin hat ihr den Titel „Die Höhle von Steenfoll" gegeben, nach der gleichnamigen Erzählung Wilhelm Hauffs, einer Binnengeschichte des „Wirtshauses im Spessart", die den Stoff und die Charaktere liefert und, obwohl die Protagonisten kurioserweise deutsche Namen tragen, auf einer Felseninsel in Schottland, wahrscheinlich irgendwo auf den Hebriden, spielt. Eine schaurig-schöne Geschichte um die Schätze des versunkenen Schiffs Carmilhan, die der Fischer Wilm Falke, getrieben von Habgier, dem Meer entreißen will, wobei er auf grausige Weise zu Tode kommt.

Was dem Opernstoff fehlte, war die obligatorische Liebesgeschichte. Also hat Huibillet, der das Libretto geschrieben hat, sie hinzugedichtet, und Wilm Falke und Kaspar Strumpf buhlen nun in der Oper um die Gunst einer Kaufmannstochter, deren Vater sie keinem Hungerleider zur Frau geben will und die die beiden am Schürzenband herumführt und recht eigentlich in den Untergang treibt. Das alles ist aber für die Musik nicht wichtig oder war's nur soweit, als Valmaurin zunächst alle mit Text unterlegten Passagen komponiert hat. Er wollte, wie er in seinem Tagebuch schreibt, zuerst das Unangenehme hinter sich bringen, um dann frei zu sein für die reine Musik. Also alle Arien, Rezitative, Choräle etc. sind fertig, vor allem der große Choral der Toten, der ertrunkenen Besatzung der Carmilhan: Seeleute, Offiziere, Frauenspersonen mit Kindern, ein Negerknabe und allen voran der Befehlshaber mit dem stolzen Namen Aldret Frans van der Swelder, dessen Schiff „auf dem Heimwege von Batavia nach Amsterdam mit Mann und Maus an dieser Felsenküste zu Grunde ging." Und die alle singen nicht nur, sondern es sind auch zahlreiche Musikanten unter ihnen, die allerlei alte Instrumente spielen, unter andern, wie Valmaurin ausdrücklich fordert, etliche Dudelsäcke, „damit der Erfolg des Stücks in Glasgow und Edinburgh schon einmal gesichert ist!" (Für die Aufführung in Madrid dürfte sich dann wohl Kastagnettengeklapper empfehlen.)

Was fehlt, außer der kompletten Ouvertüre und dem Schluß, das sind nun rein musikalische, retardierende Passagen mit Meeres- und Sturmgebraus, tosenden Wassern in Grotten, Klüften und Schlünden, kurz das ganze Arsenal der Naturgewalten, jeweils passend zu den Gefühlsstürmen aus Eifersucht, Habgier und Leidenschaft, aber natürlich auch leisere, lyrische, liedhafte Melodien, damit das Werk voll und rund sei wie das Leben. Was den Hauptschauplatz der Ereignisse betrifft, so heißt es bei Hauff: „Die Höhle, welche die Einwohner die Höhle von Steenfoll nennen, besteht aus einem langen unterirdischen Gange, welcher sich mit zwei Mündungen gegen das Meer öffnet und den

Wellen einen freien Durchgang läßt, die sich beständig mit lautem Brüllen schäumend durch denselben hinarbeiten."

Einen Ort namens Steenfoll – jedenfalls laut Auskunft der britischen Telefongesellschaft – gibt es in Schottland nicht. Trotzdem hat Valmaurin danach gesucht und ist nach Schottland gefahren, um sich vor Ort anmuten zu lassen. Ich meine ja, da hätte auch eine Fahrt an die Küste der Normandie genügt. Aber – wie Claire sagte – er war eigensinnig, wie alte Leute so sind (fängt das bei uns auch schon so an?), und hat partout Steenfoll gesucht. Gefunden hat er nur seinen Tod, infolge der Lungenentzündung, die er sich auf den Klippen bei Fort William geholt hat, und gestorben ist er in der Uniklinik in Glasgow. Claire war bei ihm. Ich bin sicher, daß sie trinkt. Schuld ist Epicier. Der Mann ist ein Kretin!

Gestern war ich nun bei Delattre und hab alles mit ihm durchgesprochen. Wir sind uns einig, daß das Werk vollendet werden muß und daß niemand für diese Sache besser geeignet ist als Du. Es könnte allenfalls noch Jorge Alvarez vorgeschlagen werden. Aber Alvarez ist Spanier, und Delattre – Du kennst ihn ja! – muß endlich einmal seine Germanophilie beweisen, wenn er nicht will, daß man ihn in die Ecke zu den Nationalisten, womöglich sogar zu den Le-Pen-Leuten stellt. Er hat's bitter nötig!

Also, Du wirst einen offiziellen Auftrag der Académie erhalten und als Miturheber genannt. Gesponsert oder jedenfalls vorfinanziert wird das Ganze wieder einmal von Peugeot, aber das kann uns gleichgültig sein. Meinetwegen könnte Chirac dafür auch die Pariser Kloaken besteuern. Wichtig ist allein das Ergebnis und daß dieses im Sinne Valmaurins ist, und da bin ich ganz sicher! Ich lese schon Maillards Elogen im FIGARO. Valmaurin wird aus dem Grab heraus applaudieren, und ich höre ihn sagen mit seinem vibrierenden Stimmchen, wie seinerzeit in der Vorlesung: „Die kongenialen Geister huldigen einander, indem sie einander zitieren. Sie rufen einander bei ihren Werken, so wie andere Menschen sich beim Namen rufen, und immer, wenn einer den andern erkennt, ist der Erkannte, ob er gleich tot wäre, wie nie gestorben in des anderen Welt."

Dies ist die Stelle, die mich gestern bewegt hat, so daß ich mit gedämpfter Freude, unter Tränen und schon lächelnd, gedacht habe: zu spät, guter Serge! Viel zu spät! Nun liege ich selbst im Krankenhaus, zur Hälfte gelähmt, keine Tochter hält meine Hand, und kein Hund jault mir nach – nein, dies, was mich in anderer Lage auf den Gipfel des Lebens geführt hätte, dies muß ich lassen, dies, was du anregst, bleibt ungetan, Valmaurins Oper wird ein Torso bleiben, wie alles Leben nur Stückwerk ist. Aber auch wenn nur ein Teilstück gelingt, und sei's noch so klein, ein Ton, ein einziger, ein Wohlklang, so kurz wie ein Amselruf, so war dieser Klang doch in der Welt, einmal und für immer, und steht für alles, was in ihr ist, war und je sein wird, und ist, wie der Punkt auf der Kugelfläche, Mittelpunkt alles dessen, was, gleichen Ranges mit ihm, in der Dimension der in sich zum Punkt zusammengekrümmten Fläche sich ausdehnt, beziehbar auf alles und alles beziehend auf sich, ist ein jedes Ding und ein jeder Mensch Mittelpunkt seiner Welt, ich und du und Valmaurin und seine Tochter Claire und Monsieur Epicier, und ist mir's genug und in Fülle, so daß ich sagen kann: einmal möge ein Ende und Ruhe sein, möchte ich abwesen, keinen Raum mehr fordern und keinen verdrängen, niemandem im Wege stehn, nicht mehr gestoßen werden und niemanden stoßen. Dann, endlich, genügt es, den Liedern der andern zu lauschen, die mein Wohlwollen neidlos begleitet, dann möchte ich sagen: ich habe das Meine getan, mir genügt's, und wer da glaubt, es fehle ihm etwas, mag sich sein Brot backen nach eignem Rezept.

„... wie nie gestorben in des anderen Welt."

Auf alles beziehbar und für jeden erkennbar, können wir leben in unendlich vielen Welten, trägt ein jeder unendlich viele mögliche Welten in sich und kann sie zum Leben erwecken, indem er sie erklingen läßt – also mag Jorge Alvarez das Werk Valmaurins vollenden nach seinem Geschmack! Wenn ich's erlebe, werde ich seiner Musik lauschen mit Behagen, die Handflächen nach oben gekehrt. Keines meiner eigenen Klanggesichte wird gegen die seinen andrängen, ich habe dem Wind nichts mehr zu sagen –

hatte ich's je? –, es genügt, ihn zu erwarten, wenn er schweigt, es genügt, ihm zuzuhören, dem Allwissenden, wenn er erzählt, es genügt, ihm zu lauschen, wie er in allem klingt: kleinlaut im Aufschlag erster Tropfen auf den Dachpfannen, geschwätzig wie die immerfort flatternden Zungen des Pappellaubs, rauschend wie das Meer in der Tiefe der Muschel – und vollmundig tönend aus den Celli, die Alvarez, Schüler von Casals und nicht nur Compositeur, sondern auch erster Cellist in der Pariser Oper, vorrangig einsetzen wird.

Und weiter schreibt Serge: „Nun komm aber nicht auf die Idee, nach Schottland zu fahren und Dir da den Tod zu holen! Lies lieber, wenn Du ein Stimulans brauchst, in den Gesängen Ossians oder halte einfach aus dem Dachfenster heraus die Nase in den Wind!

Wir sehen uns bald! Laß Dir's gut gehn bis dahin und sei herzlich gegrüßt!

Serge

P.S. Und falls Du wieder die Spendierhosen anhast – beglücke, wen immer Du willst, aber übertrage um Himmels willen Deine Rechte nicht auf Epicier!"

Es ist die Pause vor dem vierten Akt. Denise Epicier, die Epicière, ist abgerauscht in die Garderobe. Gaspard Strumpf steht mit der Kuh hinter der Kulisse, ich habe die Axt geschultert und warte auf meinen Einsatz. Huibillet ist auch da. „Ein großartiges Sujet!" sagt er, während die Kuh brüllt wie das Vieh auf dem Schlachthof. Fern grollt das Meer, gegen das meine Ohren sich öffnen und dessen Wogen sich beständig durch meinen Kopf hinarbeiten.

Das Bühnenbild hat El Greco entworfen. Er hat den Pikten-Altar auf den Grund der Höhle versetzt, das Porträt des Kardinals wird übermächtig groß auf die Felswand projiziert, und über Hall – mit Echoeffekt – tönt die Stimme des Priesters aus der Mundöffnung seines spitzen Kapuzenhuts. Die Lichter von Scheinwerfern geistern kalt und weiß durchs Gewölbe, Doppelrunen blitzen auf wie Dolche, und auf der Front des Altars leuchtet das rollende Rad, das alles besiegelt, schwarz auf weiß, in einem Meer von Blut. Nicht das Tieropfer löst das Menschenopfer ab, sondern das Menschenopfer krönt das Tieropfer, weil der Apostel es will.

Der Vorhang klafft, schwarz schlingt der Saal, das Publikum giert – Trommeln wirbeln vor dem Salto mortale und verstummen. Ein Gewicht zieht mich nieder, es ist das Gewicht meines Körpers, der am Boden schlingert und rollt, ohne anzustoßen, der die Arme nicht ausbreiten kann und selbst sich umhalst, wie um sich selbst zu erwürgen, und es ist Gaspard, der mich schüttelt, wie um meine Griffe zu lockern, und ich höre die Stimme des Pikten-Priesters: „Im Anfang ist das Opfer, und am Ende ist das Opfer" und höre den Chor, wie er antwortet: „Und ist ein Wohlgefallen dem Herrn!"

Gaspard hebt die Axt von der Stufe des Altars auf, ich möchte ihm in den Arm fallen, aber ich bin's, der die Axt über seinem Kopf schwingt, er könnte mich retten, aber ich selbst bin der Vollstrecker, er ist mein Gehilfe und läßt das Mordwerkzeug unter Tränen mit solcher Gewalt auf des geliebten Tieres Kopf fallen, daß es ohne zu zucken und tot zu seines Herrn Füßen niederstürzt.

Gaspard hat die Kuh Janine erschlagen. Er hat ihr die Haut abgezogen, mich hineingewickelt in die blutige Haut, mich mit Riemen umgürtet, wie ich es ihm befohlen habe, und während er mich unter Tränen am Boden rollt, sagt der Priester in gälischer Mundart: „Wat mott, dat mott!" Und der Chor ruft: „Binde, schnüre, zurre! Fester, immer fester!", so daß ich nach Luft ringe, ich kann meine Brust nicht mehr dehnen, und Gaspard schnürt fester, auf daß das Gebot des Bösen, des Männleins mit der goldenen Kugel, die ich selbst ihm gezeigt habe, erfüllt werde, nun kniet er auf mir und zurrt und reißt, nun bin ich umschnürt mit Fuß und Arm und Bein wie ein Wickelkind, Gaspard geht davon, sich zu retten, und versinkt in schwarzen Nebeln, da steigt schon die Flut empor vom Grund des Gewölbes, schäumen die Wogen herauf mit Gebrüll und recken ihre Zungen, und wie ich versuche, mich der Haut, die mich engt, zu entwinden, da schließt sie sich nur um so fester um mich zusammen, eine Woge hebt mich in die Höhe und reißt mich zurück und hinab, schließt mir Nase und Mund, und wie ich noch einmal auftauche aus der Tiefe, erblicke ich über mir das Gesicht meines Vaters – warum lacht er denn nur! –, und wie ich nach ihm rufe, die Arme nach ihm ausstrecke, daß er mich ergreife und zu sich emporziehe da stößt er mich zurück in die Flut, der Spiegel des Wassers verzerrt sein Gesicht, und ich höre ihn sagen, lachenden Munds: „Na also! Jedes Säugetier schwimmt!"

Und ich werfe mich herum mit aller Kraft, schlucke und würge, suche mich aufzustemmen, aber ich sinke zurück, jemand lacht – ist das wieder mein Vater? –, und die Stationsschwester sagt: „Das ist nicht komisch!"

Ich bin aus dem Bett gestürzt. Bin mit dem Kopf aufgeschlagen und habe erbrochen. Bis zum Morgen habe ich in meinem Erbrochenen am Boden gelegen. Gehirnerschütterung. Das wird sich nicht wiederholen. Jetzt liege ich in einem Gitterbett und hänge am Tropf. Vorbeugende Maßnahme. Keine Physiotherapie heute. Kein Frühstück. Nur lauwarmer schwarzer Tee zur Beruhigung des Magens. Absolute Ruhe.

Niemanden trifft ein Vorwurf, nicht einmal mich und schon gar nicht die Nachtschwester. Sie hat mich gefunden bei ihrem morgendlichen Rundgang und Hilfe geholt. Was außerdem wäre möglich gewesen!

Keine Lust, zu scherzen. Bei der Chefarztvisite spüre ich so etwas wie eine allgemeine Beklommenheit. Kleinlauten Ernst des Inhalts: derlei kommt vor, aber es darf nicht sein. Natürlich kein Gedanke an Rausschmiß – etwa weil man auf Pflegefälle nicht eingestellt sei –, eher konzentrierte Besorgnis, zuvorkommende Höflichkeit wie im Ritz, frische Blumen, eine Schale Obst, ein spezielles Kissen gegen einen möglichen Dekubitus – mein Scheck hat mir Achtung verschafft. Niemand, der zahlt, wird mutwillig aus dem Haus, noch dazu aus der ersten Klasse entfernt.

Der Tennisfan hat die Armstütze gebracht und ist, wie auf Zehenspitzen, wieder gegangen. Erstaunlich, wie leise man eine

Tür schließen kann!

Die Armstütze steht jetzt in der Ecke und schämt sich. Wie ich als Kind in der Ecke neben dem Vertiko stand, so lange, bis meine Mutter das Verdikt meines Vaters aufhob. Während ich in der Ecke stand, zerbiß ich mir die Daumenkuppen.

Mein Alptraum heute nacht hat zu Tage gefördert, was ich verdrängt hatte und längst hätte exkorporieren müssen wie den Inhalt meines Magens:

Mein Vater unterrichtete Sport, und in der Unterstufe, am Uhland-Gymnasium – es war in den frühen dreißiger Jahren –, hatte ich das Unglück, ihn als Lehrer zu haben. Ich war der einzige Schüler, den er schlug. Er ohrfeigte mich mit Vorliebe in Gegenwart meiner Mitschüler, damit, wie er sagte, niemand auf die Idee komme, daß er seinen Sohn bevorzuge.

Außer Sport hatte er Biologie als Fach. Mitte der dreißiger Jahre promovierte er mit einer Arbeit über „Rassenkunde". Wenn meine Mutter musizierte, pflegte er zu lesen. Seine besondere Verehrung galt Nietzsche und Charles Darwin. Später kamen Spengler und Rosenberg hinzu. Nach dem Krieg dann wohl Udo Walendy.

Eines Tages, noch in der Sexta, war es so weit, daß wir schwimmen lernen mußten. Die Klasse marschierte unter dem Kommando meines Vaters im Gleichschritt zum Freibad an der Derendinger Straße. Wir standen aufgereiht am Rand des Schwimmbeckens, und mein Vater erklärte: „Es ist wissenschaftlich erwiesen, daß jedes Säugetier, wenn es ins Wasser fällt, schwimmen kann. Das gilt auch für den Menschen, denn der Mensch ist ein Säugetier, und er braucht nichts zu lernen, was er von Natur aus schon kann. Probandum est!"

Und mit den Worten: „Ich mach euch das jetzt mal vor" packte er mich an den Oberarmen und warf mich ins Wasser, wo ich, wild um mich schlagend und schreiend, sogleich versank. Und wenn ich auch wieder auftauchte und aus eigener Kraft den Rand des Beckens erreichte, wo meine Klassenkameraden mich an Land zogen, so war doch meine Angst vor dem Wasser von Stund an so groß, daß ich's niemals als bergend und tragend empfand und nur ein einziges Mal und nur in größter Not mich ihm preisgab: damals vor Dünaburg, als ich, um mich zu retten, in die Winisja sprang.

Als Kind, nach jenem Schulvormittag, floh ich aus meiner Verstörung in die Arme meiner Mutter, die mich auffing und barg und der ich alles Vertrauen danke, ohne das ich nicht hätte sein können, weder damals noch später. Und ich erinnere mich, daß sie meinem Vater an jenem Tag beim Mittagessen die heftigste Szene machte, die ich je mitbekam. Mit einem ganz bestimmten Satz, genauer: einer ganz bestimmten Frage, die sich mir einprägte, vertrieb sie ihn so nachhaltig vom Tisch, daß er das Haus verließ und – wahrscheinlich weil er sich betrunken hatte – die nächste Nacht in einem Hotel verbrachte. Die Frage hatte gelautet, ob er mit Brutalität seine Potenzschwäche kompensieren wolle.

Das hatte nicht nur ihm, sondern auch mir zu denken gegeben, und so gewitzt war ich schon mit meinen zehn Jahren, daß ich mich unter Benutzung des stets unverschlossenen Bücherschranks meiner Eltern sogleich sachkundig machte. Und wenn auch mein Vater mich „Muttersöhnchen" schalt und wenn schon der Pimpf, der ich war, ihm nicht hart, zäh und flink genug schien, um eine Zierde der HJ zu werden – dem Wesen und Verhalten meiner Mutter danke ich's, daß mein Gott weibliche Züge trägt und daß gleichwohl Tatkraft in meiner Vorstellung mit Weiblichkeit gepaart ist. Und ich wußte, um mit Adorno zu reden, wo einzig ich geliebt war: da, wo ich Schwäche zeigen durfte, ohne Stärke zu provozieren.

Ich bin nicht sicher, daß meine Mutter meinen Vater zu jener Zeit noch zur Familie zählte. Er war ohnehin wenig zu Hause, sondern entweder in der Schule oder im Parteibüro. „Er gehört nach Cayenne!" sagte meine Mutter, und wenn jemand nicht gleich verstand und nachfragte, sagte sie: „Weil da der Pfeffer wächst." Später kam er mit der Waffen-SS an die Ostfront, und als er wenige Tage vor Unterzeichnung der Kapitulation in Zivil vor unserer Wohnungstür in der Oberlinstraße stand – er hatte von Stuttgart aus vorher angerufen –, da fand er keinen Einlaß, aber seine Koffer vor der Tür, und er begriff und trollte sich und sah meine Mutter nur noch ein einziges Mal: beim Scheidungsprozeß.

Dies erfuhr ich, als ich aus der Gefangenschaft heimkam, aus den Erzählungen meiner Mutter. Sie war inzwischen selbst in den Schuldienst gegangen – ihr Fach war Musik –, und über den Verbleib meines Vaters wußte sie wenig zu sagen. Einmal war sein Name in einer Pressemeldung aufgetaucht, im Zusammenhang mit einer „Wehrkampfgruppe". Seine Ehre hieß Treue. Jahre später erzählte mir eine Cousine meines Vaters, zu der ich Tante sagte, daß er „unrühmlich" gestorben sei: bei einem „Kampfsporteinsatz", infolge eines Unfalls, dessen Ursache nie völlig geklärt wurde. Es soll Alkohol im Spiel gewesen sein.

Natürlich hätte ich Spuren suchen und das Leben, vor allem die Kindheit meines Vaters erforschen können. Er war, nach dem frühen Tod seiner Eltern, kraft Autorität seines Onkels, der ihn adoptierte, in einer Kadettenanstalt erzogen, nein, deformiert worden. Aber um dem nachzugehen, hätte ich ihn lieben müssen.

Ich liebte meinen Vater nicht. Ich liebte meine Mutter. So wie Konfuzius nicht seine Feinde, sondern seine Freunde liebte.

Ich war vaterlos.

Meine Mutter sah ich noch einmal im Herbst '63, kurz vor ihrem Tod. Es schmerze sie, sagte sie, daß ich wegen der Laune eines Agenten meinen Vornamen geändert hätte und nicht mehr Stephan, sondern Stephen heißen wolle. Aber sie war glücklich, als ich ihr meine erste Goldene Schallplatte gab. Sie hieß „Silent Voices" und wurde vor allem von Liebespaaren favorisiert. Acker Bilk baute die Sache später aus bis zur Süßlichkeit, und Goodman bot mir einen Platz in seiner Band an. Aber ich blieb allein, oder richtiger: bei den Freunden, die ich schon hatte, wollte lieber – ob groß, ob klein – mein eigener Regent sein als der Vize eines andern, und die Begegnung mit Piquet wies mir Wege in lockende Wildnis, in musikalische Terris incognitis, die, seitab vom Kommerz, den Zauber des Ursprungs hatten wie die Quellen des Sambesi.

Meine Gedanken mäandern. Was könnte ich Besseres tun, als ihnen zu folgen!

Ich muß horchen, um zu schauen, aber nicht sehen, um zu hören. So schließe ich die Augen im schwindenden Tageslicht und überlasse mich den vorübergleitenden Bildern am Ufer: die Wildente auf ihrem Pfahl fliegt und müht sich mit schnurrenden Propellerarmen und kommt nicht vom Fleck, Cousinchen Louise winkt mir zu aus dem Baumhaus und singt „La Belle Rivière", das hat sie bei den Englischen Fräulein gelernt, und wie ich schon unter der Brücke bin, höre ich noch den Klang ihrer Stimme, wie der Wind ihn mir nachträgt: „Je me suis couchée dans l'herbe pour écouter le vent ...", und wie ich weiterstake, schiebt der Kahn sich ins Schilf und legt an. Ich liege, kaum merklich geschaukelt, gewiegt, im Bug, lasse die Hände ins Wasser hängen, lausche seinen schmatzenden, rülpsenden Lauten unter den Planken, den flüsternden Stimmen der Halme und dem Sirren der blitzblauen Libelle ..., werde schwer, werde müd. Ein Geräusch stört den Atem der Stille: die Schwesternschülerin bringt das Tablett mit dem Abendessen herein und setzt es auf den Nachttisch, sie geht und schließt die Tür. Nichts zwingt mich zu essen. Es genügt, daß ich atme, es genügt, daß ich bin. Ruhig geht mein Atem, ruhig schlägt mein Herz, blauweiß der Himmel, so grün mein Schilf, „la belle rivière ...", mein Kopf sinkt zur Seite, und ich entgleite.

Mein Schlafrhythmus ist gestört. Am Tag, zu nahezu allen Zeiten, schlafe ich ein – des Nachts werde ich wach, liege mit jagendem Puls auf dem Rücken, offnen Mundes, suche meinen Atem zu beruhigen, es gelingt nach einiger Zeit, während ich beklommen in die Dunkelheit starre. Die Nacht will nicht enden, und es quälen mich Geräusche, die ein Unbehagen verbreiten, das ich nicht benennen kann: etwas klirrt in Wind und Regen, schweigt, bis es abermals klirrt, mißtönend. Es klingt, wie wenn Metall gegen Metall schlägt: ein lockeres, baumelndes Stück gegen ein feststehendes, starres. Das Klirren wird untermalt vom bald heftigeren, bald verhalteneren Rauschen des Drahtbesens, mit dem der Regen das Trommelfell des Oberlichts tätschelt. Dazu quietscht ein Ding, das in Böen hin- und herschwingt, von den Atemstößen des Windes immer neu aufgeschaukelt wird und nicht zur Ruhe kommt, und es gießt pladdernd auf ein Vordach, auf Holz oder Blech, nein, auf Teerpappe, gießt in einem breiten Guß wie aus einer durchhängenden Dachrinne, und fern auf einer Straße „bruit la cuirasse", braust der Panzer, grölt jemand durch die Nacht, weil er den Heimweg zur Kaserne nicht findet, das setzt, wenn er's bis zum Wecken nicht schafft, Verweis und Strafe, Eintrag und Bau. Ein Gittertor knirscht in den Scharnieren, und „im Winde klirren die Fahnen". Hatte er Wetterfahnen im Sinn? Goethe machte sich bei Tisch lustig über den „Becher, dunklen Lichtes voll", begriff die Metapher nicht, weil er die Anschauung nicht vollzog. Wieder der klirrende Klang, wenn die Halterung gegen den Mast schlägt. Schwankt eine Laterne im Wind? Vielleicht eine Lampe in einem zugigen Torbogen, wo die Pute der Kaserne steht. Was ich nicht weiß, erzählt mir der Wind. Fahl glitzert der Exerzierplatz. Das Wasser auf dem Flachdach der Kaserne fließt nur teilweise ab. Der Rest hat in der Südwestecke eine große Pfütze gebildet, die wächst und, im Licht einer einsamen Lampe über dem Treppenausstieg, einen düsteren Himmel spiegelt. Rillend und quirlend treibt der Wind das Wasser herüber, bläst es in Schleiern vom Dach, und sein keuchender Atem sagt mir, was ich nicht sehe und was doch geschieht, was er anstellt, wenn er nicht schlafen kann wie ich, in dieser Nacht, da er eine leere Coladose gefunden hat, die er mit immer neuen Stößen über den Platz rollt, unterm zerrissenen Gewölk, im matten Licht der schaukelnden Bogenlampe und im ungewissen Schein des Mondes, der kaum hervorblickt, zurücktritt, noch einmal kurz nachschaut und sich endgültig verhüllt. Im Wind klirrt die Fahne der Nation: la tricolore. Halb schlafend, halb wachend stehe ich auf dem Dach der Kaserne, fröstelnd in meinem feldgrauen Mantel – nein, das ist Unsinn! An der Westfront war ich nie, und Delattre irrt, wenn er glaubt, ich hätte gegen die Résistance gekämpft. Wo sind meine Stiefel? Der geteerte Boden des Dachs ist mit Kies abgedeckt. Warum bedeckt man Teerflächen mit Kies? Vielleicht zur Isolation. Damit der Teer in der Sonnenhitze nicht schmilzt. Die Fahne klirrt. Die Kapelle spielt bei der Fête auf der Terrasse der Villa am Wannsee. Plötzlich, unbeabsichtigt und mißtönend, geht's: klirrrrr-bummms – und Emmy Göring sinkt in Ohnmacht. „Wie geht's Hermann?" haucht sie, als sie wieder zu sich kommt, und der Adjutant sagt: „Gnädige Frau können beruhigt sein – es war nur der Schellenbaum." Es kommt vor im Schlaf, daß du lachst oder weinst, wie der Hund im Schlaf knurrt – das sind üble Nächte, mit Schweiß auf der Brust, verpaßten Zügen und nicht auffindbaren Koffern in miesen Hotels, bar aller Poesie wie Aurillac bei Nacht, die Gesäßseite der Stadt, la Caserne Général Charles de Gaulle, mit quietschender, schaukelnder Lampe à la Lili Marleen und klirrendem Mast. Jede Müllkippe ist reicher, vielfältiger bestückt, und wenn die Winde einander jagen, Plastiktüten blähen und himmelwärts tragen, Tomaten zerfließen, Blech scheppert, ekle Dünste sich drehn und die Krähen das Aas einer Ratte zerfetzen, ist noch Fülle in der Negation, beweine ich die tote Janine, und schöpft des Dichters reine Hand, so blühen die Blumen des Bösen, tönt die Liebe zum Sein aus den Nekrologen Poes und Baudelaires und lese ich „Une Charogne", in der Übersetzung von Carlo Schmid.

Gegen Morgen, spät, bin ich eingeschlafen. Wie ich erwachte – „Bon matin, Monsieur! Ihr Frühstück ist da! Café au lait! Des croissants!" –, da fühlte ich mich wie ein Stein, so schwer, so hart, so träg. „Aber nein, Monsieur! Nicht wieder einschlafen! Sie müssen etwas essen! Sie haben doch gestern Ihr Abendessen gar nicht angerührt! – Einen Schluck Café? – Warten Sie, ich helfe Ihnen!"

Ich nahm einen Schluck aus der Schnabelkanne, der Kaffee war stark, ohne alle Ironie, und während die Schwester mich stützte, war ich kooperativ und half mit, bis ich aufrecht saß. Ich hatte ein Tischchen vor mir im Bett, darauf stand das Frühstück – derlei kennt man aus Filmszenen mit Sza Sza Gabor, aus Interieurs von Nobelhotels, nur sind dort die Betten nicht vergittert.

Ich sortierte meine Gedanken, blickte durchs Fenster hinaus in durchsonnten Nebel, hörte einen Vogelruf und war glücklich, als mir einfiel, was ich mir vorgenommen hatte seit Tagen und wieder vergessen hatte – nun war's wieder da: ein Agendum der vergnüglichsten Sorte.

Ich bat die Schwester, Maître Barthelmes Nummer zu wählen, die ich ihr nannte, sie tat's, und ich ließ mir den Hörer geben.

Der Maître selbst. Erfreut, meine Stimme zu hören. Wie es mir gehe.

„Geistig wach, körperlich müd", sagte ich.

„Na, besser als umgekehrt!" scherzte er.

„Es geht um eine Zusatzverfügung zum Testament", sagte ich. Und ob er vorbeikommen könne.

„Das Patiententestament?"

„Nein, nein, eine ganz andere Sache. Geht's noch heute?"

„Aber natürlich. Im Laufe des Nachmittags."

„Bis dann, Maître!"

„Stets zu Diensten!"

Ich war zufrieden mit mir und der Welt. Auf Maître Barthelme war Verlaß.

Danach – gleichsam zum Ausgleich und zur Trübung meiner guten Laune – hatte ich eine kleine Meinungsverschiedenheit mit dem Aderlaßspezialisten. „Keine Schmerzen", sagte ich, „aber eine scheußliche Nacht. Beklommenheit, Angst, Schweißausbruch. Am besten hilft Valium. Kann ich das haben?"

„Bei Angina pectoris kein Problem", meinte er. „Aber nur so?"

„Ich fand's optimal", sagte ich. „Keine paradoxe Wirkung."

„Macht aber süchtig", sagte er, „und zwar blitzschnell."

„Na, wenn schon! Glauben Sie, daß das in meiner Lage noch irgendeine Rolle spielt?"

Er wiegte den Kopf, zögerte und sagte: „Lieber nicht!"

Vielleicht spricht er aus Erfahrung, dachte ich. Daher sein Tremor. Wer weiß, vielleicht leitet er sogar eine Selbsthilfegruppe. Ich wußte, es hatte keinen Sinn, zu insistieren. Polizisten, Ärzte und Schalterbeamte kann man nicht umstimmen. Er würde die

Sache, wenn er nicht wollte, ganz einfach vergessen, und zwar auch dann, wenn seine Sorge übertrieben war, und selbst wenn er gesagt hätte: „Mal sehn, was sich machen läßt" – es wäre wie die Antwort auf eine Bitte um Lohnerhöhung gewesen.

Meine Gefühle waren ambivalent. Vertrauen und Abneigung, Skepsis und Sympathie hielten sich die Waage. So geht's dir, wenn du dich mühst, nach allen Seiten hin offen zu sein und den Speck im Schinken wie den Schinken im Speck zu sehn.

Ich wurde abgelenkt durch die Ankunft eines neuen Mitpatienten, eines Docteur Jeanzat, Richter beim Appellationshof in Aurillac, der von Sohn und Gattin begleitet wurde und das bisher leerstehende zweite Bett belegte.

Nachdem die Turbulenzen im Raum sich gelegt hatten und während der Richter das Amtsblatt las, dachte ich an Gaspard, wie er mir geholfen hatte, das Mühlchen bei Latour d'Auvergne zu restaurieren. Es war, nachdem er seine Arbeit im Steinbruch hatte aufgeben müssen, nach seiner zweiten Bandscheibenoperation. Man sah's ihm nicht an, aber wenn er auch athletisch gebaut war, so hatte seine Konstitution doch Schwachpunkte. Nur: darauf nahm niemand Rücksicht, am wenigsten er selbst, so daß die Arbeit im Steinbruch ihn buchstäblich ruinierte. Er war bedrückt, als er davon erzählte, zumal er zu der Zeit gerade heiraten wollte. So kam's, daß ich ihm eine feste Anstellung bot, mit ordentlicher Versicherung, wie sich's gehört, und daß die Familie Ligaut fortan ihr Auskommen hatte. „Ihre Ersatzfamilie!" spottete der Maître einmal – ein Wort, das er sofort bereute, denn ich briet ihm eins über mit der lapidaren Replik: „Menschen sind kein Ersatz!"

Im Tal der Ouze, bei Latour d'Auvergne, floß die Zeit dahin mit dem Wasser, und ich sah ihr zu, wie sie vorüberzog, nachströmte und entschwand, in Kesseln strudelte, buckelnd und glatt sich durch Engpässe schob, in Buchten kreiste und scheinbar verweilte, und schauend und lauschend blieb und verging ich selbst wie die Wasser der Zeit, ließ mich entgleiten und wurde mir wiedergegeben, und wenn mein Blick im Wasser ruhte und Maxims Stimme zu hören war, der kläffend in die Flut biß, durch die Furt patschte und sich schüttelte, daß das Glöckchen an seinem Halsband erklang, wenn es mitunter rauschte im Flußbett von rutschendem Kies und das Wasser für eines Augenblicks Dauer sich trübte, eine Forelle aufblitzte und davonschnellte zur Verblüffung Maxims, der die Abenteuer des Daseins genoß und selbst ein Bündel aus Kraft, Neugier, Kühnheit und Zärtlichkeit war, wenn von früh bis spät taglang die Schatten gemächlich im Halbrund das Haus umwanderten und ein winziger Quietschlaut des Mühlrads die Zeit einteilte, die sich doch stets wieder zusammenfügte wie die geteilten Wasser der Ouze, nachdem sie den Flußlauf und den Mühlbach durcheilt hatten, wenn all dies so war, wie es war, im Vergehen verweilte und andauernd entschwand – dann hob ich mich auf und war nicht mehr ich, sondern Zeitwasser, Regendürre, Weinbrot, Lichtschatten, Tiermensch und Lebenstod, bedeuteten Worte nichts mehr, war Sprache Sein, das geeint war in sich wie die Fläche der Kugel, so rund, so schön, so vollkommen, und es konnte geschehen, nach Wochen, daß plötzlich Gaspard an der Tür oder am Fenster klopfte, um mich daran zu erinnern, daß ich nach Bordeaux, nach Genf oder in die Hauptstadt müsse, um einen Vortrag zu halten – dann erwachte ich wohl wie aus Träumen und fand mich zurecht, aber ich wußte fortan besser als je, was das Bessere war, und hielt mir die Zugänge offen zum Ganzen, davon meine vorlaute Sprache mich trennte, die Grammatik mich abgespalten und mein Ich sich gesondert hatte.

Und wenn ich zurückkehrte von den wenigen Reisen, die ich noch unternahm, erwarteten mich die Ligauts, Hunde und Katzen und der Vogel Rüdiger, tönte im Park der Chor der im Abendlicht jubilierenden Vögel und kühlte der Wind mir die Stirn, der durchs Gezweig der Bäume wehte wie durch mein Haar und dessen Atem in den Nächten durchs Fenster ein- und ausging, weil das Haus ihm offenstand wie meinen Freunden, und wenn ich verwirrt war, verstört und geängstigt durch das, was ich auswärts vernommen, oder das, was aus den Verliesen meines Selbst aufstieg, von da, wo die Monster schlafen, so sagte ich zum Wind: „Wehe du!"

Und er tat's. Pflückte Kastanien und Nüsse, kämmte das Laub aus den Zweigen, wirbelte die toten Blätter hoch in die Luft, ließ sie niedertaumeln und am Boden kreiseln, streute sie über den Schulhof hin, den er gleichzeitig fegte, brachte Ordnung ins Chaos und mischte die Karten, und so war die Welt vollständig in seinem Wehen, ohne mein Zutun und Weglassen, und gleichgültig ob ich's wußte oder ahnte – ich war in der Welt, und die Welt war in mir, und es fehlte an nichts.

Der Maître! – „Oje! Man hat Sie eingesperrt. Was ist denn passiert?"

Ich berichtete, und er runzelte die Brauen. „Nicht gerade eine Empfehlung fürs Haus!" murmelte er.

Er hatte mir eine CD mitgebracht, deren Titel mir einen leisen Schauer über den Rücken jagte: „Gebet zur Nacht / Abendlicher Gesang eines Indios im Kanu an der Amazonasmündung."

„Phantastisch!" sagte ich. „Da hat Polyhymnia selbst Sie beraten! Ganz herzlichen Dank!"

Was das Testament betraf, war rasch gesagt: für die Ligauts sollte sich nichts ändern. Sie sollten beide in unkündbarer Stellung im Dienst der Stiftung bleiben, als Hausverwalter der Alten Schule, und das Mühlchen bei Latour d'Auvergne sollte mit meinem Tod in ihr Eigentum übergehen. Die Tonträger sollte Monsieur Piquet und die Bibliothek Professor Belchheim erhalten.

Der Maître brachte meine Verfügung in die richtige sprachliche Form, gab den Text in seinen Koffercomputer, der druckte ihn aus, und ich unterschrieb.

„Was ist denn aus Ihrem Patiententestament geworden?" fragte er dann.

„Ist nicht beachtet worden", sagte ich. „Der Umschlag ist immer noch ungeöffnet in meiner Brieftasche."

„Vielleicht ganz gut, wie?"

„Schwer zu sagen. Qualvoll ist die künstliche Beatmung. Davor hab ich immer noch Angst. Andererseits: wenn man nicht bei Bewußtsein ist ..."

„Hm. Sonst, wenn Sie wollen – Sie wissen ja, daß wir die Typen zwingen können, Ihren Willen zur Kenntnis zu nehmen. Wir könnten das Papier bei der Medizinischen Leitung des Hauses hinterlegen oder recommandiert mit Revers –."

„Nein, nein, das will ich nicht", sagte ich. „Allerdings nicht, weil's zwecklos wäre, denn man würde sich wohl auch dann nach Belieben damit herausreden, alles habe so schnell gehen müssen, daß für Papierkram keine Zeit gewesen sei, und auch nicht, weil ich um jeden Preis leben möchte, denn im reinen mit mir bin ich so oder so."

„Warum dann?"

„Ich habe versucht, mich in die Lage eines Arztes zu versetzen, sagen wir in die Lage eines Arztes wie Edmond. Man kann eine Person nicht zum Mittel und Werkzeug oder zum bloßen Vollstrecker fremden Willens machen. Wenn der Patient im Koma liegt, ist der behandelnde Arzt der Entscheidende, ob mit, ob ohne Mandat, und verantwortlich kann er, wie ein Politiker, im Moment der Entscheidung nur seinem Gewissen gegenüber sein. Daß er irren und freveln kann, ist unser aller Crux – damit müssen wir leben oder sterben, und ob ich an einen Schurken gerate, das weiß nur der Wind."

„Als Edmond vom apallischen Syndrom erzählte und daß man es mancherorts bewußt in Kauf nimmt, um das vegetative Dasein zu verlängern – erinnern Sie sich noch, wie Sie da gefragt haben: 'In welcher Welt leben wir eigentlich?'"

„O ja! – Und seine Antwort lautete: 'In der einzigen, die wir haben!' Und genau das ist es: ich muß nicht alles erzwingen, aber ich darf alles hoffen, und das nimmt mir die Mühsal des Kampfes."

„Vertrauen oder Illusion?" fragte Barthelme.

Und ich sagte: „Die letzte Frage bleibt offen. Aber grüßen Sie mir Edmond! Bei ihm bin ich sicher, daß er mich behandeln würde wie seinen besten Freund."

Ist es der Nachmittagskaffee, der mich stimuliert hat? War's das Gespräch mit dem Maître? Oder sind Endorphine am Werk?

Wie auch immer – ich sitze bequem im Speisewagen, und am Fenster gleiten Bilder vorbei von Hinterhöfen im Abendschein, herbstlichen Parks mit Hunden – war das ein Setter? Vorbei! Das Scandic Crown steht unter Wasser, die Wiesen, überflutet, spiegeln flammendes Gewölk – vorbei! Schwarze Höhenlinie der Puys vor dem nun dunkler blutenden Himmel über dem Plateau de Millevaches – vorbei! So viele Zugfahrten zu allen Zeiten der Tage und Jahre! Denn der Wagen steht im Schuppen, und einen Führerschein zu erwerben kam mir nie in den Sinn.

Verdrängt, vergessen wie eine Peinlichkeit, ein Fauxpas, aber emporgespült jetzt aus der Einnerung, in den Bildfolgen meiner nachmittäglichen Tagträume, weil eine Laune der Psyche es will: das grillendurchzirpte Maquis am Hang jenseits der Gleise, Zigarettenkippen auf rostbraunem Schotter und der ächzende Bohlenüberweg am Bahnhof von Riom-ès-Montagne, wo ich aussteigen muß, weil der Zug mich sonst weiterträgt nach St-Flour.

Wen zieht's nach Riom, wo die Lokomotive ihr Wasser abläßt und der Schaffner den Aufenthalt nutzt, um sich in der Bahnhofskneipe eine Dose Bier zu holen? Wer steigt aus in Riom an einem Nachmittag unter der Woche bei brütender Hitze, wenn die Hühner in Sandmulden schlafen, der Asphalt weich und die Milch dick wird? Kein Urlauber – die kommen im Winter –, kein Wallfahrer – die fahren allenfalls nach Le Puy-en-Velais – und kein Bauer, wenn nicht gerade Viehmarkt ist. Aber vielleicht ein Mädchen mit einem Korb mit Junghennen, Madame Paluche, die Wasser in den Beinen hat und in der Stadt bei Docteur Tisserand war, ein Reservist, der zum Ruhm der Armee schon des Nachmittags um vier sturzbetrunken ist, und – in schneeweißem Complet mit Kreissäge und Peddigrohrkoffer – natürlich der verrückte Compositeur aus Châtelet, der donnerstags, wenn die Bahnhofskneipe geschlossen ist, aus dem Schalterraum daheim anrufen darf, damit sein Chauffeur ihn abholt.

An jenem bestimmten gewitterschwülen Tag, den ich im Sinn habe, war der Gedanke, in die Gaststätte zu gehen, mir unangenehm. Ich hätte dort anstandshalber, weil ich telefonieren durfte, ein Glas Wein oder einen Café trinken müssen, und wahrscheinlich hätten die übrigen Gäste den falschen sozialen Ton angeschlagen und mich angepflaumt wegen meines eigensinnigen Outfits, hätten Bonmots fallenlassen von der Art: „Hat er nich' en schöner Hut?" – die auf französisch nicht besser klingen als auf deutsch –, und der Wirt, liberal und tolerant, hätte gesagt: „Jedem Tierschen sein Pläsierschen!" – eine Weisheit, für die es im Französischen wie in allen Sprachen der Welt zahllose Entsprechungen gibt.

Ich setzte den Koffer ab, wischte mir die Stirn – und vergaß, daß ich nach Hause, nach Châtelet wollte, denn da war das Zirpen der Grillen drüben am Hang, das tausendfältige Raspeln und Lispeln ihrer Körperinstrumente, das mich lockte, die Gleise zu überqueren und am Rand des Maquis gemächlich den Schienen zu folgen, ihrer sanften Steigung, nur dem Gezirp lauschend, das da war und war und immer noch war, als ich, erinnert durch das Schwinggeräusch der Kneipentür im Bahnhofsgebäude, mich noch einmal nach meinem Koffer umsah. Der stand einsam auf dem Bahnsteig, unter dem Schild mit der Perrier-Reklame, und gerade in diesem Moment, als ich zurückblickte, kam ein kleiner saufarbener Hund aus der Schwingtür der Bahnhofskneipe, lief zielstrebig, als hätte ihn jemand beauftragt, auf den Koffer zu, beroch ihn an allen Kanten und Ecken, hob das Bein, pieselte ihn ausführlich an und tippelte stracks zurück in die Kneipe.

Ich stand und starrte und war so verblüfft, daß ich nicht einmal „Du Bastard!" rief. Die Schwingtür pendelte und kam zur Ruhe, der Koffer stand still in der sengenden Sonne, vermutlich in einer kleinen Pfütze, die rasch verdunsten würde – ein Notenblatt würde vielleicht als Schaden eine gelbe Ecke davontragen –, ich sah es vor Augen und bedachte es wohl, aber ich fühlte, zu meiner eigenen Verwunderung, statt Ärger eher Belustigung, Heiterkeit, Leichtigkeit, ja eine seelische Schwerelosigkeit, ein Gefühl, als stiege ich auf wie in Träumen und schwebte davon, so daß Hund, Koffer und Bahnhof hinter mir zurücksanken ins Wesenlose und ich keine Sekunde lang daran dachte, etwa zurückzugehen und den Koffer auf die Bank zu setzen – denn ich brauchte ihn nicht mehr! Ich hatte ihn abgestellt wie mich selbst, denn auch ich selbst war zurückgeblieben, und ich trauerte mir nicht nach – bei Bedarf würde ich schon auf mich zurückkommen, bis dahin war ich froh, wenn ich mich nicht belästigte. Und auch Châtelet war nicht wichtig und kein anderer Ort, an dem ich je gelebt hatte zu irgendeiner anderen Zeit, nur das Jetzt war wichtig, die zeitlose Zeit, der Nu: das Gezirp im Maquis wie vor tausend und zehntausend Jahren, nie gab es Besseres zu tun als dem Klang der Welt zu lauschen, ihn einströmen zu lassen in einem einzigen umgreifenden, allumfassenden Atemzug – nichts war außer dem Konzert der Grillen, die da sagten, eine jede für sich und alle zusammen: „Ich zirpe, du zirpst, sie zirpt, wir zirpen, ihr zirpt, sie zirpen", und die nicht müde wurden, einander ihr Dasein zu bestätigen, damit kein Zweifel aufkomme an ihrer aller bleibenden Gegenwart.

So setzte eine von ihnen, die zuvor geschwiegen hatte, neu ein, wenn eine andre verstummte, so gönnten sie sich Pausen und tauschten sie die Rollen, sammelten und vergeudeten sie ihre Kraft, rieben und raspelten sie mit Gebein und Geflügel, brachten sie die Welt zum Klingen, konstellierten sie die Stille und machten sie die Stille fühlbar als den Grund aller Klangfiguren, indem sie sie durchtönten und in Resonanz versetzten, so daß sie sich selbst aussprach und ihren Urlaut ertönen ließ: „Ommmmmmm!"

Ich war und wußte nicht, wo, war gekommen und hatte vergessen, woher, ging weiter und wußte nicht, wohin, fühlte mich gezogen in ein Fernes, Unbekanntes und ließ mich verschlagen, verlocken ins Blaue. Durchzirpt vom Grillenchor ging ich dahin im Schottergras zwischen Gleiskörper und Dornenhang, darin außer den Insekten ein Windchen am Werk war, das die gelbe Dürre durchsauste, da wurde ein Knistern laut wie von platzenden Schoten des Ginsters oder als hüpfte ein Flämmchen durch dürres Gehölz, und weiter fort am Waldrand bergauf begannen plötzlich die Wipfel der Tannen zu wogen, Böen kündeten Sturm: das ersehnte Gewitter.

Ein Gleis zweigte ab vom Hauptstrang nach St-Flour – hier

wartete ein Güterzug ohne Lok, offenbar allein, ohne Aufsicht sich selbst überlassen, kein Mensch, keine Uniform war zu sehen –, ein weiteres Gleis zweigte ab, ein totes, an dessen Ende ein Prellbock stand sowie ein einzelner, offenbar ausrangierter Waggon älterer Bauart mit Bremserhäuschen und Perrons.

In diesem Augenblick fielen erste Tropfen, fielen prall und schwer, und der Waggon lud mich ein, in ihm Schutz zu suchen. Ich stieg auf den nächstgelegenen Perron, fand die Tür zum Wageninnern offen, erkannte in warmer Dämmerung einen kleinen Kanonenofen, dessen Rohr durchs Dach hinausführte, zwei Holzbänke an den Längswänden und einen Tisch mit einem schmutzstarrenden Wachstuchüberzug, darauf ein Kerzenstummel klebte.

Paukenschlag des Donners als Auftakt der Regensymphonie. Voller Einsatz des Orchesters: der Faucher, der Heuler, der Tropfer, der Praßler und der Plätscherer – und dazwischen immer wieder, mit Blitzlichteffekten, die kurzen Soli des Paukenschlägers, der keine Ermüdung, kein Nachlassen der Spannung, kein Einschlafen duldet. Aufbrausende, anbrandende, abebbende und schließlich gleichmütig dahinrauschende Fluten zu meinen Häupten und ich selbst im Innern des Klangleibs der Regentrommel, unterm tönenden Gewölbe, das der Regenwind peitscht und davon die Wasser seitwärts hinabsträhnen und den Schotter bepladdern – und wie das Getöse im dämmrigen Raum, wach und müde zugleich, andauert und forttönt in sich fast gleichbleibender Schwingung, deren Varianten die Vielfalt in der Einheit sind, und wie ich einschwinge ins wiegende Geräusch, da ist's wie im stilliegenden Kahn, an dem das laubtragende Wasser des Flusses vorüberzieht – er setzt sich in Bewegung und fährt plötzlich stromauf, in derselben Geschwindigkeit, mit der die Strömung ihm begegnet, so läßt er sich forttragen in eine imaginäre Ferne, ohne vom Fleck zu kommen, und gleitet zügig dahin, ob er gleich stillliegt am Ufer unter strähnigem Weidenhaar und nur sanft sich hebt und senkt mit den heranlaufenden Wellen, und ob der Güterwaggon, darin ich träumend lausche, gleich stillsteht auf totem Gleis, kein Rad sich dreht und allenfalls sein Gebälk erzittert, wenn der Wind sich dagegenwirft, so scheint er sich doch in Fahrt zu setzen mit einem leisen Ächzen des Achsgestells, scheint der Bremser die Blockierung der Räder zu lockern und beginnt eine Reise aus dem Tag in die Nacht, während der mir ein Lied in den Ohren tönt, das Schlaflied der Räder, die im Gleichtakt Ortsnamen singen, die das Gewicht von Schicksalen und den Wohllaut von Melodien haben, und es klingt wie: Besse-en-Dos, Dore l'Eglise, Tour-la-Vache, Bort-les-Orgues, Gorge d'Aurant, Nîmes-le-Vieux, Bar-le-Duc, Epernay, La Bourboule, Nasbinals, Maréchal, Lavaudieu, Vic-le-Comte, Vic-sur-Cère, Vic-en-Cime, St-Laurent, St-Allyre, St-Privat, St-Ilpice, St-Rémy, St-Pourçain – und dann bin ich selbst im Film, schwebe herzu und lande, lese Namen auf Grabsteinen, gehe schleppend von Grab zu Grab und zum nächsten, wische mit dem Handballen den Staub von den emaillierten Porträts der Verstorbenen, erkenne Auguste Valmaurin, meinen Doktorvater, ein Bild aus seinen besten Jahren, ich kondoliere seiner Witwe, Aristide Maillard, als Vertreter der Académie, hat die Rede gehalten, Serge Piquet steht da, und ich höre, wie Maillard zu ihm sagt: „Den Nekrolog auf dich hab ich auch schon parat." Das schneidet wie ein Messer, und wie ich unter Tränen erwache, durchfährt mich der Gedanke: Ich warte auf meine Beisetzung, und ich rekapituliere: funérailles, enterrement, pompes funèbres – und finde mich wieder auf einer Holzbank in einem ausgedienten Güterwaggon der SNCF, auf einem toten Gleis des Bahnhofs von Riom-ès-Montagne, Departement Cantal, Frankreich, Europa, Erde, Milchstraße, All, so gut wie zu allen Zeiten und an allen Orten inmitten der Welt.

Von tausend Möglichkeiten, zu sein, ist dies eine. Von tausend Leben an tausend Orten ist meines das meine, und von tausend Menschen zu tausend Zeiten bin ich allein Stephen Wanderer!

Ich wußte, wie ich hieß, wußte wieder, wo ich war, und ich wußte das Datum des neuen Tags: es war Donnerstag, der 16. August 1975, ein Tag, den ich ankreuzte in meinem Taschenkalender als den Tag einer Wiedergeburt, und wie ich im regennassen Schottergras dorthin zurückging, wo ich mich tags zuvor wie meinen Koffer vergessen hatte, da stiegen ringsum die

Lerchen auf und sangen in den frischgewaschenen Morgen, und ich lebte aufs neue und ergriff mich, denn wenn schon ein jeder Mensch ein Zentrum der Welt war, so war ich's nicht minder und war jetzt und hier der Rechte am rechten Platz und zur rechten Zeit.

Am Fahrkartenschalter – er wurde gerade geöffnet – fragte ich, ob vielleicht jemand einen Peddigrohrkoffer abgegeben habe.

„Ihr Koffer ist da, Monsieur! Ich habe ihn selbst hereingeholt. – Geht's Ihnen gut?"

Der Mann blickte besorgt. Ich muß wohl ziemlich derangiert ausgesehen haben, ungewaschen und ungekämmt, wie ich war, und in meinem zerknitterten Anzug, wie nach einer durchzechten Nacht.

„Alles in Ordnung", sagte ich, „vielen Dank!"

Er fragte, ob ich telefonieren wolle, und ich dankte ihm abermals.

Und dann kam Gaspard mit dem Wagen, ich sagte, ich sei in Paris aufgehalten worden und hätte den Nachtzug genommen, und wir fuhren nach Châtelet, zur Alten Schule, wo mich die Hunde erwarteten und die Katze Minou, wo wie jederzeit und überall auf Erden Geburt und Leben und Tod war, Verzweiflung und Trauer, Freude und Glück, und meine Welt – die einzige, die ich hatte, weil ich sie ergriff wie mich selbst – war wieder rund und prall, und es fehlte mir nichts.

Nein, oft – zumal dann, wenn ich scheinbar apodiktisch urteile – trifft mein Wort nicht zu, provoziert es gerade den Widerspruch, den es ausschließen will, und das heißt hier: mir fehlte nicht nichts, sondern etwas. Meine Selbstgenügsamkeit war die Verleugnung des Mangels an Liebe, und wenn ich auch die Zweisamkeit nicht suchte um jeden Preis und lieber allein war als einsam zu zweit, so hätte es doch die gescheitere Alternative gegeben, die da lautet: Besser zu zweit gemeinsam als allein einsam.

Aber diese zu wählen, das Ersehnte zu suchen mit Beharrlichkeit und im rechten Moment es zu fassen und zu halten, das kam mir nicht in den Sinn, sei's, weil das Schicksal, dem ich nicht half, das Ungefüge nicht fügte, oder eher noch, weil ich selbst – auch unter den günstigsten Umständen – mir ein Bein stellte und mich zu Fall brachte, so, als könnte die Vorwegnahme des Sturzes ihn mildern oder – wie's paradoxer nicht geht – als könnte das Fasten der Hungersnot vorbeugen.

Und wenn ich auch zu meinen Schwächen stand und sie mit Humor drapierte – sie wurden deshalb nicht zu Stärken. Mein Vertrauen in Menschen blieb erschüttert, ich war so spröde wie zerbrechlich, und meine Animosität sagte es meinen Freunden wie mir: Ich fürchte das Leben, vor dessen Abgrund mir graut.

Im Mai '81 rief Serge Piquet bei mir an und sagte: „Die Bardot kommt nach Marvejols. Ich hab mich mit ihr verabredet, und du bist auch eingeladen. Am nächsten Dienstag. – Na? Wie hab ich das gemacht?"

„Du bist verrückt!" sagte ich.

„Wieso! Glaubst du mir nicht?"

„Kein Wort!"

„Na, hör mal! Sie kommt wirklich! Natürlich nicht meinetwegen, sondern weil sie zwei Wölfe bringt. Ich nehme das Geheul der Wölfe auf Band, und also hab ich sie angerufen, und sie fand's hochinteressant."

„Da sieht man's!" sagte ich, „du bist total übergeschnappt! Wieso denn Wölfe! Was hat die Bardot mit Wölfen zu tun?"

„Sie läßt sich hier feiern als Wolfsmutter. Mit Fernsehen und Presse und allem Drum und Dran. Ihre Tierliebe ist ja bekannt. Und jetzt hat sie ein Wolfspärchen für den Jardin des Loups gestiftet. Gleich hier in der Nähe. Das große Gehege auf dem Mont Gévaudan, bei Ste-Lucie. Hab ich dir doch von erzählt! Also, die Wölfe kommen aus Belgrad. Mit einem Spezialtransporter. Die Bardot nimmt sie auf dem Marktplatz in Empfang, umarmt und streichelt sie für die Kameras, die Wölfe werden natürlich vorher gefüttert, und es ist ein Tierpsychologe dabei – ja, du lachst, aber es ist alles bestens organisiert. Anschließend, wenn die Presse weg ist, machen wir einen Rundgang durchs Gehege für die Tonaufnahmen, vielleicht auch einen Mondscheinspaziergang, je nach Wetter, und für den Nachmittag und Abend ist ein Tisch für vier Personen im Goldenen Löwen bestellt.

„Wer kommt noch?" fragte ich. „Hat sie einen Freund?"

„Natürlich nicht! Sie ist unbemannt. Ist doch allgemein bekannt! Aber meine Frau kommt mit."

„Das ehrt dich", sagte ich. „Sonst hättest du auch Sturm geerntet."

„Klar. Also, was ist? Dienstag, nächste Woche, 15.00 Uhr. Le Lion d'Or, Marvejols, Rue Gérard Ménatory. Ménatory, das war übrigens der Gründer des Wolfsgeheges. – Ist doch klar, daß du kommst, oder?"

„Ich komme", sagte ich. „Grüß die Bardot! Und grüß deine Frau!"

Am Dienstag, während der Fahrt nach Marvejols, war ich in frühlinghafter Stimmung. Auf den Höhen blühten, so weit das Auge sah, die Narzissen, Gaspard hatte das Verdeck geöffnet, so flatterte ein freundlicher Wind zu unsern Häuptern, ich war offen für den Tag und seine Früchte und schmeckte den Zauber des unbekannten Neuen, das mochte Mensch oder Tier, Natur und Landschaft, Musik, Leben, Gespräch oder Freundschaft heißen und lag ausgebreitet ringsum auf den Almen, unterm Zelttuch des Himmels, und war wie im Sonnenlicht strahlender jungfräulicher Schnee.

Gaspard setzte mich ab am Goldenen Löwen und fuhr weiter, um seinen Schwager zu besuchen, der in der Nähe eine Schafzucht betrieb. Dort konnte ich ihn bei Bedarf telefonisch erreichen.

Im Restaurant war ein behaglicher separater Raum reserviert, mit einem Schild an der Tür, auf dem GESCHLOSSENE GESELLSCHAFT stand. Zusätzlich, als Bollwerk gegen die zudringliche Journaille, hatte man vor der Tür einen Gendarmen postiert, der seine Sache sehr genau nahm und meinen Ausweis prüfte. Er salutierte zwar nicht, aber seine Haltung straffte sich, und er ließ mich passieren.

Kurz darauf kamen die andern, beladen mit Blumensträußen und allesamt in bester Laune ob der offenbar geglückten Wolfsübergabe. Noch ahnte ich nicht, was mir bevorstand, und überließ mich der Freude des Augenblicks. Serge machte bekannt, und als die Bardot sich jetzt demaskierte, indem sie Sonnenbrille und Kopftuch abnahm, und sich mir zuwandte, so daß ich Gelegenheit hatte, ihr mein Präsentchen zu überreichen – es war eine Schellackplatte meiner „Silent Voices", eine der wenigen, die ich noch hatte –, da erstrahlte ihr Wesen, und sie behauptete, mich zu kennen: Mitte der sechziger Jahre hätte sie im Pleyel etliche meiner Konzerte gehört und sie besitze eine Aufnahme meines Konzerts in der Royal Albert Hall. Das war präzises Wissen, wie's den Maestro entzückt. Tatsächlich kannte sie meine Musik so gut wie ich ihre Filme mit Gabin, und ich sagte ihr meinerseits Artigkeiten. Ihre Musikalität hätte Serge nicht eigens zu rühmen brauchen – ihr menschen- und tierfreundliches Wesen, das sie zugleich mit Madame Piquet verband, reichte voll aus, ihr meine Sympathie zu sichern, nein, Sympathie war nicht der mot propre, denn während wir plauderten und Nähe entstand, da geschah's und war da, übermächtig, in einem Nu: da krampfte mein Herz sich zusammen, eine Wunde brach auf, daß ich zu Tode erschrak, und ich dachte: ach, wenn es doch so wäre und bleiben könnte, wie es begann, ohne Not und Gefahr, und uns nicht den Tag verdürbe und mir nicht das Leben! Und ich hatte das Gefühl, schon verloren zu sein.

Serge hatte gesagt: „Du wirst sehn, sie ist eine sehr angenehme Person." Ach, sie war mehr als nur eine angenehme Person, so viel mehr, daß es mir das Herz schnürte und die Kehle, ich all meine Kraft brauchte, um das Geliebte zu scheuchen, damit es nicht wiederkehre, noch einmal, und zu meinen Füßen sich winde, wie um sein Dasein flehend, aber wie es meine Knie umfaßte, um sich zu retten, und wie ich's trat, damit es stürze, da hatte es mich heimgesucht aus der Tiefe und rührte mich an – wer ängstigte und lockte, wer umwarb und bedrohte da wen?

War's ihre Stimme? War's, was sie sagte? War's, wie sie es sagte? Sie sprach mit Wärme von ihren Tieren: den Hunden und Katzen, von Ponies und einem Zicklein – Serge spielte mir Gesprächsbälle zu, indem er sagte, ich hätte Schafe im Garten und sei ein

Hundefreund, er überließ mir das Wort, so daß ich von Louise und Maxim erzählen konnte, ich ahnte, weshalb er dieses Treffen eingefädelt hatte, ahnte es mit Rührung und litt an dem Schmerz in meinem Innern, den ich mit Mühe vor den andern versteckte, doch nicht vor mir selbst, der nun da war, unabweisbar, unaufhebbar, entdeckt unter den Schichten der Zeit, nah seinem Ursprung, freigelegt wie eine Wunde: die nicht heilende Gangrän.

Ich dachte an den Wolf im Fangeisen, der sich die Pfote abbeißt, an Kaspar Strumpf, der die Kuh erschlug, die er liebte – ich mußte mich töten, um zu leben.

Nicht Wehmut, nein. Keine Süßigkeit. Keine Trauer und keine Linderung – doch Entsetzen. Das Gefühl der Verlorenheit senkte sich auf mich herab, während ich noch sprach und meine Zunge zu Blei wurde, daß ich dachte, man müsse es merken: ich war unfähig zur Freude, zweifelte am Glück wie an seiner bloßen Möglichkeit, war des Scheiterns gewiß, vor dem Stapellauf, sah die Totgeburt über dem Grab.

Ich weiß nicht, wie ich's fertiggebracht habe, Contenance zu wahren, bis wenigstens der Café getrunken, der Kuchen gegessen war, wie ich's danach, einsilbig in der Gesprächsrunde sitzend, noch eine Stunde lang aushielt – als es aufs Abendessen zuging, bat ich, mich zu entschuldigen, es sei das Herz.

O nein! Das dürfte ich ihnen nicht antun! Serge habe doch eine Combo bestellt und man wolle tanzen!

Die Enttäuschung, die ich auslöste, war so echt – mein Schmerz um so größer.

Ich rief Gaspard an, damit er mich abhole.

Beim Abschied bat die Bardot, ich möge ihr auf dem Cover die Platte signieren. Ich solle nur schreiben: „Für Brigitte". Ich tat's und brauchte erneut alle Kraft, mich zu fassen, und hoffte nur, daß sie nicht merkten, wie's um mich stand.

Dann saß ich im Fond. Gaspard spürte, daß etwas nicht stimmte und daß ich nicht sprechen wollte. Er fragte, ob er Musik machen solle. „Ja, bitte!" sagte ich.

Es war das Musikprogramm von Radio France. Monty Sunshine spielte. Evergreens. Ich knetete ein Päckchen mit Tempotaschentüchern, es fühlte sich an wie Verbandsstoff und wurde nach und nach flacher in meiner Hand. Ich fühlte den Schmerz, den ich mir zufügte oder ein anderes Ich oder ein Es, das mich zwang, mich zu töten. Ich fühlte den Verlust der Liebe, die ich nicht genossen, des Lebens, das ich, in der Vorwegnahme des Todes, nicht lebte, und während ich Monty Sunshine hörte, hörte ich die Combo im Lion d'Or, die Serge bestellt hatte für B.B. und mich. Ich dachte, daß ich auf der Stelle umkehren müsse, um bei den andern zu sein, erneut, als wäre nichts geschehen. Aber ich konnte die Zeit nicht wenden und die Blutung nicht stillen, ich häutete die Kuh, und während ich hieb und schnitt und immer wieder auf mich einstach, warf ich den Kopf hin und her und wehrte die Hände der Helfer ab, indem ich flehte: Nicht noch einmal! Nicht noch einmal!

Im Herbst desselben Jahres, nach meiner Entlassung aus der Reha-Klinik, besuchte Serge mich in Châtelet und führte mir seine Wolfssonate vor, die er in mehreren Vollmondnächten auf dem Mont Gévaudan komponiert hatte. Maxim saß dabei, hielt den Kopf schief und krauste die Stirn, reckte dann den Hals so hoch er nur konnte und stimmte ein in die Klage der Einsamen, und ich wußte nicht, ob ich's komisch oder traurig finden sollte.

Serge schien mir traurig, als er auf den Abend mit der Bardot zu sprechen kam. Er verstand die Sache nicht. Sie habe mir doch deutlich Avancen gemacht, meinte er, und seine Frau habe gesagt: „Auch wenn die Bardot ein gebranntes Kind ist – Stephen hätte ihr den Glauben an die männliche Hälfte der Menschheit wiedergeben können."

Welche Parallele! dachte ich und: vielleicht wäre sie's gewesen, die mir den Glauben an die weibliche Hälfte der Menschheit wiedergegeben hätte.

Und ich dachte: vielleicht heulen die Wölfe auf dem Mont Gévaudan und in den sibirischen und den kanadischen Wäldern nur deshalb so kläglich, weil sie keine Sprache haben, zu sagen, was sie fühlen. Und vielleicht stehen sie auf getrennten Gipfeln, ohne einander zu kennen, und während sie Nähe suchen aus der Ferne, tönen Hall und Widerhall ihrer Stimmen aneinander vorbei und treffen sich nur im Ohr eines Dritten, der ihr Geheul noch weniger zu deuten versteht als sie selbst, und auch wenn dieser sie nicht spöttisch äfft, sondern bewundernd imitiert – was weiß er ihnen zu sagen, sofern er nicht teilhat an ihrer Welt und allem, was ihnen darin widerfährt!

„Hier ist ein Foto der Wolfsübergabe!" sagte Serge.

Das Bild zeigte die Bardot auf dem Marktplatz von Marvejols, wie sie zur Rechten wie zur Linken je einen Wolf im Arm hielt.

Als Serge fort war, lag das Foto auf dem Rauchtisch. Ich nahm es und betrachtete es lange, dann tat ich's in meine Brieftasche. Und weil ich kein Schriftsteller bin, den irgendein Psychokrüppel sentimental schelten darf, kann ich's mir leisten, zu sagen: Dort trage ich's an meinem Herzen.

Vorhin, beim Abendbrot, hat Edmond angerufen. Besorgt und empört: „Was muß ich hören! Was ist los mit dir? Der Maître sagt, du liegst hinter Gittern wie ein Affe im Käfig!"

„Je nun!" sagte ich.

„'Je nun'? Was soll das heißen?"

„Na ja, ich hab einfach auf stur geschaltet."

„Das gilt nicht! Das klingt so, als hättest du dich aufgegeben! Und das wäre doch wohl ein Jährchen zu früh – oder?"

„Dein Optimismus ist ansteckend", sagte ich.

„Na also! Höchste Zeit, daß du nach Hause kommst! – Was macht die Gymnastik?"

„Fortschritte. Ich komme ins Bad und zurück. Schaffe auch ein paar Treppenstufen. Ich glaube, auch der Arm wird wieder. Macht kleine willkürliche Bewegungen."

„Na, das ist doch was! Also marsch nach Hause! Ich hole dich ab."

„Aber ich kann mich doch nicht selbst versorgen! Und ich will auch den Ligauts nicht zur Last fallen. Das sind zwar wackere Leute, aber doch keine Krankenpfleger!"

„Ja, verdammt, dann nimm dir doch einen Pfleger oder eine Pflegerin! Du komischer Krösus! Tu was für dich! Und friß die

Äpfel nicht wie 'L'Avare' erst dann, wenn sie faul sind! Ich besorg dir eine Pflegerin, und dann hol ich dich ab. – D'accord?"

„D'accord!" sagte ich und kam mir fast tollkühn vor, als ich hinzufügte: „Wer nichts zu verlieren hat, kann nur gewinnen."

„Das ist realistisch!" sagte Edmond. Sein Lieblingswort, in dem Ermutigung und Anerkennung lag.

„Und wann kann's losgehn?" fragte ich.

„Morgen geht's nicht. Wegen der Pflegekraft. Die meisten sind Schnecken, und was wir brauchen, das ist eine von der superschnellen Garde. Aber ich hab eine Idee! Übermorgen! Samstag vormittag hol ich dich raus! Das ist zu schaffen."

„Prima! Und – bitte – besorg mir keinen Besen!"

„Nein, nein! Ganz das Gegenteil! Du wirst dich wundern!"

„Klingt gut", sagte ich. Ich war vergnügt wie Edmond. „Adieu bis Samstag!" sagte ich. „Und nun stör mich nicht weiter beim Essen! Mir schmeckt's nämlich!"

Nun ist meine Laune vorzüglich, so daß ich mich frage, ob ich mir solche Höhenflüge in meinem Zustand überhaupt leisten kann. Gruftis haben gefälligst mürrisch und depressiv zu sein und dürfen allenfalls bei der Chefarztvisite Freude, Humor und Dankbarkeit bekunden.

Der Grund für mein Stimmungshoch war aber – außer Edmonds Anruf – der Umstand, daß ich im Medikamentenschälchen eine zusätzliche Tablette gefunden hatte, in die eine „5" eingestanzt war, und als ich die Schwester dreist fragte, was denn dieses sei, sagte sie zu meiner Verwunderung nicht: „Das tut Ihnen gut", sondern: „Das ist Valium."

„Staun, staun!" sagte ich. „Macht das nicht süchtig?"

„Keine Ahnung", sagte sie. „Anordnung vom Oberarzt."

„Ach! Doktor Tremor? Der mit dem diskreten Tatterich?"

„Genau der!"

„Dann hat er ein Bekehrungserlebnis gehabt!" sagte ich. „Wie Claudel bei der Grande Messe in Notre Dame. Unfaßlich!"

Das verstand die Schwester nicht, weil Claudel nicht mehr in ist. Aber sei's drum! Mir war jedenfalls geholfen, und während ich mein negatives Vorurteil über den ärztlichen Berufsstand revidierte, dachte ich: Wie erfreulich ist es doch, auch in fortgeschrittenem Alter noch umdenken zu können und also lernfähig zu sein!

Allerdings, dachte ich, zeigt der Casus auch, wie Ärzte unberechenbar und launisch sein können wie die Gottheit selbst. Aus der wirst du nämlich gleichfalls nicht schlau, und ich kann dir nur raten, keine Wetten auf sie abzuschließen.

Der Appellationsrichter ist ein „Mann von funfzig Jahren" wie Goethe, als er noch Schlittschuh lief, und ein Herzbankrotteur wie ich. Morgen werden seine Koronargefäße dilatiert, davor hat er Angst, und das macht ihn gesprächig. Also hat er – und zwar mit exzellenter Artikulation, so daß es ein Genuß war, ihm zuzuhören – von seinem Berufsstreß erzählt und reuig bekannt, daß er bis vor kurzem Kettenraucher war. So lag's nahe, daß ich ihn tröstete mit der Mitteilung, der gleiche Eingriff sei auch bei mir vorgenommen worden, und zwar im Hôpital Saint Vincent de Paul in Clermont, im Sommer '81 und, wie man sehe, mit so großem Erfolg, daß ich's um 15 Jahre überlebt hätte. Inzwischen sei derlei Routine und gehöre zum Repertoire eines jeden mittleren Hauses.

Dies muß ihn beruhigt haben, denn er wechselte das Thema und erzählte von seinem Sohn, der in Clermont Jura studiere, allerdings mehr mit den Reparaturen seines Autos als mit der Jurisprudenz befaßt sei. Da konnte ich nun überhaupt nicht mithalten, denn ich hatte in meinem Leben statt Kindern, die studieren, immer nur Hunde gehabt, die den Mond anbellten, und wen interessiert das schon!

Schließlich einigten wir uns darauf, daß es heutzutage vor allem an Autorität fehle: an der Autorität der Eltern, der Lehrer, der Geistlichkeit, der Hundebesitzer, der Polizei und des Staates, ganz besonders aber und durch die Bank an der Autorität der Autoritäten, also der Behörden, und wir wünschten einander eine gute Nacht.

Das Hôpital Saint-Vincent war ein katholisches Haus, dessen Pflegepersonal zum größeren Teil aus Ordensfrauen bestand. Es gab dort ein Chirurgenteam, das auf Gefäßdilatationen spezialisiert war und pro Tag fünf bis sieben Eingriffe vornahm. Man hatte mich, nach einer gewissen Wartezeit, von Murat nach Clermont verlegt, und ich wurde dort eingeschleust in die Kette der Operationsanwärter.

Die Liegen der mittels Eröffnung der Arm- oder Oberschenkelarterien für die Katheterisierung vorbereiteten Patienten standen, Fußende an Kopfende, aufgereiht in einem langen Flur, der zum OP führte. Neben der Tür zum OP, auf einer Bank, saß eine Ordensschwester, die vor sich hinsah und still die Lippen bewegte. Jedesmal, wenn ein Patient in den OP geschoben wurde, stand sie mühsam auf, trat an seine Liege, sagte etwas zu ihm, was ich nicht verstand, ging zwei, drei Schritte neben ihm her, wartete, bis die Tür des OP sich geschlossen hatte, und nahm wieder Platz auf ihrer Bank.

Die Eingriffe dauerten jeweils etwa eine Stunde und wurden, da sie schmerzlos waren, ohne Anästhesie durchgeführt. Ich hatte ein Beruhigungsmittel bekommen, war aber hellwach, registrierte, wie die Schlange der Wartenden vorrückte, und war neugierig, was die Schwester zu mir sagen würde, wenn die Reihe an mich kam.

Es war so weit. Mir war kalt, meine Hände klebten, die Tür des OP öffnete sich, und die Schwester stand auf, kam zu mir und blickte mir ins Gesicht. Ihr Gesicht war alt. Es war das Gesicht einer Greisin, war von Hunderten winziger Falten zerfurcht – sie mochte neunzig Jahre alt sein oder älter. Ihre Lippen waren blaßblau und schmal, ihr Mund schien zahnlos, ich sah die rot klaffenden Lider unter ihren Augen; die blickten klar, und sie sagte: „Ich bin Schwester Albertine."

Ich habe nie einen Bruder oder eine Schwester gehabt und hatte in diesem Augenblick das Gefühl, als sagte sie, wie um sich mir nach einer Zeit langer Trennung zu erkennen zu geben: „Ich bin deine Schwester Albertine."

Ich war gerührt und verwirrt. Ich wußte nicht, ob ich mich

vorstellen sollte, ob ich „Wanderer" sagen sollte oder überhaupt etwas sagen sollte, so schwieg ich und erwiderte nur ihren Blick. Ich nehme an, daß ich dabei gelächelt habe wie sie.

„Jetzt geht es Ihnen bald besser", sagte sie.

Dies war's, was sie sagte, und nicht mehr.

Und nichts Besseres, nichts Gescheiteres, nichts Wahreres hätte man diesem Satz an einen Geängstigten hinzufügen können, kein Gebet und kein Segensspruch hätte mehr Hoffnung begründen und mir mein Dasein überzeugender zusprechen können als dieser eine Satz, den die alte Frau so oder mit kleinen Varianten einem jeden der Patienten zusprach, dem sie Schwester oder Mutter war.

Und ich begriff: dies war alles, was diese Frau nach ihrem langen Leben noch tat oder was man sie, wohlberaten, noch tun ließ, weil es sinnvoll war wie das Leben selbst. Man hatte ihr die letzte Aufgabe zugewiesen, oder sie hatte die letzte Aufgabe übernommen, die zu erfüllen noch in ihren Kräften stand: die Aufgabe, den Geängstigten einen einzigen kleinen freundlichen Satz zu sagen. Dies allein war das offenbare Geheimnis oder die geheime Offenbarung ihrer wie aller Religion, wenn Religion überhaupt einen Sinn hat: der Geist der Sache, den die Ecclesia verraten hatte und täglich verriet, die Wahrheit, von der die Lüge zu schmarotzen sucht, die Wahrheit, die ihrerseits die Lüge nicht rechtfertigt, sondern beschämt und der die infamste Lüge nichts anhaben kann.

Auf dem Monitor, in weißblauem Licht, sah ich die Kontrastaufnahmen meines Herzens, die Koronargefäße in ihren feinsten Verästelungen, ich sah mein Herz, wie es schlug. „Voilà la gorge!" sagte eine Stimme – „da ist der Engpaß!" –, es war fast ein Totalverschluß. Ich hatte, ohne es zu wissen, drei Wochen lang zwischen Leben und Tod geschwebt.

Docteur Jeanzat ist noch nicht zurück aus dem OP. Der Vormittag vergeht, der FIGARO liegt ungelesen auf seinem Nachttisch, der Physiotherapeut war da und hat meine Fortschritte gelobt – ich war im Bad –, nun liege ich, erschöpft von der Anstrengung, keuchend auf dem Rücken und warte darauf, daß mein Atem sich beruhigt. Das dauert lange.

Dann gibt es Café, Kommandorufe auf dem Exerzierplatz, wie gehabt, einmal ein fernes Hundegebell, irgendwo in den Wäldern einen Schuß und sein Echo – später, gegen sechs, ist die Schwester gekommen und hat den Morgenmantel des Richters geholt.

„Wo bleibt denn mein Nachbar?" hab ich gefragt.

„Docteur Jeanzat mußte kurzfristig auf eine andere Station verlegt werden. Montag sehen Sie ihn wieder."

Eine andere Station? Das kann nur die Intensivstation sein. Also hat es einen Zwischenfall gegeben. Zwischenfall, das heißt Infarkt. In einem von hundert Fällen kommt es bei der Dilatation zum Infarkt. Die Prognose ist dann aber gut wegen der sofortigen Hilfe.

Im schlimmsten Fall wurstelt ein Doktor Tremor eine Schlaufe in den Katheter. Der verbleibt dann in der Leiche.

Ich habe zu Abend gegessen und das Licht gelöscht, liege auf dem Rücken und sehe dem allabendlichen Schattenspiel an der Zimmerdecke zu: es scheint in der Stadt eine bestimmte Straße zu geben, deren Lauf schnurgerade aufs Krankenhaus zielt. Jedesmal wenn Fahrzeuge herankommen, leuchten erst über der Tür und dann an der Decke rautenförmige Lichtfelder auf, die rasch heller werden, sich, vermutlich weil die Straße abknickt, über mir hinwegdrehen und jäh versinken in Schwärze.

Das Schattenspiel sagt mir, daß Autos fahren. In den Autos sitzen Menschen, die auf dem Heimweg sind. Daheim werden sie erwartet und begrüßt, von Kindern, von Hunden – morgen holt Edmond mich hier raus, und ich komme nach Hause.

Ich schließe die Augen. Die Oberlichter der beiden Fenster sind geöffnet, und mit dem leichten Lufthauch, der den Raum durchweht, dringt aus der Tiefe der Stadt das Rauschen der Jordanne herauf, das nun am Abend den Verkehrslärm übertönt. Das Rauschen der Jordanne bleibt sich gleich wie das Rauschen des Regens, der im Bois niedergeht, im Parc de Monceau oder bei Roche Sanadoire über dem Lac de Guéry, wo du von der

Schutzhütte aus dem Geschehen zusiehst, Stunde um Stunde, vom Abend bis in die Nacht.

Wasser zu Wasser.

Stetig.

Wenn Edmond Wort hält – und warum sollte er nicht! –, ist dies die letzte Nacht, die ich hier verbringe, wo ich ein Gastspiel gab, ohne zu musizieren und mit nur mäßigem Erfolg, was meine Gesundheit betrifft; mein Wohlbefinden, soweit es nicht abhängt von meiner Physis, folgt dem Wehen des Windes, dem die Ärzteschaft nicht gebietet, dem ich ausgesetzt bin und dem ich mich gern überlasse, der mich rundumwirbelt, davonträgt und auffängt und in dem ich ruhe, wenn er sich legt, wenn er selbst sich zur Ruhe bettet und mich schweigen heißt, wenn er verstummt oder sein Atem nur mehr ein Flüstern ist an meinem Ohr, das ihm lauscht.

In dieser Nacht begleite ich den Wind, der sich erhoben hat im Bourbonnais, wo er Kräfte gesammelt hat am späten Tag, mit Wolken aufsteigend aus der lauen Nässe der Äcker und Weiden, anrückend gegen die Berge im Süden, die zu überwinden sind in einer langen Nacht aus Finsternis, Kälte und Regen. Wie er eingetroffen ist in Clermont, in der Dämmerung des Abends, war im Westen noch Licht, rötete sich und verblaßte der Himmel um tintenfarbenes Gewölk, glänzten die Dächer schon feucht und glitzerte der Asphalt, wollte das Laub in den Parks nicht mehr wirbeln, klebte es naß am Boden, spiegelten Pfützen kahles Geäst, schnatterten noch ein paar Enten auf dem Weg zum Geflügelhaus jenseits des Weihers im Jardin Lecoq, wurde es still auf der Place de la Préfecture und hatten die Läden im Centre Commercial schon geschlossen. Da war er allein mit ein paar Fußgängern, die nur ihnen selbst bekannten Zielen zustrebten, da lief er ihnen nach wie ein Hündchen, folgte ihnen auf dem Fuß und machte kehrt oder lief weiter, wenn die Haustüren sich vor ihm schlossen, rannte ziellos im Kreis, um den schwertschwingenden Vercingetorix auf der Place de Jaude, rannte die Treppe zur Terrasse d'Auvergne hinauf und stieg von da auf die Dächer, bog die Antennen und ließ sie zurückfedern, kräuselte und fetzte den Rauch aus den Kaminen und ließ Schleier aus Regendunst über die Avenue des Etats-Unis hinwehen, versuchte bald dies, bald das, irrte ziellos umher und fror im Gestrebe der Türme der Kathedrale wie auf den Zinnen des Klosters der Ursulinen, blieb ausgesperrt da wie dort und zog schließlich weiter, zur Stadt hinaus und über sie weg bei Nacht in die Berge.

Ich höre ihn atmen, und wenn er redet, muß er, damit ich seine Stimme verstehe, nicht rufen. Mitfliegend auf seinem Rücken, halte ich mich fest an ihm wie am Gefieder der Wildente, bin ihm so nah, wie es näher nicht geht, lasse mich dahintragen und fort und maße mir nicht an, ihn zu dirigieren, denke, er wird mir das Ziel schon nennen, wenn es erreicht ist, wenn er mir auch nicht sagt, welche Wege er nimmt – es sind jeweils die seinen –, ob überhaupt ein Ziel diese Reise endet und ob nicht die Reise, mit Pausen der Ruhe, des Schlafes, des Traums, sich unterwegs neu entwirft, immer so fort und ohn Ende – wer weiß es! Und wer will's denn wissen, da doch die Reise sich genügt und das Auge die Bilder kaum faßt im Vorüberflug, die, kaum erblickt, schon versinken in gestaltlosen Nebeln, da zugleich, unvermutet, hinter dem Barrage de Grandval der Stausee der Truyère aufglänzt mit Lampions am Abend auf den Caféhausterrassen am Ufer, Musik ertönt und Gesang, so daß eine jede Station ein Ziel sein könnte, an dem du gerne verweilst: um die tausendjährige Linde zu sehen in Conques, die Fußstapfen der Saurier auf den Felsplatten der Margeride, die Grotte von Dargilan oder, im Heimatmuseum von Florac, das vergilbte Photo der Eselin Modestine, mit der Stevenson vor mehr als hundert Jahren die Cevennen durchquerte.

Und wie wir mit niedrig dahinfliegenden Wolken nun von Riom herabkommen, über Châtelet hinwegbrausen und wie nur kurz, denn schon geht's am Hang entlang weiter nach La Gazelle, die Alte Schule auftaucht, aus deren Schornstein ein Rauch quillt, der waagrecht verweht, sagt der Wind: „Die Ligauts haben dir eingeheizt, damit du morgen, am Tag deiner Heimkehr, in die Wärme und nicht in die Kälte kommst", und wie er, der Mächtige, der mich trägt, nun seine Richtung ändert und über die Hochfläche des Aubrac hinzieht, mischen sich Rauch und Regen über den Dächern von Cassuéjouls, Langiole, Nasbinals und Moulinet, und kreisend über Marvejols, ohne zu landen, senkt der Wind sich tiefer ins Tal zu Füßen des Mont Gévaudan, fährt zum Stadttor hinein und zum andern hinaus, über den Friedhof hin und sagt: „Da liegt Marthe Piquet, die du geärgert hast und die vor fünf Jahren gestorben ist, weil sie so keusch wie langweilig war, daß sie keinem Arzt ihre Brust zeigen wollte, die in ihrem 53jährigen Leben nichts Böses tat, nur ihre Eltern pflegte, zur Kirche ging, das Haus erbte und nett zu ihrem Bruder und dessen spleenigen Gästen war und die es bei allem Fleiß und aller Frömmigkeit zu weiter nichts brachte, als daß sie als warnendes Beispiel für Bigotterie in die Annalen der medizinischen Fakultät in Nîmes einging, wo die Studenten ihre Mamma, die sie keinem zeigen gewollt, in einem Formalinbehälter in einer Vitrine im Treppenaufgang der Anatomie sehen können. Da unten, über ihren Eltern, liegt sie begraben, unterm klingelnden Kettenschmuck ihres Grabkreuzes, da, wo das rote Licht flackert, das Monsieur Espalion, der Gärtner, im Auftrag ihres Bruders ständig erneuert, denn Serge kommt kaum mehr nach Marvejols, er hat selbst ein Haus in Paris, und das Haus seiner Eltern, seit Marthe nicht mehr lebt, steht leer und verfällt. Und kämest du noch einmal dorthin, in die Ruelle de l'Ange, numéro 17, und schrittest durch die ungelüfteten, nach Moder duftenden Räume, so sähest du an den Wänden in der Küche, im Flur und im Salon gesegnete Buchsbaumzweiglein, die der leiseste Windhauch entblättert, und in Marthes Schlafzimmer, über ihrem jungfräulichen Bett, einen kolorierten Druck der 'Madonna der Armen', nach einem Gemälde von Millet, und einen Kupferstich mit dem Bildnis des heiligen Vinzenz Pallotti, wie er sich geißelt mit einer Peitsche, die er selbst sich geflochten."

So redet der Wind und spricht aus, was er weiß, und fragt nicht, ob er mein Herz erfreut oder beschwert, und wie er mich rüttelt, so wiegt er mich auch, und wie er mir Marthes Geschichte erzählt, wird er wer weiß wem, den Ligauts oder Edmond oder Serge, eines Tages die meine erzählen, daß sie gehört und verstanden würde von einem, dem sie nutzt und der daraus lernen könnte, was Menschen freut oder quält, was einen Sinn im Unsinn macht oder einen Unsinn im Sinn. Und wie ich lausche, damit ich's fasse und kein Wort, keine Silbe verlorengehe, läutet die Glocke im Dorf Ste-Lucie auf dem Mont Gévaudan, und ich höre das Jaulen der Wölfe im Jardin des Loups, die dem Mond klagen, daß einer der ihren gestorben ist.

Und wie der Wind weiterzieht über die Causses und nach Süden, da dehnt sich mein Atem und wird tief, wie die Hochflächen weit sind, und engt sich, wie der Wind in die Canyons sinkt und die Gorges des Tarn durchbraust, und wie er hindurch ist, atme ich auf, erneut, mit geweitetem Herzen und höre wieder den wunderbar paradoxen Befund jenes Arztes in Murat, der mir sagte nach dem Infarkt: „Die Sache ist intramural. Sie haben ein großes, kräftiges Herz. Es ist keine Narbe zu sehn."

Ich wußte nie, ob ich seine Worte metaphorisch verstehen sollte oder nicht.

Und gewiegt und gerüttelt fliege ich weiter – wohin? –, ohne zu fragen, staune über tausend Ungereimtheiten, über Ordnung und Chaos in mir und um mich herum, höre seltsame neue Akkorde, scheinbare Mißklänge, die der Dirigent nicht rügt, auch der Wind folgt keinem Gesetz, ist nur da und atmet und weht, und, einschwingend in seinen Rhythmus, genieße ich, wie dem Einatmen stets ein Ausatmen und dem Ausatmen ein Einatmen folgt, und, immer weniger angestrengt und immer leichteren Gewichts, fühle ich mich getragen vom Wind wie von der Wildente oder der Eselin Modestine, auf Stevensons Wegen, übers Languedoc, den warmen, mediterranen Gefilden zu, wo ich landen oder wassern werde am frühen Morgen, angesichts weißer Segel vor Frontignan oder Sète.

Nach dem Frühstück habe ich mir beim Ankleiden helfen lassen. Ich habe eines von den sauberen Hemden angezogen – Gaspard hatte sie gebracht –, den lindgrünen Cordanzug, den ich am Tag meiner Einlieferung anhatte, und die Schuhe, mit denen ich bei Kunos Beerdigung den Spaten in die Erde getreten hatte. Sie waren seitdem nicht geputzt worden, und weil ich, als ich mich wieder flach legte, das Bett nicht beschmutzen wollte, schob ich das MANNE CELESTE unter die Schuhe, das ich verwahrt hatte gemäß einem Motto Madame Ligauts, die zu sagen pflegte: „Wer weiß, wozu man's noch mal gebrauchen kann!"

Die Gitterwände des Betts waren zur Feier des Tages seitlich heruntergeklappt, so daß ich mühelos nach rechts wie nach links aussteigen konnte – was in der Politik wesentlich schwieriger ist –, so lag ich bequem auf dem Rücken, blickte nach den Fenstern hin, mit deren Vorhängen der Wind spielte, sah, daß die Sonne schien, wartete auf Edmond und träumte der Heimfahrt nach Châtelet entgegen.

Zwischendurch, sehr in Eile, erschien noch Madame Périgord und legte einen Umschlag auf meinen Nachttisch. „Das können Sie Ihrem Hausarzt geben. Und hier brauche ich noch Ihre Unterschrift, daß Sie das Haus auf eigene Verantwortung verlassen." Sie hielt mir einen Kugelschreiber hin, und ich unterschrieb, wobei ich mit Wärme „aber gern!" sagte.

Wie herb mußte Edmond die Domina am Telefon frustriert haben! Ob ihr unrecht geschehen war und sie im tiefsten Innern ihres Wesens lieber dienend als verdienend tätig gewesen wäre? Immerhin, trotz aller Kränkung, die ihr zweifellos widerfahren war, rang sie sich im Hinausgehen noch einen Segensspruch ab. Er lautete: „Schönen Tag noch!" (Und dafür erntete sie nicht einmal ein „Besten Dank für Ihre Bemühungen!")

So wird sensiblen Menschen oft vieles abverlangt, oftmals gerade dann, wenn sie besonderer Schonung bedürfen.

Gegen zehn klopfte es an der Tür, und wie ich mich aufsetzte und „ja, bitte!" rief, strahlte Edmond herein – zu meiner Überraschung in Begleitung eines jungen Mädchens, das eine Studentin sein konnte und sich knicksend mit „Tisserand" vorstellte.

„Tisserand? Ich wußte gar nicht, daß du eine Tochter hast!" sagte ich zu Edmond.

„Hab ich auch nicht. Aber einen Bruder in Clermont. Claudine ist meine Nichte. Sie hat gerade ihr Examen an der Pflegefachschule gemacht und ist noch auf Stellensuche. Ich hab gedacht, da kann sie doch für ein paar Wochen, bis du wieder fit bist, deine Pflege übernehmen, oder?"

„Aber ja doch! Ich bin entzückt!"

Claudine faßte zu, hatte rasch meine Utensilien zusammengepackt, und auf dem Weg zum Fahrstuhl zeigte ich den beiden meine Gehkünste: wie ich das lahme Bein mit elegantem Hüftschwung nach vorn warf und als Standbein nutzte, so daß ich tatsächlich nicht zwei, sondern nur eine Armstütze brauchte.

Wie wir im Auto saßen – „jetzt hab ich die Armstütze geklaut!" sagte ich.

„Das kommt in die Zeitung!" sagte Edmond. „Übermorgen steht im ECLAT: 'Der Krückenfreak von Aurillac. Pariser Komponist stiehlt Gehhilfe in Städtischem Krankenhaus'."

„Eher", sagte Claudine, „schickt das Krankenhaus für die Armstütze noch eine Rechnung."

„Und die wird Stephen ruinieren", sagte Edmond. Und ich fügte hinzu: „Ein Glück, daß ich wenigstens bei dir Kredit habe!"

Ich weiß nicht, wie es den andern erging, aber ich selbst war in Festtagsstimmung. Wir fuhren die Straße nach Anjony Lascelle hinauf und kamen hoch in die Berge. Oberhalb der Baumgrenze lag Schnee, der Puy Mary strahlte in blendender Helle vor dem Azur, wolkenlos war der Himmel über dem Cantal, man schmeckte die Frische der durchsonnten Luft, und als wir den Paß überquert hatten und die Straße sich senkte bis Dienne, blickte ich hüpfenden Herzens hinab und hinaus ins Val d'Autour und unterschied die Töne der Farben: Bleiweiß und Rosenquarz auf den Schneefeldern, je nach Schatten und Lichteinfall, Aquamarin fern am Horizont und Königsblau im Zenit, schwarz auf weiß das Filigran kahler Wipfel von Laubbäumen, von Eichen und Marronniers, und aus den Tälern an den Hängen heraufsteigend das Tannengrün der Forêts Noires.

Von Dienne aus nahmen wir die Serpentinenstraße über La Gazelle – da hielt ich Ausschau nach Monsieur Dignes Postschlitten mit dem Esel –, und dann war ich zu Haus.

Madame Ligaut hatte zur Begrüßung den Kaffeetisch gedeckt

– Gaspard, sagte sie, sei unterwegs in – nein, sie dürfe nicht sagen, wo, weil er eine Überraschung besorge, sie werde gewiß nicht verraten, um was es sich dabei handele, und ich würde schon sehen.

Dann verabschiedete sich Edmond – mit der Zusicherung, jeden zweiten Tag nach mir zu sehen –, Claudine holte ihr Gepäck herauf, und während sie sich in einem der Gästezimmer einrichtete, zog's mich nach oben in meinen Arbeitsraum, und ich bewältigte zu meiner Freude, mit großer Gemächlichkeit Stufe um Stufe nehmend, den Aufstieg in die zweite Etage.

Ich kam in lichtdurchflutete, behagliche Wärme, fühlte mich angenehm müde und legte mich auf die breite Liege, die zugleich mein Schlafbett ist, schloß die Augen und hörte, da die Tür zur Treppe offenstand, unten im Haus die Stimmen der beiden Frauen, die schon Freundschaft geschlossen hatten. – Ich war in Châtelet, war in meinem Haus, inmitten meiner Bücher und Noten, in der Gesellschaft von Menschen meiner Wahl, am rechten, mir angemessenen Ort, konnte die Hände in den Schoß legen und mich zurücksinken lassen, konnte sinken, ohne zu stürzen, sanfter Schwere folgen, gleitend entschweben.

Ich wurde wach, weil mich ein Stimmchen weckte – ein Klang des Lebens, der mich entzückte! Das Stimmchen war unten im Haus und kam herauf, war jetzt in der Küche, wo Madame Ligaut und Claudine es mit Ausrufen der Freude und Bewunderung begrüßten und so sehr zu ermuntern wußten, daß es kühn und kühner schallte und sich zu voller Lautstärke erhob. Dann hörte ich Gaspards Schritte auf der Treppe, hörte, wie er mit dem Stimmchen heraufkam, er klopfte an den Türrahmen, trat ein und sagte: „Voilà! Dis bonjour à Monsieur!"

Und wie er mir den Welpen gab, da war mir, als wäre alles, was ich verloren, mir wiedergegeben, als hielte ich Kuno und Louise, Simone und Maxim im Arm, und während der Kleine mich mit den Vorderläufen umhalste und sein Zünglein mein Ohr erforschte, war mir, als hielte ich die Welt umarmt, die noch oder wieder da war, die unsterbliche, und mit ihr das unsterbliche Leben.

Als ich Gaspard dankte und seine Gabe der Einfühlung pries – „ich hab mir ein Rückgaberecht ausbedungen", sagte er da – wohl um zu scherzen –, „wenn Monsieur also ..."

Ich ließ ihn nicht ausreden: „Nein, nein! Jamais! Ich will ihn haben! Définitivement!"

Ich bin, wie ich bin: was ich einmal umarmt habe, das muß ich festhalten bis in den Tod. Ich kann nicht anders.

„Er soll Emile heißen", sagte ich, „und niemals in ein Waisenhaus kommen! Und er soll die beste Erziehung genießen, die ich ihm geben kann!"

Ich sitze an meinem Schreibtisch auf dem Podest vor dem großen talwärts gelegenen Gaubenfenster, blicke über das Dorf, über Fluß und Wiesen hinweg und fernhin auf die besonnten Hänge im Parc d'Auvergne, dehne Kopf und Brust in die Weite der Landschaft, die ich mit den Augen durchwandre, bergauf und bergab, von Bassogne hinüber nach Sarazin und von da auf der alten Brücke über die Ouze nach Crotet, rieche den Duft gerösteter Kastanien, sehe den Rauch, der aus den Röstöfen steigt, sehe die Mispelbüschel, die wie Vogelnester in den Wipfeln der Pappeln hängen, und den kälteatmenden Schnittmusterbogen des Himmels, den die Kondensstreifen der Mirages zerfurchen, denn heute ist NATO-Manövertag, und die Nation zeigt Grandeur. Die Katze Minou hat sich geputzt, sitzt schwanzumringt auf der Fensterbank und sinnt dem menschlichen Unsinn nach, Emile liegt auf einer Decke zu meinen Füßen, hat den Kopf auf einen meiner Pantoffeln gelegt, ist mir so nah es nur geht und hat guten Schlaf. Ich sichte derweil meine Post.

Da ist zunächst das von Serge avisierte Konvolut mit den Kopien der Partitur zur „Höhle von Steenfoll" und den dazugehörenden Notizen des Autors – dafür kann ich mir Zeit lassen. Was mich bewegt, sind die wenigen von Hand geschriebenen Zeilen auf einem Blatt, das Serge der Sache angeheftet hat: „Dies ist passiert: Claire hat angerufen. Ein paar Tage nach meinem Besuch hat sie ihre Geige gesucht und nur noch den leeren Kasten gefunden! Epicier hat ihre Geige (eine Amati!) verkauft!

Hinter ihrem Rücken! Schon vor sieben Jahren! Sie hat Tabletten genommen. Liegt in der Psychiatrie in Roubaix. Vielleicht ist das ihre Chance. – Genieße die Musik ihres Vaters! – Der arme alte Trottel! Hatte seine Tochter finanziell gut versorgt wissen wollen. – Gaspard hat mir am Telefon gesagt, daß Du im Krankenhaus bist. Ich denke an Dich und melde mich wieder. Serge."

Ich fühle Trauer und Zorn. Die Tragödien der Menschheit ferkeln wie Schweine. Bosheit und Schwäche wirken im Verbund. Lauter vermeidbares Leid – und ich kann dem Wahn nicht gebieten. Gestern Marthe, heute Claire – und morgen? Immer so fort?

Da ist ein kleineres Couvert, ein Brief von Erasmus, der mir eine Kopie der „Festschrift für Hermann Nohl" schickt und mich für die Tage zwischen Weihnachten und Neujahr nach Freiburg einlädt. Das bringt mich in Verlegenheit. Ich werde wohl mit einer Gegeneinladung antworten. Je nachdem, wie ich mich fühle. On verra.

Schließlich erbittet eine in Paris ansässige „Société des Amis Fidel Castro" meine Unterschrift unter eine an Bill Clinton gerichtete Resolution des Inhalts, die USA sollten ihr über Cuba verhängtes Handelsembargo aufheben.

Das gibt mir zu denken.

Es heißt, daß auf Cuba, dank Castro, jedes Kind täglich seinen Becher Milch bekommt. Es heißt, daß Castro irgendwo im Dschungel einen Gulag unterhält. – Wer nicht weiß, ob er Kopf oder Zahl wählen soll, werfe eine Münze!

Meine Ohnmacht macht mich bitter. Da die musique pure als Mittel zur Aufklärung so ungeeignet ist wie Pudding zum Autogenschweißen – was soll der zornige Musikus tun? Soll er sich eins pfeifen? Soll er seine Gegner mit der Klarinette verprügeln? Das wäre nicht gut fürs Instrument. Und wenn, nach Goethe, des tätigen Mannes Behagen Parteilichkeit ist – welcher Partei und welchem Programm hätte ich in diesem Land jemals dienen können: den Gaullisten und ihrer Algerienpolitik? Der PCF, die das Ende des Prager Frühlings bejubelte? Den Sozialisten mit ihren Atomtests im Mururoa-Atoll? Dem Front National und seinem Rassenhaß?

Wo sich kein Schritt mit Überzeugung tun läßt, mußt du verweilen am Ort, wo du stehst, oder dich treiben lassen wie Sand, dahin, wo andre dich haben wollen, deren Absichten dir so verborgen sind wie die Wege des Windes.

Möglich – wenn ich an Cuba denke – und sogar vertretbar aus Gründen, ist aus unterschiedlicher Sicht bald dieses, bald jenes. Das Dilemma, wenn es um Wert und Gegenwert geht, ist eben dies: daß nicht Bosheit gegen Güte, Moral gegen Immoral, Vernunft gegen Unvernunft steht, sondern Gesinnung gegen Gesinnung, Ethos gegen Ethos, Vernunft gegen Vernunft, da die Sphäre der Ideen nicht weniger tragisch strukturiert ist als die des realen Seins, so daß bald im einen, bald im anderen Sinn- und Argumentationszusammenhang eines wie das andere sein Recht einklagt, daß Nomos und Antinomos die Plätze tauschen und, von einer Metaebene aus gesehen, auf gleicher Ranghöhe respektabel sein können und dennoch, in ein und derselben Situation, einander vom Platz drängen.

„Damit", hätte Erasmus gesagt, „kommen wir zwar nicht über Kant hinaus, aber wir fallen doch wenigstens nicht hinter ihn zurück."

Und damit – ich werde schon müde – mag's denn für heute sein Bewenden haben, und falls partout jemand mit mir rechten will, so sage ich ihm: „Denk, was du willst, und entscheide nach deinem Belieben!"

Und sollte gar der Wind mich um Rat fragen und mir klagen, er wisse nicht aus noch ein, so würde ich ihm antworten: „Löse dein Problem! Und sei zufrieden, wenn ich deine Verstörtheit nicht ausnutze und dir – anders als die Theologen – nichts in den Mund lege, was du nicht sagst!"

Emile liegt in Kunos altem Korb neben der offenen Tür zur Treppe, da hat er's kühl, wie's ihm behagt, hat eine geflochtene Brustwehr, an der er seine Zähne erproben kann, und wenn der Korb überdauert, wird der Hund binnen eines Jahres in ihn hineinwachsen und ihn ausfüllen als seine Daseinsnische.

Aber in der Nacht, in der Finsternis und der Stille, hat der

Hund sich allein gefühlt. Er ist junksend durch den Raum getappt und hat meine Nähe gesucht, hat die Liege ersprungen und mich wachgeküßt. Und wie ich einmal wach war und nichts Gescheiteres zu tun hatte, hab ich ihm einen Sermon gehalten, der hatte den Titel „Ansprache an meinen Hund" und lautete ungefähr so:

„Du bist klein, und die Welt ist groß und gefährlich, darum mußt du lernen, in ihr zu leben so gut es geht.

Suche dein Heil in Flucht oder Angriff und laß dich deshalb nicht beschimpfen!

Folge deiner Natur! Wähle, was dir guttut, und meide, was dir schadet!

Du bist rund und schön und ohne Schuld. Wer dich beschimpft und erniedrigt, um dich anschließend zu retten, liebt nicht dich, sondern die Macht.

Wenn man dich schlägt, so zeig deine Zähne und knurre und laß der Drohung die Tat folgen, sonst nimmt keiner dich ernst!

Kämpfe nie gegen einen Mithund! Derlei ist menschlich und eines Hundes unwürdig.

Wenn du aus dem Regenmatsch ins Haus kommst, so laß dir die Pfoten waschen! Es tut nicht weh und hat gute Gründe, deren Darlegung hier allerdings zu weit führen würde.

Sei großmütig zu den Schwachen und unnachsichtig gegen die Starken!

Scheuche nicht die Hühner und steig nicht auf die Ente! Sie findet's nicht komisch, und es macht keinen Sinn.

Widerstrebe tapfer dem Übel und seinen Verteidigern, die ihm dienen!

Wenn die Katze deine Nähe sucht und dir Köpfchen gibt, dulde es gelassen, dann freut sich dein Mensch!

Friß nichts, was dir nicht schmeckt, und wähle von allem das Beste!

Verschluck keine Steinchen! Sie liegen schwer im Magen und haben keinerlei Nährwert.

Schlinge nicht unbesehen hinunter, was man dir vorwirft,

sondern prüfe den Bissen, bevor du ihn schluckst! Manche Frikadelle duftet gut, aber deine Feinde sind listig, backen Gifte hinein und schneidende Scherben.

Ernähre dich selbst, wenn du kannst, und laß dir helfen, soweit die Not es gebietet!

Laß dich belehren, aber nicht dressieren!

Zernage nicht deinen Korb! Sonst löst er sich auf bis zur Gänze, und dann ist er weg, und du hast keinen mehr.

Vertrau deiner Kraft! Wenn du rennen willst, renn! Wenn du schwimmen willst, schwimm! Aber versuch nicht zu fliegen!

Erschnobere das Unbekannte und untergrabe oder überspringe die Zäune! Doch schau, wohin du die Pfoten setzt, und wenn dir schwindelt, kehr um!

Leg keine Minen ins Haus! – Doch wenn alle Türen verschlossen sind, kennt Not kein Gebot.

Wo es dir gutgeht, da bleib! Verändere deine Lage nicht ohne Not und trinke nicht ohne Durst!

Sei gesellig aus Stärke und buhle um niemandes Gunst!

Wenn der Leithund dich in die Irre führt oder nicht weiterweiß, so übernimm selbst die Führung und geh deinen eigenen Weg!

Wenn andre nach da oder dort rennen, so laß jedem seine Richtung und brich auf, wohin du willst!

Wer dich nicht liebt, ist anderweitig beschäftigt und deshalb noch lang nicht dein Feind.

Beschnuppre den Igel und geh deines Wegs!

Beiße nicht die Hand, die dich streichelt, und lecke nicht die Hand, die dich schlägt! Liebe deine Freunde und hasse deine Feinde, so bleibt deine Seele gesund!

Piesele nicht gegen den Wind!

Und nun gib Ruhe und mach die Augen zu und träum etwas Schönes von einem Hühnerbein – mehr fällt mir nicht ein!"

So redete ich zum Hund wie zu mir selbst, sagte noch: „Irrtum vorbehalten!" und sank aufgeräumt zurück in einen ruhigen, wohligen Schlaf.

Das war vergangene Nacht. Heute ist Sonntag, da bleiben die Ligauts zu Haus. So hat Claudine Café gekocht, und wir haben mit Hund und Katze in der Küche gefrühstückt. Claudine hat die mir angenehme Eigenschaft, daß sie eine Plaudertasche ist. Sie erzählt kunterbunt, was ihr gerade einfällt: vom Examen in Clermont, von ihrem Praktikum in einem Altenheim, vom Onkel, von der Tante, von ihren Geschwistern, vom Urlaub in Montpellier, von ihrem Freund, der, mit einiger Verspätung, gerade sein Physikum geschafft hat – so plaudert sie munter fort, wie die Ouze über Kiesel hüpft, immer nah an Musik und Gesang, so daß ich nach einiger Zeit kaum mehr dem Inhalt ihrer Erzählung, aber vergnügt dem Klang ihrer Stimme lausche.

Nach dem Frühstück hat sie mir geholfen, die Treppe hinaufzukommen. Diesmal fiel der Aufstieg mir schwer, viel schwerer als gestern. Immer wieder mußte ich Pausen einlegen, bis mein Herz sich beruhigte und ich die nächsten Stufen nehmen konnte. Womöglich hatte ich mich am Vortag übernommen. Auch das Sitzen am Schreibtisch war mir zu anstrengend, ich spürte, wie ich saß, eine Beklemmung, die zur Atemnot wurde und erst einem Nitrostoß wich, so habe ich mich flachgelegt. Claudine hat einen Flügel des Giebelfensters geöffnet, das auf den Schafstall und die Ouze hinausschaut, hat mir eine Decke übergelegt, und ich hab ihr gesagt, daß ich nichts zu Mittag essen wolle. Ich hab lieber geschlafen, und das Emilchen hat mir dabei Gesellschaft geleistet.

Jetzt ist Nachmittag. Mittels der Klingel, deren Knopf Gaspard der Tüftler an meinem Bett angebracht hat, hab ich Claudine signalisiert, daß ich wieder da bin. Sie hat Café und Gebäck gebracht und gefragt, ob ich etwas dagegen habe, wenn sie hier oben bleibt und dabei einen Brief schreibt. Ihre Nähe ist mir angenehm, und ich hab ihr das Kompliment gemacht, daß ihre Anwesenheit auf mich ebenso belebend wie beruhigend wirkt.

„Lustige Mischung!" hat sie gesagt.

Nun sitzt sie an meinem Schreibtisch und schreibt – wahrscheinlich an ihren Freund – und erzählt von Châtelet, vom

Haus, von Emile und von Monsieur.

Die Stille im Raum tut mir wohl. Ich habe die Augen geschlossen und lausche den winzigen Klängen des Lebens: dem Rascheln eines Schreibpapierblatts, einem Knurrlaut Emiles, der im Traum um einen Bissen kämpft, meinem eigenen Atem, der wieder ruhig dahingeht, so daß ich ihn gleich wieder vergesse.

Heute morgen, in aller Frühe, hat aus dem Park der Vogel Rüdiger heraufgerufen. Er ruft zu allen Jahreszeiten und wird rufen, solange er lebt, und ich habe ihm geantwortet, wieder und wieder, der Ball seines Namens flog wohl ein dutzendmal hin und her, dann flog der Vogel davon und nahm den Ball mit.

Nun warte ich auf seine Wiederkehr und lausche hinaus ins Geäst der Marronniers, durch die ein frischer Wind bläst. Es weht kühl herein, die Luft riecht nach Schnee, nein, Schnee hat keinen Geruch, aber da ist der Geruch des modernden Laubs, das am Boden klebt, der Duft der Fäulnis am Ende der Herbstsaison, zu Beginn des Winters, der hier oben viel früher einsetzt als in den Ebenen.

Der Wind atmet Zeit und Geschichte. Er blättert im Efeubuch an der Hauswand, bringt zur Sprache, was einmal war und noch ist, und erzählt mir mein Leben.

Horch!

Hinter der kleinen Bastion, hinter dem Schafstall, im weglosen Canyon, den die selbst geschaffen hat in Tausenden von Jahren, rumort die Ouze. Serge hat sie durchwatet, wo die Strömung es zuließ, ist auf den Felsklötzen in ihrem Bett umhergeklettert, hat ihre Engen, ihre Kessel und Schlünde erforscht, Mikrophone hinabgelassen, um Strophen ihrer Lieder auf Band zu nehmen: ihr glucksendes Gelächter, den dumpfen Klang ihrer Klagelaute tief innen im Fels, das Tosen ihrer Abstürze und das Rauschen der Sande und Kiese in ihrem Mahlwerk.

Einmal, im Sommer '73, als die Umgebung der Schule – die Terra incognita – uns noch Raum für Entdeckungen bot, kam er von einer seiner Exkursionen zurück und tat sehr geheimnisvoll: „Du wirst nicht glauben, was ich gefunden habe, wenn du's nicht siehst", sagte er. „Das heißt – sehen genügt nicht! Du mußt es auch hören und fühlen! Greifen! Mit den Händen!"

„Sag schon, was!"

„Nein, nein! Aber ich zeig's dir. Zieh deine Gummistiefel an!"

Ich tat's, und er führte mich übers Brückchen unterhalb der kleinen Bastion und jenseits der Ouze in ihrem Geröll den Canyon zum Mont Gris hinauf. In Höhe der Baumgrenze lag ein Granitquader im Fluß, dessen zur Hälfte überflutete Oberseite in sanfter Schräge aus dem Wasser stieg.

„Da ist es!" sagte Serge.

Wir kletterten übers umgischtete, bemooste Geröll und gelangten mit Mühe auf den Quader, wobei Serge, der sportlicher war als ich, mir behilflich war. Wie wir da hockten auf dem Felsentisch und verschnauften – „Horch mal nach unten!" sagte Serge. Er kniete nieder, stützte sich auf mit den Händen und lauschte in den Fels hinein, da, wo das Wasser ihn überspülte. Ich rutschte auf den Knien heran, drehte den Kopf zur Seite, beugte mich nach vorn, schloß die Augen – und hörte ein rhythmisches Rollen und Klopfen, das dicht vor uns, wo der Quader überflutet war, aus einer unter dem Wassertuch vag erkennbaren etwa fußballgroßen kreisrunden Öffnung, einer Unterwasserhöhle, zu kommen schien.

Dumpf pochte es im Innern des Steins, pochte und pochte, tief und verborgen.

„Gestern, vor dem Regen", sagte Serge, „war der Wasserstand nicht so hoch. Da hab ich zuerst nur das schwarze Loch gesehen und mich gewundert, weil es so exakt gezirkelt ist. – Aber jetzt paß auf! Es kommt noch toller!"

Er hatte seine Jacke ausgezogen und sich den Hemdärmel aufgekrempelt so hoch es ging, beugte sich vor und faßte ins Wasser, schob seinen Arm fast bis zur Schulter in die Höhlung – das Rollen und Pochen setzte aus –, er zog den Arm zurück und brachte eine Steinkugel ans Licht, eine Kugel aus silbergrau glitzerndem Granit, so groß wie ein Straußenei.

„Sie rotiert und klopft in der Strömung", sagte er, „reibt sich rund an der Höhlenwand und liegt nur still, wenn der Wasserstand sinkt."

Mir war beklommen zumut. Wir hatten eingegriffen in ein Geschehen, das sich selbst regulierte, hatten seinen Rhythmus gestört, den Herzschlag der Erde. Ich hielt die Kugel, die Serge mir gegeben hatte, in der Hand, fühlte ihr Gewicht, die kühle, nasse Glätte ihrer Oberfläche, erkannte die nahezu geometrische Vollkommenheit ihrer Gestalt, hatte das Gefühl, eine Freveltat zu begehen, so wie es ein Frevel ist, ein Nest auszunehmen und die Eier zu zerschlagen, ich mochte die Kugel nicht mehr halten und gab sie Serge zurück.

„Tu sie wieder an ihren Platz!" sagte ich. „Und laß sie in Ruhe! Oder laß sie tun, was sie will!"

Ich hatte ein ängstliches Gefühl – das Gefühl, daß die Kugel einen Willen und ein Leben habe.

Serge ließ die Kugel zurückgleiten in ihre Höhlung, und sogleich setzte wieder das Rollen ein und das Klopfen, das einige Sekunden lang holperte, so daß ich dachte: das sind Extrasystolen – aber dann hatte es seinen Rhythmus gefunden und tönte dumpf und tönte dumpf und tönte dumpf und war wiederbelebt und tat seinen verborgenen Dienst. So höhlte das Wasser den Stein, dessen Herz sich weiten würde in der Zeit, die ihm gegeben war, bis er barst. Und wenn wir seiner Zeit nichts hinzufügen konnten, so war es schon gut, sie nicht zu verkürzen.

Ich hielt den Kopf gesenkt, lauschte noch immer auf das Pochen des Steins in der Höhle und dachte: so hört das Ungeborene den Herzschlag der Mutter.

Serge hängte ein Mikro in die steinerne Aorta und nahm die rhythmischen Schläge auf Band. Er kehrte noch ein paarmal in jenen Tagen an diesen Ort zurück. Die unterschiedlichen Wasserstände, sagte er, und der wechselnde Druck der Strömung erzeugten klangliche Nuancen. Er führte es mir vor, genauer: brachte es mir zu Ohren, und ich lauschte mit Staunen und sagte: „Es ist der Herzschlag der Erde".

So entstand, im Sommer '73, Serge Piquets Sonatine „Le Coeur de la Terre", die als Opus 218 in sein Werkverzeichnis einging.

Das Rauschen der Ouze schläfert mich ein und hält mich gleichzeitig wach. Der Wind flattert durchs Fenster, schaut nach, wo ich bin, und fliegt wieder fort. Ich kann und muß ihn nicht halten. Er wird wiederkehren und davonfliegen, wie er will, und die Welt – das ist tröstlich – bedarf meiner nicht.

Wenn ich's recht bedenke, bedarf auch ich selbst meiner nicht oder vielmehr: bedarf ich lediglich meines Ohrs, um mir zu lauschen, wie das Kind sich zuhört, versonnen, entrückt, wenn es singt, denn ich selbst bin die Welt, die mich umfängt wie alles, zu dem sie spricht und dem sie lauscht, damit nicht mehr Stimme und Ohr, sondern Stimmengehör und Ohrenlied ist, das sich genügt in seliger Vergessenheit seiner selbst. Und wenn mir zur Ouze nichts einfällt als zu sagen: „Das ist die Ouze", so wär's doch schon viel auf dem Weg von mir zu ihr, denn nun hab ich dem Fluß einen Namen gegeben, der ihn unterscheidet von allen andern, damit er da sei in meiner Welt als dieser eine, den ich erkannt habe und wiedererkenne und den ich angehaucht habe, damit er lebe und zu mir sage, mit der Stimme des fließenden Wassers: „Ich bin die Ouze."

„Ich weiß", sage ich, „ich kenne dich. Du bist die Ouze."

„Ich bin da", sagt der Fluß.

„Ich weiß. Du bist da."

„Ich bin immer da", sagt der Fluß.

„Und ich höre dich immer", sage ich, „auch in meinen Träumen. – Was machst du?"

„Ich fließe", sagt der Fluß.

„Bitte, erzähl!"

„Ach, alles, was ich weiß", sagt der Fluß, „ist so rasch gesagt, daß ich mich stets wiederhole. Aber wenn's dich nicht langweilt, so sei's erzählt ohne Ende: ich bin, was ich tu, und tu, was ich sage, und sage, was ich bin, und so immer fort, alle Tage, alle Nächte, das ist alles, was ich weiß, aber mir genügt's."

„Dann genügt es auch mir", sage ich. „Mir genügt's, daß du da bist noch in der Verneinung, daß du enteilend verweilst, so wie du dauernd enteilst und doch immer bei dir bist, ohne dich je zu verlieren."

„Ich kann nicht anders", sagt der Fluß. „Ich bin der ich bin."

„Glücklicher!" sage ich. „Ich bin nicht du, aber es genügt, dich zu hören. Wo du bist, da ist Wasser und Reinheit und Kühle, Sand und Gestein, da ist Moos, wehende Algenfäden sind da, eine Furt, die ich durchwate, Maxim, der Beutegreifer, springt voran und schleppt einen Zweig mit, der nicht so will wie der Hund, sich sperrt und sich schwer macht, sich an den Steinen festhält, die aus dem Wasser ragen – ach, dies alles sind Steine und Sande, in die das Gebirge zerfiel und die du fortträgst zum Meer. Wenn du magst und geduldig bist, erzähle ich dir die Geschichte meines mäandernden Lebens, die keiner hören will und die ich nie aufschrieb, weil ich kein Schriftsteller bin, oder ich leihe mir deine Stimme und erzähle mir selbst meine Geschichte, flüsternd, murmelnd, rieselnd, denn mich interessiert sie, und ich höre gern zu, am liebsten in meinen Träumen, weil es für den, den das Reden ermüdet, nichts Besseres gibt als zu lauschen."

Ich war eingeschlafen und bin noch einmal erwacht, bin aufgestanden mit Claudines Hilfe und habe noch ein wenig im Sessel gesessen und ein Glas Tee getrunken.

Claudine hat zu meiner Freude in der Bibliothek gestöbert und gefunden, was ihr gefällt. Sie ist entzückt von Francis Jammes, zitiert aus „Almaide", und während ihre Stimme munter dahinzwitschert, fühle ich mich entgleiten in eine ferne Welt, von der ich ahne, daß es die meine war in alten, unnennbaren Tagen, und nur Claudines oder Almaides Stimme ist es, die mich aus dem Schlummer zurückholt mit der Frage, ob ich mich schlafen legen wolle.

„O ja, gleich", sage ich. Aber vorher, bitte ich, möge sie mir Hofmannsthals Gedichte heraufholen. „Ein deutschsprachiger Autor", sage ich, wie sie mich fragend anblickt. „Hat das Libretto zum 'Rosenkavalier' geschrieben."

Eine Erinnerung weckt die andre, so wie eine Welt in die andere übergeht, und ich höre die Stimme Valmaurins, wie er sagt:

„Die Stimmen der Geister treffen sich in den Lüften wie Hall und Widerhall in den Bergen."

„Das 'Reiselied'", sage ich, wie Claudine mit dem Buch heraufkommt und sich setzt. „Mögen Sie's mir aufschlagen?"

Sie hat's rasch gefunden und gibt mir das Buch in die Hand, und ich lese, was ich gelesen habe in jenem Leben, das zu Ende ging, höre es herüberklingen aus dem Einst, und noch einmal ist es Gegenwart:

> „Wasser stürzt, uns zu verschlingen,
> Rollt der Fels, uns zu erschlagen,
> Kommen schon auf starken Schwingen
> Vögel her, uns fortzutragen.
>
> Aber unten liegt ein Land,
> Früchte spiegelnd ohne Ende
> In den alterslosen Seen.
>
> Marmorstirn und Brunnenrand
> Steigt aus blumigem Gelände,
> Und die leichten Winde wehn."

Ich habe mit halber Stimme gelesen, und Claudine hat zugehört. „Ich hab nicht alles verstanden", sagt sie, „aber es klingt wie Musik."

„So soll es auch sein!" sage ich.

Und nun will ich schlafen.

Claudine hat das Licht gelöscht und mir gute Nacht gewünscht. Der Klang ihrer Stimme ist noch im Raum, und ich lausche ihm nach. – Es gibt Menschen, die mein Wohl wollen. Es gibt Edmond, gibt Erasmus, Serge und Gaspard, Madame Ligaut und nun auch Claudine, und es gibt mich selbst, und ich bin in ihrer Welt, wie sie in der meinen sind.

Ich liege auf dem Rücken, bequem gebettet, meine Arme liegen seitlich auf der Decke, sie fühlen kein Gewicht. Fern klingt und nah das Rauschen der Ouze, die ihre Geschichte erzählt, immer fort, immer alt, immer jung, die schon redete vor meiner Geburt und noch sprechen wird, wenn mein Ohr nicht mehr hört. Ich liege, noch offnen Auges, im hohen Speicherraum, und mein Blick – ich brauche den Kopf nicht zu heben – geht durchs Giebelfenster, das bis auf den Boden reicht, hinaus und auf Reisen: hinweg über den kleinen Kirchturm von Châtelet, über die mondbeglänzten Höhen des Parc d'Auvergne, den Bergrücken bei Marcillac-la-Croisille, bis hin ins ferne Tal der Dordogne.

Das Fenster ist geöffnet, der Wind strömt ein, weitet mein Herz und verläßt mich, ich gebe ihn frei und fange ihn ein, wir tauschen den Atem wie Liebende und ermüden im Spiel.

Noch regt sich mein Herz, bevor es ruht.

Die Ouze, mein Fluß, sagt mir mein Dasein zu, in meine Träume hinein, und ich lausche ihrer Stimme wenn nicht wachen Ohrs, so mit meinem Körper, ganz und gar.

Ich lausche dem Rauschen.

Ich bin.

Und in der Nacht tritt der Paraglider an den Rand der Planèze, stößt sich ab von der Felskante und wirft sich hinaus – in die Arme des Windes, der ihn entführt.